民國文化與文學_{研究}研究文叢

七　編

第9冊

民國文學：
歧義重生的城市敘事（上）

梁　建　先　著

國家圖書館出版品預行編目資料

民國文學：歧義重生的城市敘事（上）／梁建先 著 — 初版
—— 新北市：花木蘭文化事業有限公司，2017〔民106〕
目 2+134 面：19×26 公分
（民國文化與文學研究文叢 七編：第 9 冊）
ISBN 978-986-485-053-2（精裝）
1. 中國當代文學 2. 敘事文學 3. 文學評論
820.9　　　　　　　　　　　　　　　　　10601321

ISBN-978-986-485-053-2

9 789864 850532

民國文化與文學研究文叢
七 編 第九 冊　　　　　　ISBN：978-986-485-053-2

民國文學：
歧義重生的城市敘事（上）

作　　者　梁建先
總 編 輯　杜潔祥
副總編輯　楊嘉樂
編　　輯　許郁翎、王 筑　美術編輯　陳逸婷
出　　版　花木蘭文化事業有限公司
社　　長　高小娟
聯絡地址　235 新北市中和區中安街七二號十三樓
　　　　　電話：02-2923-1455／傳眞：02-2923-1452
網　　址　http://www.huamulan.tw 信箱 hml810518@gmail.com
印　　刷　普羅文化出版廣告事業
初　　版　2017 年 9 月
全書字數　325171 字
定　　價　七編 31 冊（精裝）新台幣 58,000 元

民國文學：
歧義重生的城市敘事（上）

梁建先　著

作者簡介

梁建先，女，湖南婁底人，文學博士，現任暨南大學文學院中文系講師，中國批評家協會會員。
從碩士階段開始，主要研究方向爲中國現當代文學，已在期刊雜誌上發表文章數篇。

提　　要

　　本文通過對中國現代文學中城市想像文本的研究，考察中國近現代城市是如何被寫進入文學作品的，又是怎樣呈現出來的。通過城市文學文本的外部研究與內部研究相結合，以啓蒙、革命、審美三個不同創作視角去觀照現代城市文學文本中的城景、城紳、市民與城俗四個主題，借文學敘事與歷史敘事的互動與對話，深入探究敘事話語生成背後的深刻內涵，使得對城市文學的研究不僅僅是停留在文本解讀或城市文學歷時發展論述的層面，更強調的是還原城市本色與重構城市文學敘事。敘事視角的預設使得現代文學中的城市文學展現出了多層面、多棱鏡的面貌，在一定程度上呈現出了更爲完整的城市現實與思想現實。本文對現代文學中的城市文學文本做四個方面的還原，目的是進一步反觀與探究三種視角是如何去構建它的敘事話語，進而更深層次地探討現代城市文學：作家在構築城市意象時是基於關注城市社會現實還是以此作爲自我言說的媒介，也即是說文學世界的建構在多大程度上是作家的想像性建構還是借用建構來言說自己的思想，從文學敘事與歷史敘事之間的錯位與對話中探析作家是如何對現實進行遮蔽與變形，從而爲城市文學研究拓寬新的視野與新的闡釋方式。

中國現代文學史研究中的「民國文學」概念——《民國文化與文學研究文叢》第七編引言

李 怡

與政治意識形態淵源深厚的文學學科

　　大陸中國現代文學研究，最近 10 來年逐漸失去了 1980 年代的那種「眾聲喧嘩」、「萬眾矚目」的熱烈景象，進入到某種的沉靜發展的狀態，如果說，在這種沉靜之中，有什麼值得注意的現象的話，那就是「民國文學」概念的提出以及引發的某些討論。

　　對於海外中國文學研究者而言，現代中國很自然地分作「民國時期」與「人民共和國時期」，這是一種相當自然的歷史描述，作爲文學史的概念，也完全有理由各取所需地採用不同的概念：現代中國文學、中國現代文學、中國文學（民國時期）、中國文學（中華人民共和國時期）等等，這裡有思想的差異或者說審美意識形態的分歧，但是卻基本不存在嚴重的政治較量和衝突。站在海外漢學的立場上，人們難免困惑：現代文學也好，民國文學也能，不過就是一種文學史的稱謂而已，是不是有如此鄭重其事地加以闡發、討論的必要呢？

　　這裡就涉及到對大陸中國現當代文學學科存在格局的認識。其實，嚴格的學科意義上的「中國現當代文學」並不是在 1949 年以前的民國時期建立的，儘管那時已經出現了「中國現代文學」的大學教育，也誕生了爲數可觀的「中國現代文學史」著作，但是主要還是講授者（如朱自清）、著作者的個人選擇，體系化的完整的知識格局和教育格局尚不完整。眞正出現自覺的「學科建設」的意識是在 1949 年中華人民共和國成立以後，各學科教育大綱的編訂、樣板

式教材的編寫出版乃至「群策群力」的從思想到文字的檢討、審查，都意味著「中國現代文學」學科由此納入到了政治意識形態的一體化架構之中，因此，討論「中國現代文學」學科的任何問題——從內容、結構到語言、概念都是非同小可的「國家大事」，在此基礎上的任何一次新的概念的設計和調整，都不得不包含著如何面對政治意識形態以及如何回答一系列「思想統一」的結論的問題，這裡不僅需要學術思想創新的智慧，更需要政治突圍的勇氣和決心。

回頭看大陸新時期以來的每一次文學史概念的提出，都兼有如此的「智慧」和「勇氣」：例如最有影響的概念——二十世紀中國文學。提出這一概念，其意義主要不是重新劃分晚清——近代——現代——當代的文學史時間，不在於從過去的歷史分段中尋找歷史的共同性；而是為了從根本上跳脫政治化的「現代」概念對於文學的捆綁。

作為學科史意義的「中國現代文學」的「現代」概念，其實已經與它在五四文壇出現之初就有了巨大的差異，完全屬於一種政治意識形態的產物。眾所周知，最早的「現代」概念與「近代」概念一樣都來自日本，最早用「近代」更多，到 1930 年代以後「現代」的使用頻率則超過了「近代」——在那時，中國的「現代」基本上匯通著世界史學界的理解框架，將資本主義發展、傳統世界自我封閉格局得以打破的「現時代」當作「現代」；但是，1949 年以後作為學科史意義的「中國現代文學」的「現代」概念卻又不同，它更多地師法了前蘇聯的歷史觀念：由斯大林親自審查、聯共（布）中央審定、聯共（布）中央特設委員會編的《聯共（布）黨史簡明教程》和由蘇聯史學家集體編著的多卷本的《世界通史》重新認定了歷史的意義和分段方式，〔註1〕馬列主義的五種社會形態進化論成為劃分歷史的理論基礎，1640 年英國資產階級革命由於「階級局限性」屬於不徹底的「現代」，只能稱作是「近代」的開始，而「現代」演進關鍵點是十月社會主義革命的重大勝利，中國的歷史劃分是對蘇聯思維的仿傚：1840 年的鴉片戰爭被當作「近代」的開端，而標誌著「工人階級登上歷史舞臺」、「馬克思主義開始傳播」的「五四」運動則被當作了「現代」，後來考慮到「五四」之時，中國共產黨尚未成立，無法認定

〔註1〕 《聯共（布）黨史簡明教程》於 1938 年在蘇聯出版，人民出版社 1975 年正式出版中譯本。《世界通史》於 1955～1979 年出版，全書共 13 卷。中譯本《世界通史》（1-13 卷）於 1978～1987 年分別由三聯書店、吉林人民出版社和東方出版社出版。

其十月革命式的政治勝利，所以又在「現代」之外另闢 1949 年以後爲「當代」，以彰顯社會主義與共產主義社會的到來，由此確定了中國文學近代／現代／當代的明確格局——這樣的劃分不僅時間分段上不再模糊，而且更具有明確的思想的內涵與歷史文化質地：資產階級文學（舊民主主義革命文學）、新民主主義革命文學與社會主義文學就是近代——現代——當代文學的歷史轉換。

「二十世紀中國文學」是中國文學研究界學術自覺，努力排除前蘇聯「革命」史觀影響、尋求文學自身規律的產物。正如論者當年意識到的那樣：「以前的文學史分期是從社會政治史直接類比過來的。拿『近代文學史』來說，從一八四○年鴉片戰爭到一八九八年戊戌變法，半個多世紀裏頭，幾乎沒有什麼文學，或者說文學沒有什麼根本的變化。」「政治和文學的發展很不平衡。還是要從東西方文化的撞擊，從文學的現代化，從中國人『出而參與世界的文藝之業』，從文學本身的發展規律，從這樣的一些角度來看文學史，才比較準確。」「『二十世紀中國文學』這一概念首先意味著文學史從社會政治史的簡單比附中獨立出來，意味著把文學自身發生發展的階段完整性作爲研究的主要對象。」〔註 2〕

自「二十世紀中國文學」開啓歷史性的「重寫文學史」以來，中國現代文學的研究一直是富有勇氣地走在這一條「學術創新——政治突圍」的道路上，力圖讓文學回歸文學，歷史還原給歷史。可以說，「民國文學」也屬於這樣的努力，是「重寫文學史」的一種方式。

可疑的「現代性」

當然，這種方式也體現出了對既往文學研究的一種反思。

「二十世紀中國文學」這一歷史架構顯然具有重大的學術價值，直到今天依然是影響最大的文學史理念。然而，在「民國文學」的視野之中，它也存在著需要克服的問題：「二十世紀中國文學」這一概念是否已經具備了學科的穩定性？例如，在「二十世紀」業已結束的今天，它是否能有效地參照當下文學的異質性？如果說，「二十世紀中國文學」曾經闡發過的諸多概念都依然適用於今天，如果「新世紀文學」的基本性質、使命、遭遇的問題等等幾

〔註 2〕黃子平、陳平原、錢理群：《二十世紀中國文學三人談》36 頁、25 頁，北京：人民文學出版社 1988 年。

乎都與「舊世紀」無甚區別，那麼這一概念本身的內涵和外延至少也是不夠確定，需要我們重新推敲的了。對於「二十世紀中國文學」而言，其擺脫政治意識形態束縛的核心理念是文學的現代性（當時提出者稱之為「現代化」）追求。但是，隨著 1990 年代中期以來，「現代性」話語逐漸演變成了我們文學研究的基本語彙，它內在的一系列矛盾困擾也日顯突出了。

在新時期，「現代化」與「現代性」主要指代我們打破封閉、「走向世界」的強烈渴望，在那時，「現代」的道義光芒與情感力量要遠遠重於其知識性的合理與完整，或者說，呼喚文學的現代性就如同建設「四個現代化」一樣天經地義，我們根本無暇追問這一概念的來源及知識學上的意義和限度，所以才會出現如汪暉所述的「現代」之問。在 1980 年代，汪暉曾就何謂「現代」向唐弢先生質詢，而作為學科泰斗的唐先生也只是回答說，這是一個「很複雜」的問題。〔註3〕到了 1990 年代，中國學術界開始惡補「現代」課，從西方思想界直接輸入了系統而豐富的「現代性知識」，先是經過了短時間的「現代性終結」之論，接著便是在西方學術的鼓勵之下，迅速舉起「未完成的現代性」旗幟，對各種文化現象展開檢視分析，我曾經借用目前收錄最豐富、檢索也最方便的中國期刊網 CNKI 對 1979 年以後中國學術論文上的一些關鍵詞作數理統計，下面就是「現代性」一詞在各年的出現情況：

	79	80	81	82	83	84	85	86	87	88	89	90	91	92
按篇名統計	0	0	0	0	0	0	0	0	0	2	0	0	0	0
按關鍵詞統計	0	0	0	0	0	0	0	0	0	0	0	0	0	0

	93	94	95	96	97	98	99	00	01	02	03	04
按篇名統計	4	16	26	28	48	60	108	128	166	213	268	381
按關鍵詞統計	0	0	5	11	11	20	69	109	165	225	287	443

表格說明：

1. 統計單位為「篇」。

2. 檢索的學科涵蓋「文史哲」、「經濟政治與法律」、「教育與社會科學」。

3. 自動檢索中有極少數詞語誤植的情形，如「現代性愛小說」「現代性」統計，另外個別長文（如高遠東《未完成的現代性》分上中下發表，被統計為三篇，為了保證檢索統計的統一性，以上數據有意識忽略了

〔註 3〕 汪暉：《我們如何成為「現代」的？》，《中國現代文學研究叢刊》1996 年 1 期。

這些情形。

研究一下以上的表格我們就可以知道，從 1979 年到 1987 年整整九年中，中國人文社科的學術論文中沒有出現過一篇以「現代性」為題目的文章，1988 年出現了兩篇，但很快又消失了，直到 1993 年以後才連續出現了「現代性」論題。這些論文的代表作包括張頤武的《對「現代性」的追問——90 年代文學的一個趨向》（《天津社會科學》1993 年 4 期）、《「現代性」終結——一個無法迴避的課題》（《戰略與管理》1994 年 3 期）、《重估「現代性」與漢語書面語論爭——一個 90 年代文學的新命題》（《文學評論》1994 年 4 期），韓毓海的《「現代性」與「現代化」》（《學術月刊》1994 年 6 期），韓毓海與李旭淵《第三世界的現代性痛苦與毛澤東思想的雙重含義——兼說中國當代文學》（《戰略與管理》1994 年 5 期），汪暉的《傳統與現代性》（《學術月刊》1994 年 6 期），彭定安《20 世紀中國文學：尋找和創造現代性》（《社會科學輯刊》1994 年 5 期），文徵《後現代性與當代社會思潮》（《國外社會科學》1994 年 2 期），趙敦華《前現代性、現代性與後現代性的循環關係》（《馬克思主義與現實》1 年 4 期）等。

對概念的提煉和重視反映的是一種學術目標的自覺。當然，按照中國學術期刊的學術規範，由作者列舉「關鍵詞」的慣例是 1992 年以後才逐漸推行開來的，整個 20 世紀 80 年代的中國學術論文之前都不存在這樣的標誌性的「關鍵詞」，這也給我們通過統計來顯示中國學者概念的提煉製造了難度，不過即便如此，分析表格中作為「篇名」的「現代性」話題的增長與作為關鍵詞的現代性概念的增長，我們也依然可以十分清晰地看出：隨著 1993 年以後中國學者對「現代性」話題的越來越多的關注，「現代性」理念作為重點闡述的對象或立論的主要依託才逐漸堂皇地進入學術文本，構成其中的關鍵詞語，大約在 1995 年以後開始「傲然挺立」起來。到新世紀第一個十年的中期，無論是作為論題還是語彙的「現代性」都達到了空前的規模，對西方文化意義的「現代性」含義的追溯和「考古」業已成為了我們的學術「習慣」。同時，在中國文化範圍之內（包括古代與現代）所進行的「現代性闡釋」更層出不窮，幾近成為了現代中國文學與文化研究的基本語彙。到 2004 年，我們的統計已經可以見出歷史的重要轉變。可以說至此，「現代性批評話語」真的正在實現著對於 20 世紀 80 年代一系列基本概念的置換。

這樣的置換當然首先還是得力於同一時期西方文學理論與文化理論的引

入，1990 年代中期以後，活躍在中國理論界的主流是後現代主義、解構主義、後殖民批判理論與西方馬克思主義，而「現代性」則是這些理論的核心概念之一，正是借助於這些西方理論的輸入，中國現代文學界可以說是獲得了完整的「現代性知識」。在這個知識體系中，人們對現代、現代性、現代化、現代主義的辨析達到了前所未有的深入和細緻，對文學的觀照似乎也獲得了令人激動不已的效果和不可估量的廣闊前程，中國現代文學史至此有望成為名副其實的「現代性」或「現代學」意義的文學敘述。

應當承認，1990 年代對「現代」知識的重新認定的確是為我們的文學史研究找到了一個更具有整合能力的闡釋平臺，借助福柯式的知識考古，我們固有的種種「現代」概念和思想得到了清理，現代、現代性、現代化，這些或零散或隨意或飄忽的認識都第一次被納入到了一個完整清晰的系統當中，並且尋找到了在人類精神發展流程裏的準確的位置。最近 10 年，「現代性」既是中國理論界所有譯文的中心語彙，也幾乎就是所有現當代文學史研究的話語支撐點。

但是，從另一方面來看，我們的「現代」史學之路卻難以掩飾其中的尷尬。追溯「現代性」理論進入中國的歷史，我們都會發現一個有趣的轉折：在 1990 年代初期，恰恰也是其中的一些論斷（後現代主義對社會現代性的批判）導致了我們對現代文學存在價值的懷疑和否定，而到了 1990 年代中後期，當外來的理論本身也發生分歧與衝突的時候（例如哈貝馬斯對現代性的肯定），我們竟又神奇地獲得了鼓勵，重新「追隨」西方理論挖掘中國文學的「現代性價值」——中國文學的意義竟然就是這樣的脆弱和動搖，只能依靠西方的「現代」理論加以確定？！這足以提醒我們，中國學者對「現代性」理論的理解和運用在多大的程度上是以自身的文學體驗為依據的？同樣，在「現代性」視野下的中國現代文學研究當中，中國現代文學的種種現象也一再被納入到全球資本主義時代的共同命題中，例如「兩種現代性」、「民族國家理論」、「公共空間理論」、「第三世界文化理論」等等……跨越了歷史境遇的巨大差異，東西方文學的需要是否就這麼殊途同歸了？他者的理論是否真讓我們的文學闡釋一勞永逸？中國文學的現代之路難道就沒有自成一格的更豐富的細節？

較之於直接連通西方「現代性」闡釋之路的言說，「民國文學」這一概念首先試圖表達的就是擺脫先驗的理論、返回歷史樸素現場的努力。

1997 年，陳福康借助史學界的概念，建議中國文學的現代／當代之名不妨「退休」，代之以中華民國文學／中華人民共和國文學之謂。後來，張福貴、湯溢澤、張中良、李怡等人都先後提出這一新的命名問題，﹝註4﹞我將這樣的命名方式稱之為「還原」式，就是因為它所指示的國家社會的概念不是外來思想的借用——包括時間的借用與意義的借用——而是中國自己的特定生存階段的真實的稱謂，借助這樣具體的國家社會形態框架，我們的文學史敘述有可能展開為過去所忽略的歷史細節，從而推動文學史研究的深入。

在多少年紛繁複雜的理論演繹之後，中國文學研究需要在一種相對樸素的歷史描述中豐富起來，自我呈現起來。

「民國文學」研究的幾種可能

當然，「民國文學」概念提出來以後，各方面也不無爭論和質疑，這些爭論和質疑的根本原因有二：長期以來「民國」概念的陰影不去，至今仍然以各種「成見」干擾著我們的思想，或者對我們的自由探索構成某種有形無形的壓力；新概念的倡導者較長時間徘徊在概念本身的辨析之中，文學史的細節研究相對不足，暫時未能更充分地展示新研究的獨特魅力，或者其他的同行業也未能從林林總總的研究中發現新思路的廣闊空間。

關於「民國文學」研究，有這樣幾個方面的問題可以澄清和深發。

一、「民國文學」是民國時期的現代文學，可以涵蓋絕大多數的現代文學現象。不僅可以對傳統的新文學傳統深入解釋，而且可以將舊體文學、通俗文學等等「新文學」之外的文學現象有效納入，在一個更高的精神性框架中理解古今中西的複雜對話關係；不僅可以包括從北洋政府到國民黨政府控制區域的文學現象，而且也能有效解釋紅色蘇區文學、抗戰解放區文學，因為後兩者也發生在民國歷史的總體進程當中，民國文學的概念不僅可以解釋後

﹝註4﹞ 參看張福貴《從意義概念返回到時間概念——關於中國現代文學的命名問題》（香港《文學世紀》2003 年 4 期）；湯溢澤、郭彥妮《論開展「民國文學史」研究的必要性與可行性》（《當代教育理論與實踐》2010 年 2 卷 3 期）；湯溢澤、廖廣莉：《論開展「民國文學史」研究的迫切性》（《衡陽師範學院學報》2010 年 2 期）；趙步陽、曹千里等：《「現代文學」，還是「民國文學」？》（《金陵科技學院學報》2008 年 1 期）；張維亞、趙步陽等：《民國文學遺產旅遊開發研究》（《商業經濟》2008 年 9 期）；楊丹丹《「現代文學史」命名的追問與反思》（《長春師範學院學報》2008 年 5 期）。

者，甚至是擴大了後者研究的新思路，解放區文化不是靠拒絕「人民之國」（民國）的理想而生存，它恰恰是以民國理想眞正的捍衛者自居，最終通過批判了國民黨政權贏得了在「全民國」範圍內的聲響；對於投降賣國的汪偽政權，它也不敢輕易放棄「民國」之號，在這裡，民國的「名與實」之間存在一個值得認眞分析的張力，並影響到南京偽政府統治下的寫作方式；到華北、蒙疆特別是東北淪陷區，日本文化與偽滿洲國文化大行其道，但是，我們能不能斷定淪陷區文學就理所當然屬於滿洲國文學、蒙古文學或者日本文學呢？當然也不能，近幾年的淪陷區文學研究，相當敏銳地發掘出了存在於這些殖民地的「中華情結」，而民國文化作爲現代中華文化的一種形態，依然對人們的精神發揮著根深蒂固的作用——雖然不是名正言順的「民國文學」，但是「民國文學」研究的諸多視角卻依然有效。

　　二、「民國文學」本身不是一個政治性的概念，就如同「民國」本身既有政權性含義，但同時也有政權政治所不能涵蓋的民族、社群等豐富的內涵一樣，而作爲精神文化組成部分的「民國文學」更具有超越政治的豐富的意義空間。我同意張中良先生的分析：「民國作爲一個國家，在政黨、政府之外，還有軍隊、司法機關、民間社團等社會組織，除了政治之外，還有新聞出版、學校教育、宗教信仰、民族傳統、地域文化、文學思潮、百姓生活等等，民國文學是在多種因素交織的社會文化背景下發生、發展起來的，因而其歷史化研究的空間無比廣闊。」〔註5〕事實在於，越是在一個現代的形態中，國家政權的強制力越有限，而作爲社會文化本身的力量卻越大，包含文學藝術在內的社會精神文化，恰恰努力在民國時期呈現出了自己的獨立性和自主性。所以，「民國文學」並不等於就是國民黨的文學，自由主義文學與左翼文學都是民國文學的主體，而且由左翼文學所體現的反抗、批判精神也可以說是民國文學主要的價值取向，「民國批判」恰恰是「民國文學」的基本主題。曾經有大陸學者擔心「民國文學」研究會重新推動中國現代文學研究走入政治的死胡同，相反，也有臺灣學者對大陸「民國文學」研究刻意切割文學與政權制度的關係有所不滿，〔註6〕我覺得這兩方面的意見雖然有異，但都是出於對民國時期文學獨立性、自主性的認知不足。民國文學本身就是知識分子追求

〔註5〕張中良：《民國文學歷史化的必要與空間》，《文藝爭鳴》2016 年 6 期。
〔註6〕王力堅：《「民國文學」抑或「現代文學」？——評析當前兩岸學界的觀點交鋒》，《二十一世紀》2015 年第 8 期。

政治自由的體現，對政治自由的嚮往當然是將我們的精神帶離了專制政治的陷阱；而民國政權在文學政策上的某些讓步和妥協從根本上講並不來自統治者的恩賜，恰恰也是民國的社會力量、民間力量蓬勃發展、持續抗爭的結果，現代國家出現之後，其文化發展最可寶貴之處就是「明君」與「賢臣」文化的逐步消失（雖然政治家的開明和理性依然重要），同時社會性力量不斷加強、民間力量日益發展，後者才是最值得我們注意和總結的文化傳統，只有在後者被充分發掘的基礎上，政治制度的種種歷史特徵才有可能獲得真實的把握。

三、「民國文學」研究其實有別於隸屬於大眾文化、流行文化的「民國熱」。作為對長期以來「民國史」的粗暴化處理的背棄，「民國熱」已經在大陸中國流行有年，民國掌故、民國服飾、民國教育，還有所謂的「民國範兒」等等，這本身不難理解，而且我以為在「各領風騷三五年」的各種「熱」當中，「民國熱」依然保留了更多的自我反省的因素，因而相對的「健康性」是明顯的。儘管如此，我認為，當代中國社會出現的「民國熱」歸根結底屬於大眾文化潮流，而「民國文學研究」則是中國學術多年探索發展的結果，是文學研究「歷史化」趨向的表現，兩者具有根本的不同。其實，「民國文學」研究雖然與當今的「民國熱」差不多同時出現，但中國學界本著實事求是的精神，努力救正「以論代史」的惡劣現象、盡可能尊重民國史實的努力卻是由來已久了。在大陸中國，雖然因為政治原因，「民國」一詞一度包含了某種政治禁忌，需要謹慎使用，但總體來看，除了「文化大革命」這樣的極端的文化專制時期之外，對「民國史」的關注和研究一直有學人勉力進行。從新中國成立到1980 年代初，「民國史」的考察、研究一直都得到來自國家層面的高度重視，並不斷被納入各種國家級的科研計劃與出版計劃。《中華民國史》的編修工作早於《劍橋中國史》的編寫計劃，「民國史」的研究也早在 1956 年就已經列為了國家科學發展十二年規劃，民國史的出版也在1971 年就進入了國家出版規劃。呼籲「民國史」研究的既包括董必武、吳玉章這樣的「民國老人」，又包括周恩來總理這樣的黨和國家領導人。「民國文學」的研究借概念之便，當更能夠順理成章地汲取「民國史」的研究成果，以大量豐富的歷史材料為基礎，對中國現代文學研究的「歷史化」進程作出堅實的貢獻。

當然，民國文學研究，一方面固然應當強調加強學術研究的自覺性，與大眾文化的趣味相區分，但是，也不是要刻意區隔和拒絕那些來自社會民間

的寶貴情懷，相反，有價值的研究總能從現實關懷中汲取力量，讓學術事業擁有的豐沛的社會情懷，本身也是在健康和積極的方向上爲中國的當代文化貢獻自己的智慧和力量。

四、「民國文學」研究可以形成與華文文學研究諸多問題的有益對話。當「民國文學」這一概念的使用跨出中國大陸，尤其是與海峽對岸學界形成對話之時，可能就會遇到嚴重的困擾：在我們大陸學界的立場來看，它理所當然就是一個歷史性的概念，「民國」在 1949 年已經結束，我們的「民國文學」研究如果不加特別說明，肯定是指 1912 民國建立到 1949 年中華人民共和國成立這一段歷史時期的文學，使用「民國文學」概念，存在著一個嚴肅的政治的界限；但是，繼續沿用著「民國」稱號的對岸，是否就是大張旗鼓地書寫著「民國文學史」呢？弔詭的現實恰恰是，當代臺灣學界似乎比我們離「民國」更遠！在經過了日本殖民文化——國民黨統治——解嚴後思想自由——政黨輪替、「去中國化」思潮這樣一系列複雜過程之後，在一個被稱作「後民國」的時代氛圍中，「民國」論述照樣承受了「政治不正確」的壓力，其矛盾曖昧之處，甚至也不是「一個民國，各自表述」就能夠概括得了的。也就是說，在海峽兩岸這最大的華人世界裏，「民國文學」都存在相當的糾纏矛盾之處。如何解決這樣的尷尬呢？如何在兩岸學術界，建立起彼此都能夠接受的論述呢？我覺得這裡有兩個可以展開的思路。

首先是集中研討那些沒有爭議的時段。例如民國成立到 1949 年中華人民共和國成立這一歷史時期，我稱之爲民國文學的典型時期，對臺灣而言，1945年光復之後，特別是國民政府遷臺之後，民國文化與文學當然也完成了移植與建構，不過解嚴以來，本土化傾向日益強化，與「典型時期」比較，情況已經大爲不同，固有的「民國文化」發生了變異、轉換與遮蔽，只有首先清理那些「典型」的民國文化，才最終有助於發掘現存的「民國性」。目前，對於研討「民國文學典型時期」的設想，在兩岸學界已經有了基本的共識。

其次是通過凸顯「民國文學」研究方法的獨特性與華文文學的其他學術動向形成有益的對話。所謂「民國文學」研究不過是一個籠統的稱謂，指一切運用「民國文學」概念創新解釋現代文學現象的嘗試，它至少包括兩個大的方向，一是對民國時期文學發展的種種問題進行新的梳理和闡述；二是通過對於「民國是中國的現代形態」這一思路的認定，生發出關於如何挖掘、描述中國知識分子「現代追求」的種種學術思路，進而對現代中國文化獨創

性問題作出令人信服的闡發，借助這一的闡發，「現代性」視野才不至於單純流於西方的邏輯，而成為中國現代精神生產的一種獨特形式，這些努力的背後，樹立著發現現代中國精神主體性與學術主體性的深遠目標，這可謂是「民國作為方法」的特殊價值。對於這種「文化主體性」的重視，我們同樣可以從作為臺灣學術主流的「臺灣文學」以及史書美、王德威等人倡導的「華語語系文學」那裡看到，彼此對話的空間值得開拓。

「臺灣文學」一度有意識與中華文學相區隔，尋求自己的獨立空間，然而身居「民國」卻是寫作者不能不面對的事實，「民國」與「臺灣」在現實中相互糾纏，在歷史中前後延續、滲透、轉化、變異，無論從哪一個方向來看，離開「民國文學」的歷史與現實，都無法清晰道出現代「臺灣文學」的脈絡與底蘊，這一理念，似乎已經為越來越多的臺灣學者所認可，臺灣文學研究者如陳芳明、黃美娥都多次出席兩岸舉辦的「民國文學研討會」，發表了梳理民國文學與臺灣文學關係的重要論文。

「華語語系文學」（Sinophone literature）是當今華文文學界的最有代表性的命題。儘管其倡導者史書美、王德威、石靜遠等人的具體觀念尚有不少的差異，但是突破華文文學的「中國中心」立場，在類似於英語語系、法語語系、西班牙語系的多樣化格局中建立各華人世界的文化獨立性和主體性，確實是他們的共同追求：「中國內地各種討論海外華文文學的組織、會議、出版，其實存在著一個不可摒除的最後界限，即要歸納在一個大中國的傳承之下，成為四海歸心的一個象徵。很多海外學者會覺得這種做法是過去的、老派的、傳統的帝國主義的延伸，於是提出華語語系文學，使之成為對立面的說法。」〔註7〕擺脫「西方中心主義」來談論「全球文學」，去「中心」、解「權力話語」，不再將華語文學當作某種「中國」本質的「離散」，而是始終在流動性、在地化、變異與重構中生成，這是「華語語系文學」的基本追求。應當說，「民國文學」的研究理念剛好可以與之構成有趣的對話：作為文化主體性與學術主體性的建構，兩者顯然有著共同的意願，

不過，在不斷表述擺脫西方理論模式束縛的同時，「華語語系文學」卻將主要的批判矛頭對準了「中國性」與「中國文化」，史書美甚至為了執著地對抗「中國」，將中國文學排除在「華語語系文學」之外。這裡就產生了一個需

〔註7〕李鳳亮：《「華語語系文學」的概念及其操作——王德威教授訪談錄》，載《花城》2008 年第 5 期。

要認真探討的問題：阻擾現代華語世界精神主體性建構的力量是否就主要來自「中國」，而非實力更為強大的歐美？或者說，在普遍由歐美文化主導的「現代性」格局中，各種現代中華文化形態的經驗更缺少相互啓迪、相互借鑒與相互支撐的可能？如果考慮到「現代性」的言說模式迄今基本還是為歐美強勢文化所壟斷，「大華文區域」依然共同承受著這些文化壓力之時。以「在地」華文世界各自的經驗獨特性構製各自的「主體性」固然重要，在華文世界與其他世界的比照中尋找我們共同的經驗、重建華文文學本身的認同和主體價值，同樣不可或缺。而「民國文學」的經驗梳理，也就是華文世界的「現代認同」的基礎，也是華文文學主體性的主要根據，「作為方法的民國」需要在這樣共同的文化經驗的基礎上加以提煉。

這裡具有中華文化的共同傳統與民族記憶，又都在不同的條件下融入了全球現代化的過程。文學發展的背景同樣經歷了農業文明到工業文明、後工業文明的歷史過程，同樣遭遇了從威權專制到現代民主的轉變。

就文學本身而言，同樣具備了中國古典文學的修養和基礎的積澱，同樣進入到現代白話文學的時代，雖然因為政治意識形態的介入，中國新文學傳統的理解和繼承方式有別，彼此有過對新文學傳統的不同的認識——大陸以左翼文學為正統，臺灣等區域可能更認同以胡適為代表的自由主義，但是作為大的現代文學經驗依然具有相當的同一性。〔註8〕

對主體性的任何形式的尋找最終都不是為了將自身的族群從周遭的世界中分裂出來，而是為了更深刻地認識自我，發現自我的價值，最終也可以與「他者」更好地溝通與共存。大陸「中國中心」意識值得警惕和批判，但是與其徑直將大陸中國的華文文化視作對立的「他者」，毋寧將其當作既挑戰自我又激發自我的「他者」，而且這樣的「他者」也不能取代我們從歐美強勢文化的「他者」中承受的壓力，換句話說，大陸中國的華文世界並不是包括臺灣在內的華文世界的唯一的壓力，各區域華文文學的成長同時也不斷感受著來自其他文化力量的持續不斷的擠壓和挑戰。如果我們能夠面對這樣的事實，那麼，就會發現，華文文學世界的「共同經驗」的分享依然有效，依然重要，依然值得進一步挖掘和發揚，而在民國——這樣一個由華人所建立的現代意義的文化形態中，存在著值得我們共同珍惜的精神遺產。正如王德威

〔註 8〕 參見李怡：《命運共同體的文學表述——兩岸華文文學視野中的「民國文學」》，《社會科學研究》2013 年 6 期。

所意識到的那樣：「在我看來，將海外與中國內地相對立，是另一種劃地自限的做法……如果只強調海外的聲音這一面，就跟大陸海外華文文學各種各樣的做法沒有什麼兩樣，只不過站在反面而已。」「對於分離主義者來說，我覺得華語語系文學這個概念也適用……如果你不知道中國是什麼樣子的話，你有什麼樣的能量和自信來聲明你自己的一個獨立自主的自為的狀態（不論是政治或是文學的狀態呢）？〔註9〕

〔註 9〕 李鳳亮：《「華語語系文學」的概念及其操作——王德威教授訪談錄》，載《花城》2008 年第 5 期。

目

次

緒 論

　　從華夏大地第一座城池出現的那一天起，從此這個脫胎於鄉土又割不斷與鄉土血脈相連的城市成爲了一個經久不衰的話題，人們對於它的描述、贊美或者詛咒就從來沒有停止過，他們或者客觀或者主觀、或者溫暖或者冷漠，或者完整或者碎片，他們用各自的語言、各自的角度、各自的方式展開了城市敘事，那些已經消失在歷史長河中的城市，那些在時間河流中滄桑得面目全非的城市，用語言文字的方式留下了各自的鏡像。即使歷史前行的腳步跨越五千年來到二十一世紀上半葉的北京、上海、廣州……這種敘事也沒停歇，反而在中西文化的衝擊下產生了更新的面貌。中國的城市以其漫長的時間之旅證明了一個雄辯的事實：城市的現代化進程歷史就是鄉土現代化進程的歷史！

第一節　研究現狀

　　首先，在中國期刊網上關於城市敘事研究的成果非常豐富。從中國知網的期刊檢索「城市敘事」來看，通過搜索「全文」，從 1980～2015 年共有 38103 篇論文涉及到了城市敘事；搜索「主題」，從 1980～2015 年共有 267 篇論文是由「城市敘事」作爲主題的；「篇名」爲「城市敘事」的，從 1980～2015 年共有 114 篇論文。而在博碩士論文中，以「全文」搜索「城市敘事」，僅從可以查到的 1993 年至 2014 年間，就有 18901 篇學位論文涉及到了「城市敘事」；以「主題」搜索「城市敘事」，僅可以搜索到的 2002 年至 2014 年，就有 125 篇博碩士學位論文，由此可見城市敘事的研究已然是文學研究的一個

主要方向。

傳統的城市文學研究，大都認爲研究城市文學應該具有兩大要素，一是從地域特徵、創作題材、空間景觀等方面來說，重點研究城市中人文生態與心態，諸如生活流向、價值理念與社會心理；另一個是研究城市文學的創作者的城市意識，著重城市人才有的價值觀念、思維方式與審美原則去描述城市生活。城市與文學的關係可以從多個維度去解讀，可以是城市中的文學，也可以是文學中的城市，由於城市和文學又分別關涉眾多層面，比如城市的社會形態、文化形態，甚至可以更細緻到政治、經濟、生活等各個場域中，同樣，文學也關涉到多個層面的研究，如時代、地域、意識形態、思潮、文體、傳播、受眾等等因素。所有這些錯綜複雜的關係都將是作爲研究城市與文學關係的方法論與角度。然而，在這裡我們所要研究的是從千絲萬縷中抽出的一維，即文學中的城市。所謂「文學中的城市」主要指的就是被作家所想像和敘述的方式而出現在文學文本中的不以空間實體存在的城市，更準確地說，就是中國現代文學文本中指涉城市的文學敘述。因此，本文立足於「文學中的城市」這一基本概念，去揭示城市文學的不同形態，並以此作爲研究基礎，關注於不同作家在不同的精神思想下對於文本城市的不同的呈現方式，從而探討思想與文學的藝術價值。

在西方的城市文學研究領域中，「文學中的城市」這一概念源自於美國學者理查德·利罕《文學中的城市：知識與文化的歷史》一書。作者在書中指出「文本中的城市」即「城市的表現」或者說的是「城市的再現」，他對於研究理論作了一番梳理：

> 隨著物質的城市的不斷演進，文學——尤其是小說——對它的再現（re-present）方式，也在不斷地演進。喜劇現實主義和浪漫現實主義爲我們提供了對商業城市的洞見；自然主義和現代主義爲我們提供了對工業城市的洞見；而後現代主義則爲我們提供了對後工業城市的洞見。城市和文學文本已然有著密不可分的共同的歷史，對城市的閱讀只不過是另一種形式的文本閱讀。此外，這種閱讀還涉及知識的歷史和文化的歷史，它們對城市，對文學想像中的城市的描繪方式都有很大的影響。〔註1〕

〔註1〕 【美】理查德·利罕：《文學中的城市：知識與文化的歷史》，上海人民出版社，2009年版，第380頁。

基本上，利罕通過各種文學「主義」中再現出來的城市進行研究，發現城市從神聖城市到啓蒙城市再到大都市凸顯的是物質城市的「墮落髮展」，同時也發現了城市人從早些時候的（巴爾扎克筆下的）活躍的、積極參與的力量逐步到受城市控制再到對城市無能爲力甚至成爲孤獨者、局外人這樣一個過程。從歷史中進行城市與文學的互動梳理，既關注物質城市的變化，更注重文學表現的變遷。利罕的這種想像文本中的城市研究不失爲一種文化研究範式。

在利罕提出「文學中的城市」這一概念並做研究之前，西方研究都市文化的傳統主流視角是社會學視角、生態學視角、政治經濟學視角、文化學視角和文學視角。20 世紀初盛行的芝加哥學派爲都市文化研究提供了重要的理論基礎，如芝加哥學派的靈魂人物羅伯特・派克 1915 年發表的《城市》，作爲「社會過程」的城市被賦予了鮮明的社會性。到了二十世紀後半期，出現了較爲經典的城市文學研究方式，如雷蒙德・威廉斯的《鄉村與城市》（1973年），伯頓・派克的《現代文學中的城市形象》（1981 年），威廉・夏普的《不眞實的城市》（1990 年），納西爾的《城市編碼》（1996 年）。他們基本上是從二元對立的方式進行文本城市研究，如鄉村與城市，動態的城市與靜態的城市，私人空間與公共空間等等。1997 年華裔學者張英進對德國城市文化研究者克勞斯・謝爾普的研究進行了歸類整理，他將謝爾普的研究概括爲了四種模式：「第一類模式來源於德國 18、19 世紀小說中的描寫的那種『鄉村烏托邦』和『城市夢魘』的直接對立。在這一模式中，一種早期的、據信是平靜和安寧的主觀主體受到新興的工業文明的威脅。」第二類模式見於「19 世紀批判社會的自然主義小說，其中鄉村與城市的對立退位於階級鬥爭。……城市的生活和經驗彼縮小爲個人和群體的對立」。第三類模式見於現代派作品，其中「巴黎浪蕩子的沉思姿態」表明「城市經驗的潛在的想像力」，其「審美主體自然而然地觀察審美客體，用凝視的目光捕捉和把握這客體。」第四類模式是「功能性的結構敘述」，通過這種敘述，「城市因其商品和人的劇烈流動而被重新構造爲『第二自然』，這一新構造據其在時間和空間上的自給自足、相輔相成的方式而產生。」〔註2〕換言之，在第四類模式中，城市成了自己的代理人，在文本中自由地展開自我敘述。張英進在歸納城市文本的研究

〔註 2〕 張英進：《都市的線條：三十年代中國現代派筆下的上海》，載《中國現代文學研究叢刊》，1997 年第 3 期，第 94 頁。

模式時指出了其合理指出，同時也提醒了研究非西方文學時這幾種尤其是後兩種模式的特殊產生背景而不能被廣泛應用。

　　張英進在分析西方都市文化研究理論的同時，從對新感覺派小說文本的研究中提出了自己的研究思路：「想像」與「想像性」的研究範式，他說：「探討在這種（城市）文本創作的過程中，城市是如何通過想像性的描寫和敘述而被「製作」成為一部可讀的作品。……我說的製作是符號性的，指的是將城市表現為符號系統，其多層面的意義需要解析破譯，我將重點放在製作的過程而不是其最終的產品─作為文本的城市（或稱城市文本）。我認為現代城市的文本創作其實也許是 20 世紀初中國城市現代性的一種特殊的經驗，也就是現代城市的感覺和認識的創新。」〔註3〕根據這一「想像」研究理論，張英進從 30 年代中期描寫上海的作品中分析了城市新感覺產生的特殊方式，通過語言文本與視覺文本的結合從而獲得都市夢幻情節的表達經驗。確實，對於「文學中的城市」進行研究，「想像性」的介入使得城市文本的解讀獲得了更多更豐富的語義空間。

　　近年來，對於國內城市與文學關係的研究成果也如雨後春筍般湧現，也從不同側面展現了豐富的城市文化研究，如有從近現代中國城市的發展歷史、文化表徵、市井風情等方面進行回憶、論述的著作、論文、老照片、散文集。尤其是對於上海、北京這兩座有著截然不同的歷史、文化、個性、風格的城市，更是成為了研究的熱點。

（一）從城市文化的角度研究

　　對於城市文化、城市氣質與城市文本結合研究較早的應該屬趙園的《北京：城與人》（1991 年）。與其說這部著作是關於北京的現代城市文學史，確定北京在中國作家心理的位置，不如說是為「文學中的北京」正名。她從眾多書寫北京的文本中去發現城與人的精神聯繫，可以說她是在給北京做一個「文化北京」定位。在整體的 20 世紀中國現代化不可逆轉的進程中，北京其實替代了鄉土中國的國家與文化地位，成為了中國文人的精神故鄉。它既負載著真實的物理空間，同時又被文學建構成一種想像中的形象。她在著作中強調了其研究思路：「經由城市文化性格而探索人，經由人──那些久居其中

〔註 3〕張英進：《都市的線條：三十年代中國現代派筆下的上海》，載《中國現代文學研究叢刊》，1997 年第 3 期，第 93 頁。

的人們，和那些以特殊方式與城聯繫，即把城作爲審美對象的人們──搜尋城，我更感興趣於其間的聯結，城與人的多種形式的精神聯繫和多種精神聯繫的形式。」〔註4〕趙園的研究重點放在城與人關係的文學表達方式上，通過對北京作爲鄉土中國的國家文化定位，指出在一定程度上這個想像中的文化城市實際上已經成爲了中國文人的精神故鄉。實際上，趙園這種注重文本審美特性的研究多少還是屬於傳統的城市文化範式。但由於趙園的創作時間較早，這一著作太過於局限文學形態，太過於集中「京味」的分析，使得在很大程度上仍然保留著城市文學形態研究的痕跡，而並沒有更廣泛的視野探討北京想像的可能性。

與趙園研究具有平行性的特徵但是又在視野程度上更爲開闊的研究力著是李歐梵的《上海摩登》（2001 年）。李歐梵以都市文化爲題，受新歷史主義影響通過文化研究的視角構築了上海的似錦繁華，主要通過上海這座城市的外部特徵出發，觸摸上海的摩天大樓、百貨大樓、公園、電影院、咖啡廳、舞廳、跑馬場等現代化都市形象空間，然後專注於都市物質性與都市人精神性的內部研究，即外在的景觀、物質、生活方式、制度等是如何潛移默化影響到都市人敏感的神經，由此進一步深化到充滿現代性的都市文化與現代文學之間互文性特徵。關於城市與文學，李歐梵有著他獨到的研究方式，「我對老上海的心情不是目前一般人所說的懷舊，而是一種基於學術研究的想像重構，是對老上海文化地圖的重繪。」〔註5〕由此，李歐梵成功地找到了一條「城市文本想像性地重構了中國現代城市裏現代性文化」研究之路。論及「文學中的上海」的學術研究，繼李歐梵後開啓了上海文化研究熱潮。孫藝劍 1989年出版的《城與人──當代中國城市小說的社會文化學考察》，研究主要是在城市文化與鄉村文化，中國傳統文化城市文化與現代西方城市文化以及當代中國城市社會變遷的背景下做的「社會文化學研究」〔註6〕。

（二）從城市記憶的角度研究

自 2005 年北京大學舉辦的「北京：都市想像與文化記憶」國際研討會

〔註 4〕趙園：《北京：城與人》，上海人民出版社，1991 年版，第 1 頁。

〔註 5〕李歐梵：《上海摩登：一種新的都市文化在中國（1930～1945）》，毛尖譯，人民文學出版社，2010 年版，第 352 頁。

〔註 6〕孫藝劍：《城與人──當代中國城市小說的社會文化學考察》，雲南人民出版社，1989 年版，第 3 頁。

後，在陳平原先生有意識的倡導城市文學研究之下，來自各個學科的研究者發表了數篇北京與文學關係的文章。如王德威的《北京夢華錄──北京人到臺灣》，臺灣學者趙孝萱的《雅人趨俗，俗人卻雅──張恨水北京小說雅俗錯位的文化意涵》，美籍華裔學者董玥的《國家視角與本土文化──民國文學中的北京》，王曉珏的《沈從文與北京──現代性及其危機》，梅家玲的《女性小說的都市想像與文化記憶》，賀桂梅的《時空流轉現代》，柏右銘的《城市景觀與歷史記憶》等等，都從不同側面再現了文學北京想像。陳平原也以「文學中的城市」爲切入點，他說，「借用城市考古的眼光，談論『文學北京』乃是基於溝通時間與空間、物質文化與精神文化、口頭傳統與書面記載、歷史地理與文學想像，在某種程度上重現八百年古都風韻的設想」，「談論中國的『都市文學』，學界一般傾向於從 20 世紀談起，可假如著眼點是『文學中的城市』，則又當別論」。而在談到「文學中的北京」這一概念時，陳先生採用的是「想像」一詞。在《「五方雜處」說北京》一文中，他說：「略微瞭解北京作爲都市研究的各個側面，最後還是希望落實在『歷史記憶』與『文學想像』上。……因此，閱讀歷代關於北京的詩文，乃是借文學想像建構都市的一種有效手段」。陳平原先生在討論「作爲研究方法的北京」主題時，他還提出說：

> 借用城市考古的眼光，談論「文學北京」，乃是基於溝通時間與空間、物質文化與精神文化、口頭傳說與書面記載、歷史地理與文學想像，在某種程度上重現八百年古都風韻的設想。不僅於此，關注無數文人雅士用文字壘起來的都市風情，在我，主要還是希望藉此重構這個文學史圖景。〔註7〕

對於文學中的北京研究，陳平原落實在了「想像」與「文化記憶」上，通過文學想像構築都市歷史，重新拼接中國的文化傳統，使之成爲國人安身立命的精神根基。正如他所強調的：「不僅僅是力圖理解中國現代化進程，還包含著精神重建的意味。」〔註8〕

〔註7〕陳平原：《「五方雜處」說北京》，收入陳平原、王德威編：《北京：都市想像與文化記憶》，北京大學出版社，2005 年版，第 547 頁。

〔註8〕陳平原：《想像北京城的前世今生──答新華社記者劉江問》，收入陳平原、王德威編：《北京：都市想像與文化記憶》，北京大學出版社，2005 年版，第 556 頁。

（三）從城市文學流派的角度研究

吳福輝《都市漩流中的海派小說》（1995 年版），闡述了海派小說與現代文學的關係，給予海派文化一個全新的定位。吳福輝在中國城市文學的研究中，較早地提出了「文學對城市的塑造」以及「城市形象」等說法，他強調作家的都市人身份，並最先以正面肯定的態度描述了上海的物理和文化空間及其與海派文學的關係。正因為他為海派正名，海派才被看成真正具有「都市文學」特徵而進入研究者的視野，以及作為上海城市文化的一個重要組成部分。在分析海派的文學內容的同時論述了海派文化的變遷，拓寬了現代文學的研究視野，並展望了京派文學和海派文學在繼續發展的同時還有可能既不斷改造揚棄自身的缺點，又相互補充融合重造現代中國文化。楊義的《現代文學流派》（1998 年版），通過對現代小說、女性小說、左翼以及海派等流派進行了分析，在著作中提出了都市文化意識一說。李今《海派小說與現代都市文化》（2000 年版）從都市文化的角度解讀海派小說，探討了海派的文學觀念與文學精神同上海都市之間的互動關係。史書美《現代性的誘惑：書寫半殖民地中國的現代主義（1917～1937）》（2007 年版），他從半殖民地視角出發審視了上海的文化產業，通過新感覺派小說與上海商品物質、情感欲望、視覺感官等結合分析研究，探討了現代主義與民族主義共同意識下的殖民上海文化特徵。孫紹誼《想像的城市：文學、電影和視覺上海（1927～1937）》（2009 年版）其視野從小說文本拓寬到了視覺文本，探討了上海的都市空間、左翼上海話語、新感覺派小說、時裝上海的性別政治以及廣告與上海這座都市文化的關係。許紀霖、羅崗的《城市的記憶：上海多元歷史傳統》（2011 年版）通過多元、複雜的歷史文化傳統來對上海的城市文化進行把脈與定位，試圖尋找真正的上海城市文化性格。臺灣學者蔣興立《左翼上海》（2012 年版），通過細緻的左翼都市小說文本細讀，觀察了作家的敘事方式、情節鋪陳、人物塑造、時空感知、都市想像、家國認同，從而進行主流思想、都市文化與文學創作的深入研究。

（四）從城市文學史的角度研究

在二十世紀的文學史論著中，這類研究大多能從文學史全局視野出發，注重中國現代文學的整體發展過程。他們寫作的方式不一樣，有的研究將城市文學與鄉土文學進行了分類研究，有的是從文學流派的角度勾勒城市文學的整體面貌，如楊義的《中國現代小說史》（1998 年版）、許祖華主編的《中

國現代文學史簡明教程》（2001 年版）、淩宇主編的《中國現代文學史》（2006
年版）、程光煒主編的《中國現代文學史》（2007 年版）等都在不同程度上對
都市文學、京派、海派等進行了梳理研究。

　　（五）從「城」與「鄉」不同文化結構的對比視角研究

　　錢理群的《中國現代文學三十年》（1998 年版）一書中，就從沈從文的鄉
土小說對照都市文化的研究中提出了自己的看法，認為沈從文的都市小說
其實並不作為一個獨立的個體而出現，「描寫都市人生的小說，實際上對於沈
從文並沒有一完全獨立的意義，它總是作為他整個鄉村敘述體的一個陪襯
物或一個補充而存在」〔註 9〕。高秀芹的《文學的中國城鄉》（2002 年版）梳
理了整個二十世紀中國文學中的都市與鄉村兩種不同的社會形態與文化形
態的差異。許道明發表於《南京師大文學院學報》的論文《「鄉」和「市」與
現代文學》（2002 年），也是從城市與鄉村兩種不同的文化形態中去審視中國
現代文學史，凸顯出了這兩種不同的文化價值與文化思潮。許心宏的博士論
文《文學地圖上的城市與鄉村——二十世紀中國小說「城—鄉」符號研究》
（2010 年），文章是基於西方理論中的文化符號學與敘事學研究角度，探討
了二十世紀中國小說中的城與鄉這兩個文化符號的結構功能以及文化表徵
意義。

　　總之，關於「文學中的城市」研究，作為「文化的」、「想像的」、「記憶
的」、「經驗的」都市文本，既是一個說不盡的城市文本，也是一個多重語境
下的語義空間。尤其是處於變革時期的中國現代城市，中國的作家在面對城
市時他們所擁有的文化記憶、美學資源、現實經驗，以及從鄉土中國傳承下
來的自然審美精神、道德理性精神、倫理功用意識、價值判斷等等，都將是
我們考察文學中的城市不可疏忽的因素。

第二節　相關概念的梳理

　　城市，作為人類歷史發展到一定程度而出現的一種社會形態，往往代表
了人類社會文明發展與進步的一個階段性成果。在人類歷史的早期，生產力
低下，人們以游牧狩獵生活為主，由於居無定所也就是無所謂城鄉之分。隨

〔註 9〕錢理群、溫儒敏主編：《中國現代文學三十年》，北京大學出版社，1998 年版，
　　　第 312 頁。

著生產力水平的提高，開始出現貿易活動，於是人們生產生活逐步形成了固定的地理位置，便形成了最初的城市雛形。從早期意義上的城市到現代城市的出現，在人類歷史上經歷了一段漫長的發展歷程。

學術界一般認為，中國最早出現的城市是在「距今 3000 多年前，在商朝，黃河流域」〔註 10〕。1952 年在河南鄭州發現的古城隞都遺址，根據考古學家研究鑒定為中國最早的城市。從周秦開始，中國古代的城市就有了較大的發展，據學者張仲禮書中資料記載，秦朝統一前的城市已經達到 540 座之多，而且隨著封建經濟的發展，商業貿易的不斷擴大，城市數量得以迅速的增長。尤其到了唐宋時期，城市的繁榮已經達到了相當高的水平，一幅描畫北宋都城汴京的《清明上河圖》就足以證明，其中稠密的人口、高大的城樓、鱗次櫛比的屋宇、茶坊、酒肆、腳店、肉鋪、廟宇等等顯示出了一派繁華的商業都市景象。在中國的典籍裡，城與市都是作為政治、軍事權利中心而出現的，從對城的釋義中就可以看出。如《說文》中的「城以盛民也」，《墨子‧七患》中的「城，所以守也」，《釋言》中的「城，盛也，盛受國都也」等都是在強調城的軍事功能與政治功能。「築城以衛君，造廓以守民」就是最初建城的目的所在。因此，延續了幾千年的中國古代城市的佈局主要是圍繞君主、官僚等級不同而依次設立國都、府、州、縣等大小規模有嚴格等級制度規定的城市，也就是說按城市的建立是基於封建君主、中央集權的統治模式。

中國傳統的城市與西方的城市有著很大的差別。美國城市研究者劉易斯‧芒福德指出：「城市最初是以聖地的面貌出現的，它是控制的中心，而不是什麼貿易或是製造業中心。」〔註 11〕在文藝復興以前，西方城市的建立主要是基於宗教的功能體現。如早期的雅典娜古城就與希臘神話緊密相聯，供奉著奧林匹斯諸神的巴特儂神廟就是在雅典娜城的中心，古羅馬城中心也有一座相類似的萬神廟。中世紀神學的發達也導致了城市的發達，當然也成就了城市作為宗教傳播的核心地位。隨著經濟的發展、工業革命的發生，馬克思、恩格斯等經典研究專家注意到了城市發展的走向，他們對於不同歷史時

〔註 10〕　張仲禮：《近代上海城市研究 1840～1949 年》，上海文藝出版社，2008 年版，第 2 頁。
〔註 11〕　【美】劉易斯‧芒福德：《城市發展史──起源、演變和前景》，倪文彥、宋俊嶺譯，中國建築工業出版社，1989 年版，第 1 頁。

期的城市功能做了細緻的分析研究後提出，城市是社會化發展的產物，而人類分工的進一步細化是誘發現代城市產生的真正緣由。恩格斯說：「它們（指早期的城市）的壕溝深陷為氏族制度的墓穴，而它們的城樓已經聳入文明時代了。」〔註 12〕馬克思、恩格斯把從封建社會轉變到資本主義社會的城市看成了人類文明的中心，所以他們認為鄉村城市化既是資本主義的必然經濟規律，同時也是資本主義發展的必要組成部分：「城市人口（一般地說是工業人口）由於農村人口減少而增加，不僅是目前的現象，而且正是反映了資本主義規律的普遍現象」〔註 13〕。因此，對於城市的真正定義也逐步轉變到了現代城市的意義與功能上來，認為「以人為主體，以空間利用為特點，以聚集經濟效益和人類社會進步為目的的一個集約人口、集約經濟、集約科技文化的空間地域系統。」〔註 14〕這句話也意味著現代意義上的城市具有聚集人類經濟活動、社會財富、人類智力以及社會生活等所有優越於農村的完整的、高效的、開放的優勢和特點。

而中國現代意義上的城市出現於晚清時期，並隨著中國社會從「鄉土中國」向城市化進程緩慢轉變，這已經成為了 20 世紀中國社會形態轉變的一個觀測點。根據美國學者墨菲研究顯示，1830 年的上海還是一個非常不起眼的以自然漁業經濟為主的小縣城，然而到了 1930 年，上海迅速發展成為了能與國際性都市——東京、紐約、巴黎、倫敦並駕齊驅的城市。〔註 15〕從 1930 年上海的經濟數字顯示，其港口貨運量佔全國的五分之四，吞吐量達到了 4000 萬噸，外貿總額高達 10 個億，全區產業工人總數達 60 多萬，聚集了世界 40 多家銀行，170 多家保險公司，湧現了許多諸如紡織、麵粉、香煙等製造業大王以及永安、先施、福新、新亞等知名品牌。除了上海，還有天津、武漢、廣州、重慶等現代城市迅速發展了起來，就連北京、南京、西安等文化古都也朝現代城市轉型。

中、西城市的發展儼然已成為了一個不可忽視的現象，也吸引了眾多的歷史文化學者的關注，他們饒有興趣地關注到了城市的發展實際上伴隨了經

〔註 12〕 《馬克思恩格斯全集》（第二十一卷），人民出版社，1965 年版，第 188 頁。
〔註 13〕 《列寧全集》（第四卷），人民出版社，1958 年版，第 132 頁。
〔註 14〕 張仲禮：《近代上海城市研究 1840～1949 年》，上海文藝出版社，2008 年版，第 4 頁。
〔註 15〕 參見【美】羅茲‧墨菲：《上海——現代中國的鑰匙》，上海人民出版社，1986 年版。

濟、文化、文學、藝術的高度發展，城市也成爲了一種文化現象。芒福德就曾說：「城市是一個集合體，涵蓋了地理學意義上的神經叢、經濟組織、制度進程、社會活動的劇場以及藝術象徵等各項功能。城市不僅培育出藝術，其本身也是藝術，不僅創作了劇院，它自己就是劇院。」〔註16〕確實，城市不僅僅只是一個地理學意義上的存在，它更是經濟學、政治學、文化學等多重意義上的存在。我們對於中國現代城市的考察，還有一個非常值得注意的前提，就是現代中國城市的殖民化發展背景，理解這一點對於後面有關知識分子複雜心理的相關分析就變得容易很多。可以說，現代中國早期的城市都在不同程度上帶有了西方殖民的痕跡，成爲了世界資本市場的一部分，如早期的上海、天津、廣州等沿海一帶的城市，城市空間裏有著西方特色的建築物，因此在一定程度上給市民帶來了西方殖民的心理印記。考察現代城市的文化形態，最爲直接的就是城市空間形態，如城市建築、街道、公園、茶館、戲院、電影院、飯店、廣場等等。城市的空間實際上承載了城市的文化與精神。根據城市觀察者的結論：「（城市裏）有形物體中蘊含的，對於任何觀察者都很可能喚起強烈意象的特性」〔註17〕。城市物質單元在觀察者的視野裏不再是冰冷的無生命物質存在，而是一種與主體情感投射的結合體。所以林奇從自身生命體驗出發得出一個結論：「一個整體生動的物質環境能夠形成清晰的意象，同時充當一類社會角色，組成群體交往活動記憶的符號和基本材料……一處好的環境意象能夠使擁有者在感情上產生十分重要的安全感，能由此在自己與外部世界之間建立協調的關係。」〔註18〕這段話充分證明了主體的歷史文化記憶與城市物質單元之間的內在聯繫，既可以說城市是歷史中的城市，也可以說歷史因爲城市而永恒存在。就比如北京的故宮、長城、街道、胡同、茶館等等都是歷史的象徵符號，也是城市裏最有文化底蘊的存在。當然，對於公共空間的文化邏輯，也不全部是一種歷史記憶，它也可以作爲一種文化批判而存在。如1906年，日本輿論界德富蘇峰在遊歷了蘇州幾個城市後，他這樣說：「總之，至今沒有什麼可以被稱作道路的東西……（在城市中）

〔註16〕 【美】劉易斯·芒福德：《城市是什麼？》，許紀霖編：《帝國、都市與現代性》，江蘇人民出版社，2006年版，第1頁。
〔註17〕 【美】凱文·林奇：《城市意象》，方益萍、何曉軍譯，華夏出版社，2001年版，第9頁。
〔註18〕 【美】凱文·林奇：《城市意象》，方益萍、何曉軍譯，華夏出版社，2001年版，第11頁。

儘管街道都已鋪好，但並未達到現代交通乾道的水平。事實上，不過只是街道笨重的殘跡罷了。」〔註19〕他在描述完蘇州城市的糟糕街道設施後，下了一個淺顯而又惡毒的結論，「支那的街道乃是支那人缺公德的鐵證」。且不去評論他的正確與否，我們只是從文化批判的角度來分析這件事情。蘇州的糟糕街道設施，觸及的是蘇州城市的落後，經濟水平的落後，同樣也反映出了蘇州整體文化的落後。作為一個外國人眼中的中國，實在無法與歐美、日本媲美，落後、貧窮就是中國的總體形象，以至於日本作家芥川龍之介也免不了這樣抱怨蘇州：「在城裏，街道潮濕、狹窄而污穢……的確，馬路的石板鬆動不穩，以致我們騎騾子而過時，令我感到反胃。事實上馬路是極危險的……甚至比東京或京都最糟糕的馬路還遠遠不如……」〔註20〕

對於一座城市的文化，單單是從地理空間、物質層面去分析是遠遠不夠的，生活在這座城市空間裏的人、發生的事以及傳承的歷史，這些構成的日常生活內涵的意義遠比地理空間的文化意義要複雜要豐富得多。美國城市研究的芝加哥學派代表帕克說：「城市，它是一種心理狀態，是各種禮俗和傳統構成的整體。換言之，城市絕非簡單的物質現象，絕非簡單的人工構築物。城市已同其居民的各種重要活動密切地聯繫在一起，它是自然的產物，而尤其是人類屬性的產物。」〔註21〕正是因為有了城市這個地理物質空間，才為城市政治、文化以及人們日常生活提供一個空間存在，這些才是城市最為穩定的主角，有了它們成就了城市的豐滿血肉與鮮活靈魂。如上海的日常生活精神用一個詞來概括就是「世俗」。世俗既囊括了上海市民的日常生活姿態，也成為了這座城市的精神標籤。由於上海市民生活文化中的重商氣質，使得世俗化的心態尤其明顯，如有學者這樣總結：「（自北宋以來新興的都市通俗文化）是以文化服務的方式向普通消費者提供娛樂和消遣的；其內容主要是社會現實的世俗生活，或者是經過世俗化了的歷史、傳奇、神魔等離奇驚險的故事，表現出對舊傳統的反叛精神。自它興起之後即顯露出旺盛的生命力和廣闊的發展前景，以強烈的社會效應和眾多的接受群體而與典雅的正統文

〔註19〕 【日】德富豬一郎：《78日遊記》，轉引自李孝悌：《中國的城市生活》，北京大學出版社，2013年版，第477頁。

〔註20〕 【日】芥川龍之介：《江南遊記》，轉引自李孝悌：《中國的城市生活》，北京大學出版社，2013年版，第477頁。

〔註21〕 【美】R.E.帕克等：《城市社會學——芝加哥學派城市研究文集》，宋俊嶺等譯，華夏出版社，1987年版，第1頁。

學分庭抗禮，平分秋色。」〔註 22〕上海這種世俗文學傳統在三四十年代得到了空前的體現，尤其是以張愛玲、蘇青作爲代表，將小市民的世俗心態展示得淋漓盡致。

　　總的說來，中國的現代城市在其漫長的傳統城市模式中突圍出來，其時間也就不過一百年左右，同樣，城市的文化也並不是一蹴而就生成的，所以城市文化中最爲深層的心理積澱還深刻製約著市民文化心理與城市精神文化風尚。如北京的文化形態，總體上來說主要還是體現出傳統文化特徵。從北京的人文景觀看，北京的建築風格明顯具有鄉村特性，如高牆深院的經典建築北京四合院，其庭院與園林自然融爲一體。在老舍的北京城裏，老北京人一定會在院子裏栽上一棵石榴樹，還得配上一個金魚池，要是能養出一盆可人的水仙來就能掙個體面，這樣的景觀情趣實際上就是一種田園野趣。郁達夫當年也說「北平具有城市之外形，而又富有鄉村的景象之田園都市」〔註 23〕如此，說明了北京精神特質完全契合了知識分子的審美精神，也使得中國古都在某種意義上繼續著歷史文化形態。正如趙園所說的「田園式的城市是鄉村的延伸，是鄉村集鎮的擴大。城市即使與鄉村生活結構（並由此而在整個社會生活中的）功能不同，也同屬於鄉土中國，有文化同一。」〔註 24〕其實上海這座最初由資本殖民而迅速發展起來城市，它的自身發展邏輯並不同於紐約、倫敦、巴黎等資本主義都市，儘管城市有不少殖民痕跡，但是整個沒有擺脫鄉土中國的影子。美國學者墨菲對此有全面又經典的評價：「（上海）雖然大部分按照歐美方式組成，實際上卻安放在農村文明的基礎上」，「就在這個城市，勝於任何其他地方，理性的、重視法規的、科學的、工業發達的、效率高的、擴張主義的西方和因襲傳統的、全憑直覺的、人文主義的、以農業爲主的、效率低的、閉關自守的中國——兩種文明走到一塊來了。」〔註 25〕上海這樣一座算得上是在現代中國最爲發達的城市，它同西方發達城市相比，其鄉土特徵就凸顯了出來，因此也足可以想像眾多的內地城市，除去其表徵上的現代性，傳統文化的精神依然強大地存在於城市之中。

〔註 22〕謝桃坊：《中國市民文學史》，四川人民出版社，1997 年版，第 19～20 頁。

〔註 23〕郁達夫：《住所的話》，《郁達夫經典作品》，當代世界出版社，2004 年版，第 188 頁。

〔註 24〕趙園：《北京：城與人》，上海人民出版社，1991 年版，第 14～15 頁。

〔註 25〕【美】羅茲·墨菲：《上海——現代中國的鑰匙》，上海社科院歷史所譯，上海人民出版社，1986 年版，第 2、4 頁。

第三節　論題的提出與研究路徑

　　由於目前城市文學的研究大多是以題材為限定，儘管也從社會學、歷史學的意義上去研究，也取得了很多了研究成果，但是在一定程度上卻忽略了城市生活作為人類基本生存方式對於人類精神的影響能力，而這種影響能力卻又是不可忽視的對於城市文學的創作帶來的巨大的影響力。它給予人們以不同的精神塑造，進而影響甚至改變著人們對於城市的敘述與想像。因此，在進行城市文學研究時，要尤其注意研究的主觀意識化問題。當然，作家創作的主觀意識化並不就是作家創作的主體化過程。特別是在二十世紀初的現代中國，文學的社會功能與實用價值必然擠佔了作家創作的主體性，他們總表現為主動或者被動地參與到時代的主流話語中來。而我們作為研究者，一旦滑入預設的歷史中而無法與文本保持一定的距離時，問題就產生了：當研究者主觀地追尋創作者的主體化意識時，其獲得的研究成果是不可能深入的，因為這樣的研究就是等同於二次文本闡釋，使得研究總是被限定在了某個無形的框架之中而難以取得突破性的成就。為此，在進行城市敘事的研究時，如果說城市形態是一種客觀存在的話，那麼作家在創作時是對這種客觀現實的一種主觀模仿，一旦研究者不能突破這個限定的框架，這樣的研究充其量也只能算是模仿的模仿。而如果我們能夠從城市文學文本中抽離出來，保持一種冷靜的客觀距離，並且通過共時的、歷時的各種參照文本來對城市文學進行分析研究，這樣的研究就完全可能避免落入預設的主體敘述場域中，而能夠將研究通過歷史學的、文化學的、社會學的、心理學的等層面對城市敘事進行多維的、立體的、全面的、深入的研究，這種多層面的研究為城市敘事闡釋提供了一種可能，也成為了一種全新的論述視角，由此獲得了不一樣的城市敘事的研究意義。

　　本文研究的目的與意義主要體現在以下三個方面：一是通過對民國時期的城市想像文本的研究，考察中國城市是如何被寫進入文學作品的，又是怎樣呈現出來的。城市在一定程度上是一個可供繁複解讀的文本，而對城市的充分理解與把握都必須建立在景觀、人群、敘事風格等並不產生意義這一前提基礎之上，只有通過人們的闡釋、想像，將主體的意識與某一特殊現象結合起來就呈現出了不同的城市文化。因此，建立在多重視角下的城市意象考察，有利於我們更加清晰地看到想像中的城市如何發展變化的，從而展現意蘊豐富的城市的多面性。二是通過跨學科的文化研究視野，將歷史學的研究

方法與文學研究的方法結合起來，來審視文本中的城市想像與歷史中的城市文本之間的內在聯繫。本書的目的不在於直接討論城市的空間與社會形態，而是力圖將文學文本中的「城市」作為一個「文本」來把握，進而通過與歷史中的城市進行一個對比，從而得出同樣的城市在不同的視角下呈現出不同的想像城市的形態。因此，對於不同意識形態下作家的「想像城市」的書寫，可以反映出作家不同的價值觀念與思想內涵。由此我們通過進一步的研究去探討思想是如何進入到文學中去的，文學是如何參與建構歷史與遮蔽歷史的。三是通過對文本的細讀與歷史材料的整理，為現代文學中的城市研究提供了一個可借鑒的研究視角。通過不同視角下的城市想像的梳理與研究，為現代文學中的城市文學研究提供了一種新的理解與體驗城市日常生活的「話語」，展現了一個城市空間與人的關係的研究，並通過這種文學文本中的城市研究與社會關係的梳理，有利於我們從一個新的學術角度去面對和認識諸多充滿了悖論的事實。

　　本文所要做的關於中國現代文學中的城市敘事研究一直是學界比較重要的城市文化研究課題，前人已有的豐富的研究成果，為我的後續研究打下了堅實的基礎。

　　首先，我的研究仍然是以城市想像、文學創作、時代思潮、個人思想、城市文化等作為切入點，通過文本細讀進行細緻而又深入的分析，輔之以歷史材料、客觀依據等作為引證材料，以期印證文學與城市、「文學中的城市」與歷史場域中的城市、作家與城市、作家與歷史之間所蘊含的秘密。從普遍認為的角度看，現代性與傳統性始終是中國現代城市既衝突又相融的姿態。儘管從空間上來看，現代城市裏迅速出現的辦公大樓、飯店、電影院、咖啡館、豪華公寓等等已然是構成了物質現代性的存在。然而，從城市的整體背景而言，中國現代城市的社會文化背景依然是強大的鄉土農耕文明。本研究正是基於這樣一個認識的基礎上，通過文化的、歷史的、心理的、思想的層面去還原城市內核中鄉土的一面。

　　中國現代文學三十年，正是處於文化啓蒙、政治救亡、社會解放、軍事鬥爭成為了時代主題的年代。在這樣一個劇烈動蕩的歷史區間裏，中國現代文學能以相當的注意力，勾勒出了一條二十世紀中國城市發展變化的由隱到顯的線條，並且展現出了一個持續性的、多角度的書寫方式。從五四作家的充滿浪漫與激情的啓蒙情懷進入城市書寫開始，到左翼革命敘事席捲城市，

再回到自由意識下的審美城市，形象地描繪出了文本城市在不同階段的不同風貌，我們不但可以看到這樣的城市文本折射出了現代文學作家與現代城市的隱秘的「關係」過程，同時也還可以看到城市敘事與鄉土敘事的隱秘「關係」過程。

一般來說，中國古代文化中「天人合一」的思維方式，形成了幾千年來中國文學創作追求的「物我合一」的審美方式。由此，文學，成為了創作者私已經驗的表達、個人主觀情感的外化。然而，我們作為研究者，尤其是面對現代文學紛繁複雜、充滿了諸多悖論的三十年，如果僅僅以經驗式描寫關照現代文學中的城市敘事，那麼，是不可能全面地去解讀城市敘事中的諸多隱形的秘密。為此，本文在作家主客體經驗的寫作基礎上，將文本城市獨立於作家的主觀世界之外，以啟蒙、革命、審美的三個視角維度，對三十年的城市文本做一個盡可能貼近歷史元場的把握，通過史論結合的方式，努力探究中國現代城市想像的審美嬗變與多重意義空間。

本文主要選取自新文化運動以來到建國前的城市文學文本，由於二十世紀初城市尚在不斷現代化過程中，因此有部分文本涉及的是市鎮的文學文本，文體體裁範圍主要以小說為主，但也兼有對具有代表性的散文、詩歌、戲劇文學作品的分析。

本文主體部分分為四章，分別是從城景、城紳、市民、城俗四個方面去考察城市敘事的多種形態，以此作為一個平臺，闡發作家在對城市人生的審美把握上創作出來的多種姿態。在這四個方面的論述中，筆者依據三重視角維度，一一將這四個方面去解讀作家的城市敘事，展現作家經驗式、符號化的表層描述之外，更多的現代與傳統、鄉土與城市、城與人的豐富解讀性與悖論性。

第一章，全面分析「城景」敘事，不僅僅只是在城市文本中充斥著大量鄉土農村式的空間景象描寫，同時更是要理解到作家是如何通過自身生命感知、情緒體驗將其潛入到故事之中，去強烈暗示故事情節的主題基調，以及對讀者的審美體驗的導向。在中國現代文學的城市想像中，「城景」不再是單純的作為一種「背景」書寫，而是一種複雜的「觀念」呈現——無論是思想啟蒙也好（將城市空間視為啟蒙大眾的現代性的文化想像），還是對立衝突也罷（將城市空間視為階級對立與底層貧苦的緣由），抑或是日常生活（將城市作為日常生活審美的空間），不同意識形態作家筆下的「城景」書寫，都被賦

予了了不同的價值觀念的思想內涵。爲此，對「城景」的不同言說的層層剝離與梳理，可以看到思想在實際上是怎樣進入文學的這一互動歷史過程。

第二章，「城紳」敘事。19 世紀末 20 世紀初，伴隨著大量的「鄉紳」進城，在中國現代大都市的生活當中，出現了一個新的社會階層──「城紳」。如果我們把「鄉紳」看成是傳統知識分子的象徵符號，那麼「城紳」則可以說是現代知識分子的隱性標誌。然而，傳統知識分子們先是在鄉村完成了他們的蒙學教育，後又因其具有留學經歷且極力主張「全盤西化」，因此巧妙地遮蔽了他們本質上的「鄉紳」身份。長期以來，學界早已習慣性地把五四啓蒙精英，稱之爲是具有現代人文精神的自由知識分子，完全忽視了他們與傳統「鄉紳」之間的血緣關係，這顯然不是一種辯證唯物主義的科學態度。其實，只要我們認眞地去加以考察便能夠發現，傳統知識分子與現代知識分子之間，除了時間與空間發生了變化之外，他們身上所共有的「紳」之根性卻依然如故。因爲無論是晚清還是五四，中國知識分子的啓蒙主張，都是希望借助於西方現代話語，去組建或重構中國文化的全新秩序。所以救亡圖存的入世精神，徘徊於鄉土與城市之間的思想矛盾性，使他們都是以歷史「中間物」的社會身份，始終都與中國傳統的「士紳」文化，保持著一種無法割捨的內在聯繫。中國現代文學創作的「城紳」敘事，正是以都市知識分子爲考察對象，形象化地揭示中國「士紳」文化的現代演繹，從而讓人們眞正瞭解了啓蒙精英最眞實的精神狀態。

第三章，市民敘事。隨著城市現代化的進程，人們認爲中國的市民階層也隨之進入了現代文明體系當中。他們不再與土地保持著緊密的聯繫，進入了一個以經濟、物質利益爲主導的社會關係中。他們遠離了「日出而作、日落而息」的生活方式以及長期「面朝黃土背朝天」的勞動方式，他們一邊享受著近代工業文明帶來的各種消費、娛樂方式，也一邊接受著都市價值觀、精神的衝擊。然而，我們通過分析研究發現，中國的市民階層儘管是在中國傳統文明的傳承與西方物質文明的衝擊這樣一個雙重環境裏逐步發展壯大，但是近代以來的市民階層幾乎絕大部分都是由長期生活在農村的「鄉民」過渡而來的，其本質上還是保持著傳統「鄉民」的思維模式、生活習慣、處世哲學等等。反映在中國現代文學作品中，市民作爲知識分子、作家的書寫都市文本的對象，儘管他們呈現出了不同的性格特徵與文化內涵，但是都有一個強大的文化內核，即現代文學中的市民階層其實是並不具備現代意義上的

市民特徵。通過研究作家所建構的想像，去尋找潛藏在作家背後的巨大的價值判斷、創作立場，去尋找同一主體折射出來的不同鏡像之間的差異，可以觸及到文學發生的必然性與偶然性之間的關聯。由此，梳理現代文學中的市民形象，我們發現，都市裏的市民要麼是思想愚昧的，是生活困苦不堪的；要麼是被壓迫被剝削的和具有反抗鬥爭精神的；要麼是在審美關照下的展現出俗世生活畫卷以及展現出人性惡俗的。每一種書寫方式都代表了敘述者的一種道德、價值立場，都值得我們去思考。

第四章，「城俗」敘事。「城俗」敘事指的就是作家通過對民風民俗生活不同觀察視角，並以此作爲載體，將其參與到文本敘事建構中以實現作家的創作目的。近代以來，隨著城市的發展，大量的鄉紳與農民進入城市，隨著他們身體的進城的同時也帶進了他們的生活習慣與風俗傳統，於是鄉里的民風民俗在城裏得到了傳承與延續。換一個角度看就是：「城俗」是鄉俗在空間與時間上的一種延伸與變換。通過文本細讀，發現在現代文學城市文本中不同的「城俗」敘事語境下，表現出的不同的「城俗」風貌：啓蒙知識分子們在時代主題的影響下，大肆批判揭露舊風舊俗，認爲是阻礙現代文明進程的陋習、惡俗，並通過一系列言說達到革舊迎新、文學啓蒙之目的，因此潛藏在「城俗」敘事中的是一種批判的視角；左翼革命作家們在政治意識形態的指引下，放棄高高在上的啓蒙知識分子心態，而以貼近民眾的姿態使得「城俗」呈現出了一種複雜的文化現象，透視出了一種沉重的文化心理；自由作家們則在審美視域的關照下，對「城俗」在文明與傳統的衝突中流露出了一種無限懷舊的心態，以及對失落的鄉土風俗展現出了美學意義上的文化反思以及詩意表達。

本文的不同之處在於能夠將研究的觸角深入到各種主題、視角、話語的內部，通過對城市敘事的四個關鍵點：城景、城紳、市民、城俗的選取，以及對此進行一個三維立體的觀察視角，即啓蒙的、革命的、審美的視角，在文本細讀的基礎上，通過參照社會學研究與歷史研究的方法與成果，盡可能地將城市敘事還原到歷史原場之中，去審視城市敘事表現出來的多種交錯、背離的意象產生的深層原因以及創作動因，以此爲中國現代文學中的城市敘事研究提供一種新的可能性。因此，本文研究視域的創新在於一是試圖一改以往的城市文學的研究，致力於思考文學作品的文學性與歷史的眞實性之間的差別，綜合運用社會學、文化學、歷史學、心理學等相關領域的理論資源，

以文本細讀爲依託呈現不同視野下的不同文本城市的狀態；二是研究路徑的創新，本文通過全面深入地瞭解、反思文本城市的多樣性，打破傳統的城市文學研究範式，通過將文本細讀與歷史資料互爲觀照，從啓蒙意識、革命意識、審美視角等不同場域考察文學作品中的城市，既可以看出文學作品的多樣性與豐富性，同時也可以得出對於同一城市，不同意識形態指引下的作家其創作的城市都完全不一樣的，同時也給我們對於思想與文學關係的一個深深反思；三是研究資料的創新。本文的研究，完全以文本細讀的方式，全面展現民國時期不同作家筆下的城市書寫，涉及的作家作品至少百部以上，並發掘和引用文學史上罕見提及的作家作品，同時還要結合參考大量歷史資料，尤其是一些年代久遠難以搜尋的歷史檔案，目的是爲了加強本選題研究的闡釋力度。

　　學者吳福輝在他的《都市漩流中的海派小說》中提到，現代文學中的第一個 10 年佔主要地位的，仍然是『鄉土文學』，只有到了 20 年代末，文化中心南移並與經濟中心合一，現代都會上海與現代化都會的文學表現，幾乎同時升起，我們方才有了全新意義的都市文化。」學者李歐梵在他的《上海摩登——一種新都市文化在中國》一書中也論述了物質文明與工業文明發達下的都市文化。從歷史發展的角度，30 年裏，中國經歷了經濟結構上的城市發展，諸如高樓林立、汽車輪船、摩登洋場。不止這兩位學者，諸如李今、張鴻聲、陳繼會、李俊國等等提到了，都市已成爲了一種不可否認的事實。然而，在想像城市的文本中，其實是分裂的，現代意義上的都市與文本中呈現的城市構成了都市文明與鄉土文明在思想上的衝突與對峙。而在現代文學 30 年中，這個剛剛從農耕文化地表浮出來的城市文明，以及現代文學中的城市敘事，在鄉土中國這個強大的母體中，表現出了既逃逸又留戀、既叛逆又皈依、既衝突又融合的雙重特徵，構成了中國現代城市文明與城市敘事的兩難性與悖論性的生存處境以及文化精神，無一不是彰顯出強大的鄉土文明母體的包容性與開放性。形象地說，拋開那些城市裏紛繁複雜的眼花繚亂的視覺、聽覺、嗅覺表象，中國現代都市文化，實際上就是悠久而又廣袤的鄉土農耕文明。當然，如果說漫長到令人驚歎的鄉土社會歷史不曾留下某種深入骨髓的精神遺傳，那也是不可能的。鄉土之於城市，更多的是在其「精神故鄉」的意義上。但是，我們發現，如果人們身處城市而懷念的是故土，是否又意

味著在現代文明中的一種孤獨與失落？那種來自於鄉土深情與現代文明之間的緊張是否又意味著人的不完全歸屬於認同感？所有的這些都折射出了城市人普遍的文化境遇，以及人的失落與人的自由。

第一章 「城景」敘事：外化於城市的鄉土想像

> 我將不拘泥於某一作品所表現的城市如何寫實傳真，而只探討在這種文本創作過程中，城市是如何通過想像性的描寫和敘述而被「製作」成一個可讀的作品。……我說的製作是符號性的，指的是將城市表現為符號系統，其多層面的意義需要解析破譯，我將重點放在製作的過程而不是其最終的產品——作為文本的城市（或稱城市文本）。〔註1〕

學者張英進在談到他對中國城市文學的研究方法時如是說。誠如他所言，城市是人與自然相遇的地方，城市不單是一個擁有街道、建築等物理意義的空間和社會性呈現，它也還是一個文學或文化上的綜合結構體，存在於文本本身的創作、閱讀過程與多重解析之中。我們要考察文學中的城市則需要思索城市文學的文本性與文本的文學性，以及怎樣把城市的物理層面、社會層面與文學文本很好地結合起來。

近代以來，城市開始大規模的發展，香港、北京、上海、廣州、南京等城市在商業貿易的帶動下迅速發展起來，現代意義上的城市出現。當社會交往與休閒娛樂發展開始成為城市的公共性活動時，城市公共空間〔註2〕也就隨

〔註1〕 張英進：《都市的線條：三十年代中國現代派筆下的上海》，載《中國現代文學研究叢刊》，1997年第三期。

〔註2〕 本文所定義的公共空間指的是城市公眾休閒娛樂之地，包括馬路、廣場、公園、戲園、茶館、遊樂場、舞廳、煙管、賭場等等。

之發展起來。隨著城市公共空間的發展，人們休閒娛樂生活越來越豐富，社會交往方式也越來越多樣化，城市文學也在這時得以應運而生。特別是大都市的崛起，深刻影響了城市文學的發展變化。長期以來，對城市的文化研究一直爲學界所樂道。然而，回顧以往的有關近代以來到建國前城市想像的學術研究，多少都會令人感到有些遺憾：人們過多地重視了「城人」敘事的思想價值，而認爲地忽略了「城景」敘事的藝術價值，似乎這個「景」本來就不充當什麼實際意義，只是作爲故事開展的一個空間而已。其實，「城景」是與隨之生成的各種敘說（包括文學的、影像的、歷史的）緊密相連的。也就是說，「城市空間的具象『文本』和關於城市的話語寫作」是相互交織、彼此重疊、兩相論評，並時時矛盾叢生的。繁複多樣的闡釋使得對一個城市從「自然景域」〔註3〕的層面深化至層級錯落的「文化景域」。而在這兩種「景域」中，關於城市空間的具象「文本」比較易於梳理，比如人口的增長、摩天大樓對城市空間的改寫、華洋雜擁的街道景致、各種現代科技產品的爭奇鬥豔（如有軌電車、現代電影院、琳瑯滿目的百貨商場）等等。相比之下，對城市「寫作」或話語的解讀、解碼則要困難得多。在現代中國這樣一個特殊的時代空間裏，充斥著階級、性別、種族以及各種消費主義、激進主義、共產主義等諸多問題。因此，要全面分析「城景」敘事，不僅僅只是把它當著作家創作意圖的主觀投影，同時更是要理解到作家是如何通過自身生命感知、情緒體驗將其潛入到故事之中，去強烈暗示故事情節的主題基調，以及對讀者的審美體驗的導向。因此，在中國現代文學的城市想像中，「城景」不再是單純的作爲一種「背景」書寫，而是一種複雜的「觀念」呈現——無論是思想啓蒙也好（將城市空間視爲啓蒙大眾的現代性的文化想像），還是對立衝突也罷（將城市空間視爲階級對立與底層貧苦的緣由），抑或是日常生活（將城市作爲日常生活審美的空間），不同意識形態作家筆下的「城景」書寫，都被賦予了不同的價值觀念的思想內涵。爲此，對「城景」的不同言說的層層剝離與梳理，不僅要注意到多重視角的考察，還要深入去解密「思想在實際上是怎樣進入文學的」〔註4〕這一歷史過程。

〔註3〕 【英】貝克與畢格編：《歷史視野中的景觀與意識形態的關係》，劍橋大學出版社，1992年版。

〔註4〕 【美】勒內·韋勒克：《文學理論》，生活·讀書·新知·三聯書店，1984年版，第133頁。

第一節　灰暗與破敗的「鄉土」城市

　　19 世紀末 20 世紀初期，晚清以降的白話文運動、語言革命、下層社會的啓蒙運動得益於近代文化工業的迅速發展。蔡元培、張元濟、陳獨秀等先驅們充分利用清末民初的印刷革命造就的技術，創辦了現代教育、新式出版媒體，重新構造了精英知識群體與社會大眾的關係，從而改變了中國社會大眾的思維方式和思想基礎。因此，新文化運動以及那些振聲發聵的「思想」革新和啓蒙了民眾，於是作家們順勢將啓蒙主體自然的融合到了他們的文本書寫中。李澤厚在其著作中也談到，「新文化運動……它的目的是國民性的改造，是舊傳統的摧毀。它把社會進步的基礎放在意識形態的思想改造上，放在民主啓蒙工作上」〔註5〕。在五四新文學啓蒙主導系統中，啓蒙的先驅知識分子與舊中國麻木大眾的對立構成了此期文學的大致框架。

　　對於中國現代文本中的城市研究而言，北京、上海等大城市無疑是一個不容忽視的存在。對於北京這座古老城市的書寫，不但世居都城的舊京學者留下了卷帙浩繁的以這座城市爲題材的作品，接受了五四或西洋新思想的知識者們也寫下了數百篇關於它的文章。這些接受了新思想的作家們，大多有西方或東洋留學背景，他們熱切地期望改變中國城市的落後現狀，在他們的思想中固定了以西方城市作爲模板，因此映入他們眼簾中的城市只有滿目蒼夷，破敗衰落，於是他們期待建立一種新的都市文明。他們將自身的個人經歷當成了對新民國城市公民職責現狀的觀察和評價的基礎，因此在他們的作品中多涉及到作爲公民的權利和職責的問題，有關社會公平、城市管理以及公共場所內的行爲舉止則成了他們關注的重點。而對於上海這個日漸繁華的都市來說，作家們更是留下了不可勝數的篇章。在小說和電影中構築的上海想像，對於上海的輝煌與繁華，並不止於上海灘午夜場外的霓虹燈和十里洋場，其實更在於它金光燦爛的外表下更多地是它的「腐爛」、「頹敗」。上海之所以成爲了近現代的一座重要城市，與中國「現代」過程中所發揮的巨大的啓蒙作用是有著巨大聯繫的。學者孟悅就認爲，上海之所以成爲一座大都市，除了西方的影響以外，很大的原因還在於它在 19 世紀中後期的戰亂、變革過程中，各個行業和階層的社會精英帶著他們各自的文化、技術和財富聚居到上海，使上海成爲中國江南社會重建和文化再生之地。〔註6〕總之，對於城市

〔註 5〕李澤厚：《中國現代思想史論》，東方出版社，1987 年版，第 11 頁。
〔註 6〕參見孟悅：《商務印書館創辦人與上海近代印刷文化的社會構成》，見孟悅：

的書寫，比如北京、上海，蘊含在城市之中的思想都是一致的了，如學者王一川所言，晚清時代以來以城市現代性爲「進步」的表意系統遭到了壓制，轉而被置換爲以知識分子啓蒙現代性爲「進步」的表意系統。〔註7〕

　　既然是將這種啓蒙思想寄寓於都市中，那麼城市的公共空間首先應該是這些先進知識者們所關注的重點了。北京滿城靠撿煤核、乞討等爲生的平民曾使得李大釗深感痛心，他認爲這不是民國首都該有的狀況。〔註8〕陳獨秀在他的《北京十大特色》一文中描述了一個從歐洲歸來的朋友談他對北京的印象，他認爲北京與歐洲城市相比，無序無規劃：

> 　　有一位朋友新從歐洲回來，他説在北京見了各國所沒有的十大特色：（一）不是戒嚴時代，滿街巡警背著槍威嚇市民。（二）一條很好的新華街的馬路，修到城根便止住了。（三）汽車在很狹的街上人叢裏橫衝直撞，巡警不加阻攔。（四）高級軍官不騎馬，卻坐著汽車飛跑，好像是開往前敵。（五）十二三歲的小孩子，六十幾歲的老頭子，都上街拉車，警察不干涉。（六）刮起風來灰塵滿天，卻只用人力灑水，不用水車。（七）城裏城外總算都是馬路，獨有往來的要道前門橋，還留著一段高低不平的石頭路。（八）分明説是公園，卻要買門票才能進去。（九）總統府門前不許通行，奉軍司令部門前也不許通行。（十）安定門外糞堆之臭，天下第一！〔註9〕

很明顯，陳獨秀的這十大總結多數是以西洋城市作爲參照的，北京城裏的髒亂差是隨處可見的。當時的社會批評家邵飄萍針對北京糟糕的基礎設施也說過一句表達了同樣立場的話，他認爲，「一個首都所在的地方，街道壞到這步田地」〔註10〕，眞是讓人匪夷所思。章依萍也曾這樣批評過北京城的「古」和萎靡停滯：

　　　《人‧歷史‧家園：文化批評三調》，人民文學出版社，2006 年版，第 95～117 頁。

〔註7〕 參見王一川：《晚清：中國文學現代性的發生時段》，載《江蘇社會科學》，2003 年第 2 期。

〔註8〕 李大釗：《北京貧民生活的一瞥》（1921），收入姜德明編：《如夢令：名人筆下的舊京》，北京出版社，1997 年版，第 22 頁。

〔註9〕 陳獨秀：《北京十大特色》，收入姜德明編：《如夢令：名人筆下的舊京》，北京出版社，1997 年版，第 3 頁。

〔註10〕 邵飄萍：《北京的街道及公共衛生》，收入姜德明編：《如夢令：名人筆下的舊京》，北京出版社，1997 年版，第 54 頁。

北京，北京是一塊荒涼的沙漠：沒有山，沒有水，沒有花。灰
塵滿目的街道上，只見貧困破爛的洋車，威武雄赳的汽車，以及光
芒逼人的刺刀，鮮明整齊的軍衣，在人們恐懼的眼前照耀。駱駝走
的懶了，糞夫肩上的桶也裝得滿了，運煤的人的臉上也薰得不辨眉
目了。我在這污穢襲人的不同狀態裏，看出我們古國幾千年來的文
明，這便是胡適之梁任公以至於甘蟄仙諸公所整理的國故。朋友，
可憐，可憐我只是一個灰塵中的物質主義者！當我在荒涼污穢的街
頭踽踽獨步的時候，我總不斷的做「人欲橫流」的夢，夢見巴黎的
繁華，柏林的壯麗，倫敦紐約的高樓衝天，遊車如電。〔註11〕

實際上，這些進步知識者們所批評的北京的落後、擁擠以及下流階層，在某
種程度上來說是他們深刻的洞見了這座城市普遍的貧困，飽含了精英們的啓
蒙救亡思想。這些精英們大都心繫國家、民族未來，都以國家富強、民族興
旺爲己任，爲此，他們剝離掉了城市的宏偉壯麗本身帶來的驚訝與陶醉，
消解掉了一定空間帶來的審美經驗，這些都無不歸咎於精英們的政治理想與
美好願望。

先驅們所眼見到的城市裏的髒亂、破敗與反映到文學創作者們的文本裏
是高度一致的。比如，魯迅在其爲數不多的城市題材篇章裏，城市顯然與農
村在它們的文化形態上並沒有太大的區別。在他的《頭髮的故事》這篇小說
中裏，雖然當時新的民國政府已經建立，但是北京城裏的市民卻並沒有多少
國民自覺性，依舊與農民無異。小說中的 N 先生就曾經激憤地表達：

我最佩服北京雙十節的情形。早晨，警察到門，吩咐道「掛
旗！」「是，掛旗！」各家大半懶洋洋的踱出一個國民來，撅起一塊
斑駁陸離的洋布。這樣一直到深夜——收了旗關門；幾家偶而忘卻
的，便掛到第二天的上午。〔註12〕

在魯迅的眼裏，作家雖然以北京這個城市的所見所聞作爲背景，但是這個背
景卻並沒有傳達出一種城市的形態，相反，讓人感覺到的是一種與農村沒什
麼兩樣的保守、閉塞與服從。還有，在魯迅的另外兩部作品中也表現出了對
城市裏的會館胡同其實與農村無異。在小說《傷逝》的開頭：

〔註11〕 章依萍：《春愁》（1929），收入姜德明編：《如夢令：名人筆下的舊京》，北京
出版社，1997 年版，第 65 頁。

〔註12〕 魯迅：《魯迅小說全集》，張紅梅編輯，北京燕山出版社，2009 年版，第 43
頁。

> 會館裏的被遺忘在偏僻的破屋是這樣的寂靜和空虛。……依然
> 是這樣的破窗，這樣的窗外的半枯的槐樹和老紫藤，這樣的窗前的
> 方桌，這樣的敗壁，這樣的靠壁的板床。……〔註13〕

《傷逝》是魯迅於1925年創作的一篇小說，它寫的是以一對新潮青年男女的自由戀愛的愛情悲劇，深刻傳達出了魯迅對於思想啓蒙的憂患意識。其實，在魯迅的其他小說裏，如《狂人日記》、《藥》、《阿Q正傳》，我們也可以發現作者的創作動機與小說的價值取向是一致的，高度保持著作者對現代思想啓蒙運動的困惑與反省，都深刻地反映著魯迅在啓蒙狂熱時代清醒而孤獨的批判理性。《傷逝》的開篇就為這個小說定下了一個悲涼的基調——「悔恨和悲哀」的懺悔意識：子君為了愛涓生而淒慘死去，涓生承受了難以解脫的良心譴責。在五四時期，自由戀愛是思想啓蒙的一個明顯的象徵符號，魯迅的創作目的是想要通過涓生真誠的良心上的「悔恨」，由此傳達出對「思想啓蒙」的一個反省。魯迅是啓蒙作家裏較少能夠真正做到反思啓蒙與認清啓蒙的意義與價值的。正如在小說裏寫的一樣，魯迅並沒有明確指出涓生今後道路的如何走向，在某種程度上說明了魯迅也是在對思想啓蒙產生了一定的懷疑。在魯迅的另一部小說《示眾》中，一開頭就這樣寫道：

> 首善之區的西城的一條馬路上，這時候什麼擾攘也沒有。火焰
> 焰的太陽雖然還未直照，但路上的沙土彷彿已是閃爍地生光；酷熱
> 滿和在空氣裏面，到處發揮著盛夏的威力。許多狗都拖出舌頭來，連
> 樹上的烏老鴉也張著嘴喘氣，——但是，自然也有例外的。〔註14〕

顯然，小說這樣的開頭如果不是有「首善之區的西城的一條馬路」這提示，估計大多數讀者是不會聯想到這一個故事與城市有關，而是彷彿讓讀者自己置身與一個酷熱、荒涼的農村。在小說《示眾》中，也有著與《傷逝》異曲同工的地方，城市與農村成了一種同構。

對於北京城破敗、落後的書寫遠遠不止魯迅一人，丁玲早期的著名作品《莎菲女士的日記》裏，作者借用莎菲的口吻傳達出了令人窒息、淒慘的北京城。它是一篇日記體裁的小說，小說描寫了五四運動後幾年北京城裏的幾個青年的生活。作者用大膽的毫不遮掩的筆觸，細膩真實地刻畫出女主角莎

〔註13〕魯迅：《魯迅小說全集》，張紅梅編輯，北京燕山出版社，2009年版，第240頁。

〔註14〕魯迅：《魯迅小說全集》，張紅梅編輯，北京燕山出版社，2009年版，第201頁。

菲倔強的個性和反叛精神，同時明確地表露出脫離社會的個人主義者的反抗帶來的悲劇結果。莎菲這種女性是具有代表意義的，她追求眞正的愛情，追求個性解放，希望人們眞正地瞭解她，她要同舊勢力決裂，但新東西又找不到。她的不滿是對著當時的社會的，所以每次寫到胡同都是給人黑暗、可怕的感覺，比如，在她的一月十二日的日記中，莎菲和她的好友們玩了回來，「我看到那黑魆魆的小胡同」，還有「小胡同黑極了」〔註15〕。在他的三月二十七日晚上的日記裏，莎菲在趕走了葦弟五個小時後，心裏又不安地想念起他來，想著想著就哭泣起來，「哭我走得這樣的淒涼，北京城就沒有一個人陪我一哭嗎？是的，我是應該離開這冷酷的北京的，爲什麼我要捨不得這床板，這油膩的書桌，這三條腿的椅子……」〔註16〕。北京對於莎菲來說是這樣一個沒有任何溫暖與希望的城市，她是一個帶有強烈反抗性又是具有孤獨、病態的形象，所以她想跳出封建家庭，想尋找出路。在日記的最後，莎菲想「我不願留在北京，西山更不願去了，我決計打車南下，在無人認識的地方，浪費我生命的餘剩」〔註17〕。莎菲女士的性格與人生帶著強烈的悲劇，反映出了二十年代覺醒了的青年走出家庭後無路可走的悲劇，是屬於啓蒙話語下的一種表達方式。

　　王統照1924年發表於《小說月報》第十五卷一號的小說《生與死的一行列》，道盡了北京城裡社會底層的悲慘生活，整篇小說渲染出了一股浸透人心的淒涼。故事寫一個叫老魏的貧困市民葬禮以及對他悲慘生活的回憶。整個葬禮作者沒有寫呼天搶地的慟哭與悲壯，而是「大家在沉默中，一步一步地，足印踏在雪後的灰泥大街上，還不如汽車輪子的斜紋印的深些；還不如載重馬蹄踏得重些；更不如警察們的鐵釘皮靴走在街上有些聲響。這窮苦的生與死的一行列，在許多人看來，還不如人力車上妓女所帶的花綾結更光耀些。自然，他們都是每天每夜罩在灰色的暗幕之下，即使死後仍然是用白的不光華的粗木匣子裝起，或用粗繩打成的葦席。」〔註18〕小說中，從老

〔註15〕丁玲：《莎菲女士的日記》，王列耀選編：《中國現代短篇小說名著選評》（第四卷），暨南大學出版社，1997年版，第43頁。

〔註16〕丁玲：《莎菲女士的日記》，王列耀選編：《中國現代短篇小說名著選評》（第四卷），暨南大學出版社，1997年版，第38頁。

〔註17〕丁玲：《莎菲女士的日記》，王列耀選編：《中國現代短篇小說名著選評》（第四卷），暨南大學出版社，1997年版，第14頁。

〔註18〕王統照：《生與死的一行列》，李葆琰選編：《文學研究會小說選》（上），人民文學出版社，1991年版，第140頁。

魏的出殯我們可以看出當時北京城裏廣大的市民的生活的悲慘，整個北京城
找不到一絲的生氣，天空「落棉花瓣子的雪」，城裏刮的是「刀尖似的風」，
破舊的路上走的是一群乞丐似的槓夫，這些槓夫抬的是一具薄薄的楊木棺
材，走在的一條滿是雪與泥的路上，他們懷念著的是這個躺在棺材裏的曾經
「藏著蓬蓬的短髯中午在巷後的茅簷下喝玉米粥」的老魏。作者描述這樣
在這樣一個淒冷的冬天，追問的是城裏貧困的人們對於這種悲慘的同伴毫無
反應的一個思考。所以作者發出了這樣的感歎：「他們這一行列，一般人看慣
了自然不會再有思考的心思。死者是誰？跛足的小孩子是棺材中的死屍的
甚麼人？好好的人為甚麼死的？這些問題早逐出於消閒的人們的目光與思域
之外。他們——消閒的人們，每天在街口上看見開膛的豬……在市口看穿灰
衣無領的犯人……」〔註 19〕。所有這些場面的描寫，無不反映出作者為了引
起療救的必要這一目的，從而達到啓蒙大眾、反思自己的作用。所有這些描
述北京城裏廣大苦難貧民與底層下眾，通過對城市殘敗、落後的場景暗示，
無不傳達出這些作家們的人道主義立場，將這一段歷史轉折期的人間悲劇
真實而殘忍地展露在世人的面前，以引起廣大老百姓的關注，達到深層警醒
的目的。

　　文學研究會的另一位作家王以仁，在他的小說《流浪》中就寫出了杭州
城的「灰色」與「慘淡」。小說是用一種書信體的方式以一個知識青年的口
吻向他的好友徑三訴說自己作為一名教員職位被人侵奪，到處流浪碰壁，返
回故鄉又受冷眼歧視的悲慘人生。故事中的「我」一方面是一個有思想的
知識青年，當過中學教師，按理說是一個有身份有理想的人。但是，在這樣
一個黑暗的社會，有知識卻不能當飯吃，他找不到一個有口飯吃的工作，在
萬般無奈下，想到杭州來投靠自己的好友徑三，卻得知好有已離開，最後
淪落到只能騙一頓飯吃、騙一夜住處的境地。看看作者是如何描寫初到杭州
城的：

　　　　一陣陣迎面而來的朔風把馬路上的泥沙吹起，我緩緩的在路上
　　　走著和在黑霧中迷行著的一樣。初冬的晚景在四點半鐘的時候就有
　　　些黑暗的樣子。在灰塵中進行著的陽光投射在路旁的牆上，使我想
　　　到了我灰色的命運，我心中覺著我雖在年青的時候已經受到暮年垂

〔註 19〕王統照：《生與死的一行列》，李葆琰選編：《文學研究會小說選》（上），人民
　　　　文學出版社，1991 年版，第 141 頁。

死的悲哀，眼眶中不知不覺的有些濕潤起來，便獨自顧影自憐的歎
了一口氣。〔註20〕

當「我」得知徑三接到他家裏來電要他回去，而他又沒寫信告訴我，致使「我」
飢餓無助的飄蕩到杭州城的湖濱公園時，見到的又是這樣一幅慘景：

飄然的從你的住所走了出來，獨自一人走上了湖濱公園裏的草
地坐著。太陽血盆似的陷入了西南角的山凹上，湖水也當初垂死時
候的回光一樣的慘紅的顏色。湖中的小艇受了水波的衝動發出沉吟
的聲音。樹上的歸鴉噪著好像是嘲笑我沒有歸宿的命運，又像是在
哀弔我飄泊無依的苦楚。〔註21〕

這樣的城市空間的場景極力渲染、表現了「我」的貧窮、流浪與痛苦，在這
樣萬般痛苦的揭示中，表達了作者對社會貧窮、困苦生活的吶喊，並以此對
萬惡的金錢制度、封建倫理、道德進行猛烈抨擊。

左聯五烈士之一的馮鏗，在她的筆下塑造了一系列海濱城市汕頭的社會
生活。在她的小說《販賣嬰兒的婦人》這個短篇小說裏，馮鏗寫出了一位母
親走投無路被迫無奈，只好以一元的代價出賣了自己的出生才兩個月的兒子
這樣一個故事，揭示出了舊社會窮人走投無路的悲慘處境。文章通過一連串
的環境描寫，比如小說一開頭是這樣寫道，「一天，是寒雨滿街的仲冬時候，
濕冷的空氣蕩在空中，刺著人的皮膚，好像微雨的蟲豸鑽入衣服裏面向皮膚
咬著的樣子。天色很灰暗，街上雖然還有許多車馬在奔馳，卻顯得格外冷
靜。」〔註22〕。在這樣開頭的環境描寫，我們可以看出，作者有意刻畫出了
販賣嬰兒母親的沉重的心靈矛盾，從而加大了小說的悲劇氛圍。

葉聖陶在他寫於 1924 年的小說《潘先生在難中》，塑造了一個破舊與擁
擠不堪的上海形象。在開篇寫的是戰爭要來時，潘先生帶領兒女逃離小鎮，
奔往上海的情形。葉聖陶很擅長對於人物內心和活動場面的細緻描寫，在文
章的開頭，我們可以感受到逃難的目的地上海也是這樣一個破舊與擁擠不堪
的城市，「車站擠滿了人」，「空氣沉悶得很」，「電燈亮了一歇了，彷彿比平時

〔註20〕 王以仁：《流浪》，王列耀選編：《中國現代短篇小說名著選評》（第三卷），暨
　　　　南大學出版社，1997 年版，第 56 頁。
〔註21〕 王以仁：《流浪》，王列耀選編：《中國現代短篇小說名著選評》（第三卷），暨
　　　　南大學出版社，1997 年版，第 57 頁。
〔註22〕 馮鏗：《販賣嬰兒的婦人》，王列耀選編：《中國現代短篇小說名著選評》第六
　　　　卷，暨南大學出版社，1997 年版，第 26 頁。

昏黃一點，望去好像一切的人物都在霧裏夢裏」〔註23〕。這樣的語句我們可以看出一些作者暗藏在這裡的畫外音，就是潘先生即使是逃難到了上海這座城市，其實也是逃離不了這個社會黑暗帶來的災難的。但是作者採用的是以一種諷刺的寫法，將潘先生為了能過上苟且偷安的生活，虛偽、自私地為自己精細、周密盤算以及佔了便宜便得意的市儈心態都清晰地描繪了出來，同樣揭示了廣大的人們苦難的社會生活。

對於上海，文學精英們在感受到現代文明帶給落後國家的強烈刺激後，他們對於這座城市的表述便更傾向於否定的認識，採取更為激烈的語調來書寫城市裏的種種「慘烈」的現狀。郭沫若就曾在他的詩中誇張地寫「上海的印象」：「遊閒的屍／淫囂的肉／長的男袍／短的女袖／滿目都是骷髏／滿街都的靈柩／亂闖／亂走」〔註24〕。在他的小說《月蝕》中，作者將夢中的日本東京描寫得是那樣的美好，「我們在東京郊外找到一所極好的房子，構造就和我們在博多灣上住過的抱洋閣一樣，是一種東西洋折衷式的。裏面也有花園，也有魚池，也有曲橋，也有假山。紫荊樹的花開滿一園，中間間雜了些常青的樹木。」，回到現實中，所租的上海的房子是「那樓上的欄杆才是白骨做成，被風一吹，一根根都脫出臼來，在空中打擊。黑洞洞的樓頭只見不少屍骨一上一下地浮動。」〔註25〕，在這裡上海是何等的恐怖與落後。在《漂流三部曲》中，主人公愛牟留學日本回來後在上海與志趣相同的友人合辦了文藝雜誌，一方面消澆自己的煩愁，同時也希望它們在無形之間可以起轉移社會風氣。但是懷著這種志願的愛牟，卻在上海連妻子也無法養活，不得不把他們送回日本去，而自己則在「自怨自艾的心情」下忍受別離的痛苦。在他眼中的上海是這樣一種狀態：「靜安寺路旁的街樹已經早把枯葉脫盡」，連每天一樣的太陽都是「帶著病容的陽光」，於是愛牟走在慘白的陽光下的馬路上，他所看到的不再是馬路上的繁華，而是「這些東西在他平常會看成一道血的洪流，……他直視前面，只見一片混茫茫的虛無」。此時的愛牟，看不到未來，看不到希望，只感到孤獨、寂寞、無助，「由這一片虛無透視過去，一

〔註23〕葉聖陶：《潘先生在難中》，朱棟霖主編：《中國現代文學作品選》（1917～2000）（第二卷），高等教育出版社，2002年版，第145頁。

〔註24〕郭沫若：《上海的印象》，《郭沫若全集》（文學編第一卷），人民文學出版社，1985年版，第162頁。

〔註25〕郭沫若：《月蝕》，《郭沫若全集》（文學編第九卷），人民文學出版社，1985年版，第49頁。

隻孤獨的大船在血濤沟湧的黃海上飄蕩」〔註26〕。在《煉獄》篇中作者還特別注意借景抒情、融情於景，寫愛牟爲了改變自己在妻子走後孤寂難耐的生活，同友人們去遊無錫，大自然也醫不好他心頭的創傷，他又回到上海在斗室中過著「煉獄」的生活。郭沫若將愛牟在上海的失敗生活歸咎於「上海的煩囂不利於他的著述生涯」，這裡如同墳場，「他讓滾滾的電車把他拖過繁華的洋場，他好像埋沒在墳墓一樣」〔註27〕。上海，也正如他在《聖者》中描述那樣，「啊！上海的孩子真可憐！看不見一株青草，聽不見一句鳥叫，生下來便和自然絕了緣，把天真的性靈斫喪」〔註28〕。

在創造社裏，這群留日的年輕人一心想要將自己的爲社會、爲國家的人生理想鎔鑄於自己的文學作品，他們對於青年的影響不可忽視，以至於 1929 年政府下令解散以後，創造社的精神仍然在繼續影響著現代文學的發展。其中對創造社有著卓越貢獻的郁達夫，他在致力於五四精神的傳播方面獨樹一幟，影響深遠。郁達夫是一個很擅長將情與景水乳交融的作家，在他的小說中，可以說每一篇都有對自然景觀的細緻刻畫。在書寫關於上海的篇章裏，他將對社會底層小人物的同病相憐完美地醞釀出了傷感情調，並帶有社會意義的沉痛呼喊，體現了追求自我解放和社會解放的統一，傳達出郁達夫小說強烈的人道主義情懷。在《春風沉醉的晚上》裏，在開頭處：

> 最初我住在靜安寺路南的一間鳥籠似的永也沒有太陽曬著的自由的監房裏。……後來在這棧房裏又受了種種逼迫，不得不搬了，我便在外白渡橋北岸的鄧脫路中間，日新裏對面的貧民窟裏，尋了一間小小的房間，遷移了過去。
>
> 鄧脫路的這幾排房子，從地上量到屋頂，只有一丈幾尺高。我住的樓上的那間房間，更是矮小得不堪。若站在樓板上伸一伸懶腰，兩隻手就要把灰黑的屋頂穿通的。從前面的弄裏踱進那房子的門，便上房主的住房。在破布洋鐵罐玻璃瓶舊鐵器。堆滿的中間，側著身子走進兩步，就有一張中間有幾根橫檔跌落的梯子靠牆

〔註26〕郭沫若：《漂流三部曲》，《郭沫若全集》（文學編第九卷），人民文學出版社，1985 年版，第 241 頁。

〔註27〕郭沫若：《漂流三部曲》，《郭沫若全集》（文學編第九卷），人民文學出版社，1985 年版，第 251 頁。

〔註28〕郭沫若：《聖者》，《郭沫若全集》（文學編第九卷），人民文學出版社，1985 年版，第 60 頁。

擺在那裏。……〔註29〕

這篇小說既可以看成是一部關於一般的社會問題小說，同時也可以認爲它是一部有關人性的小說，一部打上了鮮明烙印的現代都市卻沒有現代都市浪漫與傳奇的情愛小說。作品中的主人公是一個身處現代都市大背景下卻又落魄、貧窮的而且還被邊緣化的孤獨的男性形象。作爲一個都市裏的邊緣人、「零餘者」，這樣的知識男性不僅存在一種「生的苦悶」，還暗藏著一種「愛的苦悶」。當二妹因爲錯怪了「我」那五元錢的事而給「我」道歉時，「我」心裏忽然起了一種想伸手去抱她的感情，但是「我」最終卻什麼也沒有做。在這裡可以看出，這篇小說作家所要表達的是一種開始覺醒的現代知識分子在當時這樣的歷史背景下不得愛的苦悶與悲哀。其實，郁達夫遠遠不止在他的這一部作品裏寫到這樣的一個歷史背景，一個破爛、落後的城市隨處可見。《移家瑣記》裏，杭州是這樣的：「夜來的雨，是完全止住了，可是外面像馬加彈姆式的沙石馬路上，還滿漲著淤泥，天上也還浮罩著一層明灰的雲幕。路上行人稀少，老遠老遠，只看見一部慢慢在向前拖走的人力車的後形。從狹巷裏轉出東街，兩旁的店家，也只開了一半，連挑了茱擔在沿街趕早市的農民，都像是沒有灌氣的橡皮玩具。四周一看，蕭條復蕭條，衰落又衰落，……。」〔註30〕在《感傷的旅行》中，上海上這樣一幅景象：似乎那些毫無目的，毫無意識，只在大街上閒逛、瞎擠、亂罵、高叫的同胞們都已歸籠去了，馬路上只剩了幾聲清淡的汽車警笛之聲。……我不知怎麼的陡然間卻感到了一種異樣的孤獨。〔註31〕在郁達夫的小說裏，集中反映出了作家對廣大貧苦人們在近現代的中國社會變遷、思想轉型中所遭受的種種精神與身體的痛苦的曲折歷程，從而體現了「五四」時代的精神面貌。郁達夫用飽含著社會、歷史和思想、文化方面的精神內涵，以他特有的寫作氣質塑造出了中國現代文學史上經典的邊緣人形象，他以一種「頹廢」的反抗精神，表現出他對當時社會、人性的獨特的心理感知以及情緒體驗，以一個冷眼觀察者的眼光去審視近代中國正在遭遇殘酷侵略和搶奪這段歷史，給

〔註29〕郁達夫：《春風沉醉的晚上》，收入《郁達夫作品經典》，當代世界出版社，2004年版，第97頁。

〔註30〕郁達夫：《移家瑣記》，《郁達夫文集》（第三卷），花城出版社，1982年版，第212頁。

〔註31〕郁達夫：《感傷的旅行》，《郁達夫文集》（第三卷），花城出版社，1982年版，第162頁。

予當時世人以無盡的警示，給後世留下深刻的反思。以致他這種強烈情緒在他的《沉淪》結尾處借主人公的口吻於投海自殺前哭喊出來「祖國呀祖國！我的死是你害我的！你快富起來！強起來吧！你還有許多兒女在那受苦呢！」〔註32〕

在「五四」文學中，很多的作家或進步知識者對於北京、上海等城市都是帶著深切變更現狀的情感的去書寫。林如稷在他的《將過去》這篇小說裏，主人公若水漂泊於北京與上海之間，他對於北京是失望的；當他來到上海後，卻又是明顯感覺到了熱鬧之中的「淒涼」，發出了「荒島似的上海與沙漠似的北京有什麼區別？」。主人公表面平靜，內心卻藏著巨大的不安。他們從一個地方城市到另外一個城市，被一種強烈的無歸宿的情感深深困擾著。這種找不到安放「身體」的居所折射出的是小說中人物情感和精神的無所皈依。他們在新舊兩種價值觀念、東西兩種文明的衝突之中，找不到自己的出路，反映出了當時社會這群先進知識者對社會的抱負。同樣，陳翔鶴在他的《不安的靈魂》一文中，也將上海中的人們看成是一群「經日除食、眠、經營、謀利、娶妻生子，過著本能生活而外完全不知其他」的麻木庸眾，於是「我」便想要「在不久間便打算要起身前往外國去；在那裏更打算尋找一個清靜而又風景佳麗的地方住著去」〔註33〕。石評梅則在她的《一瞥中的上海》中將上海直接比作是沙漠，「上海地方繁華囂亂，簡直一片鬧聲的沙漠罷了！……我半分的留戀都沒有，對於這片鬧聲的沙漠」〔註34〕。石評梅在她的作品不僅擅長將清冷的悲哀色彩，而且還能傳遞出感情層面上的脆弱和哀苦。在她的小說裏常常能見到「冷月、孤墳、落花、哀鳴、殘葉」等詞彙，她將她的善感與抑鬱的氣質捲入她對女性命運和人生的思考，表現出一種極熱烈又悲哀至極的吶喊，以及對光明的渴望、愛情的追求和對婦女和社會的解放的渴望。

文學作品中的城市，是通過作家們用文字、圖像和文化記憶以及加上作家自身的個體體驗來闡釋的，因而記憶與眞實之間，肯定會存在有很大的差距。要理解作家描繪出來的「眞實」，就必須做到充分把握作者特定的主觀情

〔註32〕郁達夫：《沉淪》，《郁達夫文集》（第三卷），花城出版社，1982年版，第56頁。

〔註33〕陳翔鶴：《不安的靈魂》，華夏出版社，2009年版，第11頁。

〔註34〕石評梅：《一瞥中的上海》，楊揚編：《石評梅作品集》（戲劇、遊記、書信卷），書目文獻出版社，1985年版，第76頁。

感和創作意圖。正如我們要理解劉禹錫《烏衣巷》中的「舊時王謝堂前燕，
飛入尋常百姓家」這一句詩，如果只看到了尋常百姓，只看到了冬去春來的
燕子，是遠遠不夠的，還必須要能夠充分理解了「舊時王謝」這個有關歷史
記憶的關鍵背景詞。「舊時」兩個字，賦予燕子以歷史見證人的身份。「王謝
燕」，強調的是過去棲息在王謝權貴高大廳堂的簷檁之上的舊燕。聯想這些，
我們才能從中清晰地看到作者對過去現在這一變化滄海桑田的無限感慨。也
正如巴赫金在他的小說理論中寫到，「不能把描繪出來的世界同從事描繪的世
界混爲一談……有著鮮明的原則的界限。」〔註 35〕在巴赫金看來，文學的世
界與眞實的世界是兩種不同性質的世界。對於作家書寫的文本的把握，不管
是需要聯繫一定歷史背景也好，還是要認清書寫的眞實與歷史的眞實之間區
別也好，我們都不可否認，對於文學藝術，我們更多的是應該理解與分析。
然而，五四啓蒙文學從其發難之始，便不是將文學理解爲藝術，而是將它理
解成一種改造社會改造世界的武器，如胡適就認爲「惟實寫今日社會之情
狀，故能成眞正文學」〔註 36〕。因此，在這群啓蒙主義者的帶領下，出現了
一批寫所謂「眞實」的藝術再現作品，包括鄉土的，也包括城市的。在這
裡，我們只討論書寫破敗城市的作品。其實，眞實的歷史，並非完全如這些
作家筆下的現狀。根據一份 1918 年的北京社會調查顯示，北京城內居民的收
入情況決定了他們居住的分佈情況。資料顯示，1918 年：在商業繁華和衙署
集中地區，建築、街道、衛生、教育等條件都要相對好很多。如西單附近的
內右一區，貧困人口只有 3%，商業集中的東單地區的內左一區貧困人口也只
有 3.5%。外城的外左一區、二區和五區，以及外右一區、二區是前門外商業
中心，這裡貧困人口最高不到 4.5%，最低是大柵欄附近的外右二區，只有
0.2%的貧困人口。〔註 37〕而在內城一帶相對地處偏僻，房屋簡陋，商業也不
發達，特別是在德勝門附近的內右三區和皇城內的中一區和中二區，貧困人
口分別達該區人口的 15.8%和 10.9%、10.6%。外城貧困人口佔區內人口的
15.4%和 37.8%。〔註 38〕作爲首都的北京，聚集著大批的清朝王宮貴族、官

〔註 35〕【俄】巴赫金：《小說理論》，河北教育出版社，1998 年版，第 455 頁。

〔註 36〕胡適：《文學改良芻議》，載 1917 年 1 月《新青年》第 2 卷第 5 號。

〔註 37〕甘博：《北京社會調查》附錄，（英文）1921 年，引自袁熹：《1840～1949 北京近百年生活變遷史》，同心出版社，2007 年版。

〔註 38〕甘博：《北京社會調查》附錄，（英文）1921 年，引自袁熹：《1840～1949 北京近百年生活變遷史》，同心出版社，2007 年版。

僚、富商，儘管也還居住著大批的工人、商販以及做苦力的老百姓，但這批老百姓的存在卻並不能阻止作爲首都的繁華，紫禁城的豪華大氣、新興的由皇家園林改造而來的公園，以及在京城繁華路段修建、改建、擴建的馬路，都彰顯著京城的軒昂與壯麗。據統計，至 1918 年，北京城內以修築道路 120 餘段。〔註39〕從 1904 年北京修築第一條石渣路開始，到 1915 年和 1918 年鋪設的瀝青路，致使京城繁華地段道路寬闊、兩旁建築整潔、綠樹成蔭。京城的繁榮還可以從戲園的興盛可以看出，據統計，1919 年北京城裏有 22 個劇場，其中 8 個是搭建的戲棚，還有 9 個是飯莊、會館和寺廟提供演出戲劇的場所，戲園內劃分了不同層次觀賞的人群，因而可以招攬社會各個階層的參與。其中比較大的劇院大概有 1000 個座位，平均上座率在 700～800 人之間，戲棚子裏的座位平均在 700～800 個左右，由於能大量吸引觀眾，有好戲上演時觀眾人數超過 1000。〔註40〕另外，根據一項北平民國 15 年（1927 年）關於抽取北平 48 家工人家庭做的生活費調查資料記錄，在 1927 年 12 月前，北京警察廳的調查顯示，在北京城內 170338 戶家庭按貧富家庭劃分，其中極貧戶有 24037 家，佔總數的 14%；次貧戶有 9730 家，佔總數的 6%；下戶有 92394 家，佔總數的 54%；中戶有 37559 家，佔總數的 22%；上戶有 6618 家，佔總數的 4%。〔註41〕資料所認爲的貧困標準是按照當年冬天警察廳爲籌備冬賑而劃分的，應該是基本符合當時情況的。他們認爲，極貧戶是指的毫無生活之資者，次貧戶指的是收入極少，不賴賑災可能難以維持生計者，而下戶指的是收入僅足夠維持每日生活者。從這裡我們可以看出，北京城內確實是存在有生活悲慘的貧苦人們，但並不是如這些作家筆下呈現的樣子，北京城內完全不能維持生活的家庭也只佔全部的 20%，也就是是絕大多數的市民還是可以有生活保障的。

　　至於上海，隨著帝國主義與清政府簽訂的租界協議，從某種程度上說，大大刺激了上海由「租界」開始向大城市發展，再加上上海得天獨厚的地理位置，上海的工業得到迅猛的發展，特別是紡織業、麵粉業等勞動密集型的產業吸引了大量人口湧入上海，爲此上海在較短的時間內成長爲了中國的

〔註39〕京都市政公所：《京都市政彙覽》，第 560 頁。
〔註40〕甘博：《北京社會調查》第 9 章《娛樂活動》，（英文）1921 年，引自袁熹：《1840 ～1949 北京近百年生活變遷史》，同心出版社，2007 年版。
〔註41〕李文海編：《民國時期社會調查叢編》（城市〈勞工〉生活卷）（上），福建教育出版社，2005 年版，第 5 頁。

工業中心。由於工業的發展，於是也帶動了金融、房地產、商業、貿易的發展，所有這些優勢使得上海穩固地坐上了中國的經濟中心這把座椅，也爲上海在二三十年代成長爲國際性大都市提供了有利條件。李歐梵就曾將二三年代的上海描述得如何的摩登與時尚、先進與繁榮，在他懷舊的文字裏再現了一個高樓林立、街道整潔、燈紅酒綠的上海，以致連書的名字都命名爲《上海摩登》。資料顯示，到 1911 年，外商投資在 10 萬以上的工廠達 41 家，總投資 1080.3 萬元，涉及紡織、船舶維修、機器製造、麵粉、碾米以及捲煙等多個行業。上海浦東於 1910 年、1924 年分別建成一期、二期工程都是兩個兩萬噸級的泊位碼頭，成爲當時遠東設施最先進的碼頭。〔註 42〕民族工業的興盛、碼頭的發展加快了上海城市化的進程。在繁華的市中心，百貨商場、摩天大樓、跑馬場、賭場、夜總會、電影院，成了企業家、金融家、商人、買辦等達官貴人出沒的場所。《晶報》就曾刊登過一則當時市值 25 萬元的洋房廣告：「佔地七畝一分，建築精緻、屋內浴室、自來水、火爐、下房、花房、汽車房一應設備齊全。且有庭園花圃、草地、樹木，足資娛樂。」〔註 43〕由此可見，上海是一個何等繁華的大都市。很顯然，這裡也是一個天堂與地獄並存的世界。與富人的奢華生活構成鮮明對比的是廣大的工人和貧民階層。據一份 20 年代的統計資料，「上海約有 125.5 萬的普通工人和社會底層，佔全市人口的 70%。其中平均大約一個家庭的月收入是 20 元，他們所能支付得起的房子每月房租費只能是 2 到 3 元」〔註 44〕，有的甚至更低，而這些房子自然是十分惡劣，因此上海有著著名的棚戶區貧民窟。

通過對上述歷史資料的分析考察，我們發現啓蒙敘事視角下的都市書寫，有著許多情節與歷史是並不完全相符的。而在這些現代作家的筆下，他們擅長經營城市空間的情緒，書寫城市特有的滄桑與情調，展示下層百姓生活的黑暗殘酷，傳達出作家眼中的灰色基調的社會全貌，將北京、上海、杭州以及南方城市言說得破爛不堪、滿目蒼夷，他們眼中的城市跟農村幾乎沒什麼兩樣，只能體現落後與愚昧。在當時五四這樣一個思想、文化大啓蒙背景下，我們不得不承認他們確實是順應著這股啓蒙救亡思想洪流在走的。但

〔註 42〕 熊月之、周武主編：《上海：一座現代化都市的編年史》，上海書店出版社，2007 年版，第 255～263 頁。

〔註 43〕 《高等住宅出讓》（廣告），《晶報》，1927 年 3 月 18 日。

〔註 44〕 熊月之、周武主編：《上海：一座現代化都市的編年史》上海書店出版社，2007 年版，第 291 頁。

是，他們卻有意地忽略了一個歷史眞實，中國是一個幾千年來的農業文明古國，城市的發展對於一個以農村經濟爲主體的國家是相當緩慢的。這批作家們多數是留洋歸來受過先進文化薰陶的進步人士，即使沒有留洋也是受過良好教育受到了當時社會大環境影響，當他們從一個有著相當文明程度的城市或國家歸來看到如此落後、如此衰敗的政治、經濟中心，或者通過其他渠道感受到了物質文明的有思想的進步人士，一方面他們要大力激情「呐喊」，呼籲「現代中國」盡快到來，有些精英分子甚至將自己看成是承載了民族使命、是拯救國家命運的中堅力量，一方面又感於自己無力的尷尬境地，因此他們倍感困惑、思想迷茫，最終導致他們因啓蒙無望而萌生的極度絕望的悲觀境地。魯迅就曾對這種現象做出過深刻的思想總結：「那時覺醒起來的智識青年的心情，是大抵熱烈，然而悲涼的。即使尋到一點光明，『徑一周三』，卻更分明的看見了周圍的無涯際的黑暗。」〔註45〕魯迅《傷逝》中涓生的設置大抵就是對這些進步青年的影射，「1925年是魯迅思想轉型的關鍵時刻，啓蒙運動迅速退潮，社會現狀一切如舊，思想界與新文學熱情銳減，鋒芒頓失，魯迅也由亢奮的『呐喊』淪落到了苦悶的『徬徨』。魯迅此時的思想矛盾，恰恰與《傷逝》中的涓生的思想矛盾，形成了意義同構的內在聯繫」。〔註46〕至於是什麼原因造成了這樣的這些啓蒙者們無法實現自己的夢想，魯迅沒有明說，但是我們在這裡要思考的卻是另外一個問題：他們想要急於實現的中國城市的「現代性」這一啓蒙目的，能忽略得了這一中國幾千年來傳統文化因素嗎？

第二節　對立與衝突兩極化的「鄉土」城市

　　二十世紀三十年代，城市文學中佔據中心地位的當屬當時三大文學潮流——京派、左翼、海派中的左翼及海派作家們，而最能體現當時文學革命思想的非左翼作家們莫屬。左翼作家們對於上海的城市經驗，主要基於當時上海成熟的資本主義社會結構，基於對階級鬥爭與國家民族、無產階級革命學說的認識。此時的城市書寫繼承和發揚了五四啓蒙理念，但同時又爲這破舊

〔註45〕魯迅：《魯迅全集》（第六卷），人民文學出版社，2005年版，第251頁。
〔註46〕宋創華、郜婧婧：《〈傷逝〉：魯迅對思想啓蒙的困惑與反省》，載於《河北學刊》2010年7月。

落後的「城景」書寫注入了一種新的政治元素，即借用馬克思主義的階級分析與武裝鬥爭理論，並以此作爲觀察民族、階級、社會的評價尺度，去書寫城市與城市裏的罪惡與悲慘。據資料記載，1934 年，一個叫《新中華》的雜誌發起了以「上海的將來」爲題目的徵稿活動，當時諸多學術界、出版界和教育界的有影響力、號召力的名人紛紛前來參與應徵，包括茅盾、林語堂、郁達夫、章乃器、王造時、孫本文、李石岑等等，雜誌社最終選定 79 篇作品結集成冊交由中華書局出版。其中有一位叫查士驥的這樣描述上海：「上海租界的繁榮程度，本已達到飽和點，照例房地價也可停止增長，開始下跌了。但銀行界及大地主，因生死關頭，決不允許跌價，因之上海市民在千瘡百孔的今日，仍背負著不相稱合的高貴房租。金融恐慌，隨時有發生的可能性。……」。這本《1934 年，文人眼中『上海的將來』》中多半是從國家民族立場出發，認爲上海就是帝國主義統治中國、對中國的經濟大肆侵略，文章中大量充斥著「吸血」、「殖民」、「壓榨」、「剝削」、「國際資本主義」等等字眼。〔註 47〕對於民族國家與階級對立的思想，普遍蔓延到了文學藝術界，也被作爲文學創作理論思想被左翼作家們繼承與發揚了。

此時的上海在文學作品中呈現出來的城市想像在左翼作家那裏已經是成了一種集體意識。先驅郭沫若就在他的《上海的早晨》一詩中做了直接的描述，關於上海工人與資本家的激烈衝突與對立：「馬路上，面的不是水門汀，／面的勞苦人的血汗與生命！／血慘的生命啊，血慘的生命，／在富兒的汽車輪下……滾，滾，滾，……／兄弟們呦，我相信：／就在靜安寺路的馬路中央，／終會有劇烈的火山噴發」〔註 48〕。郭沫若根據曾經發生在上海靜安寺路的罷工浪潮創作出了這一首詩。殷夫也曾對上海這種新興工人階級的革命鬥爭用詩歌進行了直接的創作，比如在他的《血字》這首詩歌：「五卅呦，立起來，在南京路上走」〔註 49〕。從靜安寺路到南京路，這個城市空間給人的第一想像就是工人的鬥爭場所，成了一個革命空間的符號。孫紹宜在解讀三十年代的左翼電影與空間想像時，就認爲攝影機拍攝的角度就代表著一種視角，給觀眾傳達出一種充滿了對資本主義罪惡社會行將崩塌的感覺。他認

〔註 47〕參見張鴻聲：《文學中的上海想像》，人民出版社，2011 年版，第 61 頁。

〔註 48〕郭沫若：《上海的早晨》，《郭沫若選集》，四川人民出版社，1982 年版，第 175 頁。

〔註 49〕殷夫：《血字》，朱棟霖主編：《中國現代文學作品選》（1917～2000）（第二卷），高等教育出版社，2002 年版，第 37 頁。

為，在《十字街頭》裏，電影以俯瞰南京路和外灘開始，接著就採用了一種非正常化的拍攝角度，在拍攝上海外灘的百老匯大廈和福州路上的漢密爾頓公寓等摩天大樓時，攝影機機位或是極端偏左或是極端偏右，使得觀眾極其不適應甚至感覺這些摩天大樓即將倒塌的感覺，導演對都市空間這種的陌生化處理完全源自於一種對資本主義對半殖民的上海的抵制。

作為「左聯」機關刊物《北斗》的主編丁玲，是一位有著重大影響力的左翼作家。在她1929年發表的《日》這部短篇小說裏，作者就採用了一種階級對立的眼光來看待上海這座城市的。在這裡，有著「幾十丈以上的高樓，靜靜的伏著，錐形的樓頂，襯於青空，彷如立體派畫稿」的富人豪宅區，也有著被林立的大黑煙筒遮蔽下的破亂小屋。窮人艱難地生活在這個城市裏，為了生計，每天都奔走在臨著臭水溝的爛泥巴路上。當丁玲寫到這些疲憊不堪的工人們穿過「晚霞與電燈交相輝映的」的都市街道回到自己破舊的亭子間裏時，我們所看到的是那壓榨著成千上萬勞苦工人的罪惡資本家，這座城市裏的每一個角落都是充斥著對立，也成了孕育革命的舞臺。標誌著丁玲意識形態左轉、發表在《小說月報》上的《1930年春在上海》這部作品，被認為是「革命加戀愛」的代表作之一。小說是從講述子彬與美琳的愛情故事開始的，子彬是一個很會在文字上顯現聰明有著雅致文風的知名作家，很受年輕讀者的追捧；美琳是一個對子彬作品有著極端愛好並崇拜子彬在容貌上、儀態上、藝術修養上都過得去的年輕活潑的女人。他們在靜安寺路過著的是有女僕伺候、可以常去看電影買高檔生活用品的舒適悠閒的生活。但隨著一個名叫若泉的普羅革命者的闖入，美琳逐漸被若泉的熱忱與激情言說打動，並開始對身邊的一切產生了懷疑，逐漸她感覺到自己生活空虛、乏味，越來越不適應自己的寡然隔絕的生活，開始隨著若泉指引參與到了由工人、學生、作家等組織的左翼文藝聚會。逐漸地她感覺到了前後生活的對比，並開始用全新的眼光來審視這座曾經只有休閒逛街購物的浪漫舒適城市。在小說的第七部分，儘管醉人的春天已經到來，但是上海卻儼然成為了剝削階級和帝國主義的場所：「這個時候是上海最顯得有起色，忙碌得利害的時候，許多大腹的商賈，和為算盤的辛苦而癟幹了的吃血鬼們，……一些漂亮的王孫小姐，都換了春季的美服，臉上放著紅光，眼睛分外亮了，滿馬路的遊逛，到遊戲場擁擠，還分散到四郊，到近的一些名勝區……。」〔註50〕在這部小說的故

〔註50〕丁玲：《一九三○年春在上海》,《丁玲全集》（第三卷），河北人民出版社，

事安排在一個階級鬥爭的大背景下，富人窮人之間巨大的反差是導致受苦民眾衝向街頭反抗的合法理由。小說的結尾處美琳留言告訴子彬，「我大約已在大馬路上了，這是受了團體的派定，到大馬路做××運動去」〔註51〕，她最終投身到了上海革命的大浪潮中。

作為「左聯五烈士」之一的馮鏗，是一位提倡革命文學的中堅作家。馮鏗還在高中部期間，當時家鄉潮汕地區已經是廣東乃至全國國民革命的中心之一了。在這麼一個風起雲湧的年代，馮鏗這個年僅十七八歲的高中生成為了潮汕地區學生運動的積極分子。她不僅以自身的實踐活動投身社會，還努力以筆桿子當作戰鬥武器對準反動勢力。她認為文學可以為革命助威吶喊，可以點燃人民心中的火焰。在此期間，馮鏗發表了《國慶日的紀念》、《破壞與建設》、《學生高尚的人格》等近 10 篇以文學為題材反映她對現實社會鬥爭的思考的文章，作為一個中學生，馮鏗對政治的洞察力入木三分，分析鞭闢入裏，這是十分難能可貴的。中學畢業後她來到了上海，在接受了上海更加熱烈的革命運動的洗禮後加入了左聯，她的思想覺悟更進了一步，《重新起來》就是加入左聯後的第一部力作。小說依據自身的經歷，借用一對青年男女因革命與戀愛發生矛盾衝突而導致悲歡離合的故事，表現了大革命失敗後革命如何從低谷走向高潮以及「重新起來」的過程。小說的故事背景發生在上海，工人罷工的大革命浪潮激勵著女主人公小蘋來到上海找她的愛人。小蘋一剛上岸，見到的上海是這樣的一幅面孔：

> 巍峨的建築物拖著它的陰影在地面，螞蟻似的工人肩了比他們身體還要大龐大一兩倍的貨物，來來往往地在陰影下面交織成一條小河，流進那一一張開著漆黑大口的貨房裏去。混進這小河裏面的還有笨重的貨車，它的著地轟隆的輪聲和工人們呼喊的嘯聲也混成一片。〔註52〕

在馮鏗看來，她對上海的描述充滿了一種沉重的氣氛，這裡是工人們的地獄，是一個看不見希望的地方。再隨著小蘋的上海之行畫面來到了熱鬧的大馬路上，繁華的大馬路兩旁吸引路人的櫥窗裏滿是「華貴的女人飾物，長統的

2001 年版，第 284 頁。

〔註51〕丁玲：《一九三○年春在上海》，《丁玲全集》（第三卷），河北人民出版社，2001 年版，第 297 頁。

〔註52〕馮鏗：《重新起來》，《中國現代小說經典文庫》（石評梅、馮鏗）（卷二十），大眾文藝出版社，2007 年版，第 153 頁。

肉色絲襪，閃光的高跟皮鞋，軟紅淺碧的絲織品……」〔註53〕。但是對於一個充滿了革命激情的青年女性來說，這些景物在她的眼裏卻是呈現另外一種意念：

> 她感到都市裏的淫樂是怎樣強有力的刺激著人的官能！資本主義發達的都市文明只有供給一般人以沉溺的享樂！而這些享樂便是建築在勞動群眾的血汗上面！……她憎厭這些把血汗染成的燦爛的飾物，她尤其痛恨那些勾住男性的手腕，豔裝濃抹的徘徊在窗飾前面的時髦女子。〔註54〕

馮鏗是一個經過了不斷改造而成為了堅強的無產階級革命戰士，她的文學創作也逐步具有鮮明的傾向性和強烈的階級鬥爭內容。她的創作題材從一般的青年知識分子的生活與戀愛故事擴大到震撼人心的歷史事件和激烈的階級鬥爭。儘管文學史上對她的作品評價認為還比較粗糙，她所創作的人物形象也還不夠鮮明，但是她滿懷著革命的激情，熱烈歌頌了工農革命群眾的形象。

作為革命文學的狂熱鼓吹者蔣光慈，在他的作品中以一種階級革命的眼光塑造了一系列反映工人革命和農民武裝反抗的作品。寫於1927年的《短褲黨》是現代文學史上第一次以共產黨人和工人階級為主人公的作品，就作品題材和內容來說，小說主要根據在中國共產黨的領導下上海工人階級響應北伐舉行的三次武裝起義的史實，以極大的熱情表現了一群大無畏的無產階級群體。在作品的一開頭就描述了一個布滿了革命氛圍的上海空間想像：「接連陰雨了數天，一個龐大的上海完全被沉鬱的、令人不爽的空氣所籠罩著。……在這種沉鬱的空氣裏，人們的呼吸都不舒暢，都感覺有一種什麼壓迫在胸坎上也似的」。這裡寫到的是一個如此壓抑的上海，並且作者開頭的連續的五段文章裏都不斷強調空氣的沉鬱，隱射整個上海的政治氣氛壓抑。隨著故事的發展與畫面的推進，作者的階級革命的眼光越來越明顯了，「整個的上海完全陷入反動的潮流裏。黑暗勢力的鐵蹄只踏得居民如在地域中過生活……無數萬身受幾層壓迫的，被人鄙棄的工人——在楊樹浦的紗廠裏，在閘北的絲廠裏，鐵廠裏……在一切污穢的不潔的機器室裏，或是風吹雨打的露天地裏」

〔註53〕　馮鏗：《重新起來》，《中國現代小說經典文庫》（石評梅、馮鏗）（卷二十），大眾文藝出版社，2007年版，第157頁。

〔註54〕　馮鏗：《重新起來》，《中國現代小說經典文庫》（石評梅、馮鏗）（卷二十），大眾文藝出版社，2007年版，第157頁。

〔註55〕。接著，對上海街頭有更為布滿政治恐怖氣氛的描寫：

> 大刀隊荷著明晃晃的大刀，來往梭巡於各馬路，遇著散傳單，
> 看傳單，或有嫌疑者，即使格殺勿論；於是無辜的紅血濺滿了南市，
> 濺滿了閘北，濺滿了浦東，濺滿了小沙渡……有的被槍斃了之後，
> 一顆無辜的頭還高懸在電杆上；有的好好地走著路，莫名其妙地就
> 吃一刀，一顆人頭落地；有的持著傳單還未看完，就噗咻一刀，命
> 喪黃泉。即如在民國路開鋪子的一個小商人罷，因為到斜橋有事，
> 路經老西門，有一個學生遞給他一張傳單，他遂拿著一看——他哪
> 裏知道看傳單也是犯法的事呢？他更哪裏知道看傳單是要被殺頭的
> 呢？〔註56〕

上海街頭大刀隊隨意的殺人導致人人自危帶來的白色恐怖，不僅是街頭一個
走路的小商人因為接了一張傳單而被大刀隊看到，瞬間就身首異處，頭滾到
水溝裏，屍體還橫臥在電車軌道上。還有更為殘酷的是一個只有十一歲的孩
子阿毛，只因想多接些傳單可以拿回家用來包東西，沒想到這麼一個善良無
辜的小孩也難以逃脫大刀隊的魔爪，一顆小人頭就這樣落下了來。在蔣光慈
的筆下，帝國主義與反動派在上海製造的恐怖有如空氣般無處不在，文章多
處有這樣的描寫，在小說的第四部分的開頭，「偌大的一個上海充滿著殺氣！
英國的炮車就如龐大的魔獸一樣，成大隊的往來於南京路上，轟轟地亂叫，
似乎發起瘋來要吃人也似的。黃衣的英國兵布滿了南京路，高興時便大吹大
擂地動起了鼓號。啊啊，你看，那些有魔力的快槍，那些光耀奪人的刺刀，
那些士兵睜著如魔鬼也似的眼睛，那些……」〔註57〕。

有著鮮明革命立場創作的蔣光慈，1927年發表了中篇小說《野祭》。小說
出版後，錢杏邨發表評論這是一部「革命與戀愛的小說」，稱「在《野祭》之
前似乎還沒有」，認為這是「真能代表時代的戀愛小說」，是「中國文壇上的
第一部」〔註58〕。故事以第一人稱寫旅居上海的革命文學家「我」（陳季俠）

〔註55〕 蔣光慈：《短褲黨》，《蔣光慈文集》（第一卷），上海文藝出版社，1982年版，
第214～215頁。
〔註56〕 蔣光慈：《短褲黨》，《蔣光慈文集》（第一卷），上海文藝出版社，1982年版，
第214～215頁。
〔註57〕 蔣光慈：《短褲黨》，《蔣光慈文集》（第一卷），上海文藝出版社，1982年版，
第2245頁。
〔註58〕 易嘉（瞿秋白）、鄭伯奇、茅盾、錢杏邨、華漢（陽翰笙）：《〈地泉〉五人序》，
《中國新文學大系（1927～1937）》第一輯，上海文藝出版社，1987年版。

與房東女青年學生章淑君以及 S 路女校的教員鄭玉弦兩個革命女青年之間的戀愛悲劇。白色恐怖時期，淑君冒險在上海街頭散發傳單，沒想到幾天後淑君已經遇害。結尾處是這樣設計的：「我」買了一瓶紅葡萄酒和一束鮮花，乘車來到吳淞口外，選了一塊乾淨的草地，面向大海放聲痛哭，爲其致祭。而故事的開頭卻是：「去年夏天，上海的炎熱，據說爲數十年來所沒有過。溫度高的時候，達到一百零幾度，弄得龐大繁雜的上海，變成了熱氣蒸人焦爍不堪的火爐。富有的人們有的是避熱的工具——電扇，冰，兜風的汽車，深厚而陰涼的洋房……可是窮人呢，這些東西是沒有的，並且要從事不息的操作，除非熱死才有停止的時候。機器房裏因受熱而死的工人，如螞蟻一樣，沒有人計及有若干數。馬路上，那熱焰蒸騰的馬路上，黃包車夫時常拖著，忽地伏倒在地上，很迅速的斷了氣。」〔註59〕在這裡，作者將上海描述成了一座人間地獄，富人和窮人生活在兩個不同的世界裏，從這裡我們可以看出，作者是飽含了一種階級的眼光，對於窮人的悲慘生活是充滿了同情，同時也暗含了一種強烈的貧富對立衝突意識，傳達出了窮人只有推翻這種貧富的階級對立，窮人們才能有機會過上舒適的生活，於是順理成章地就在這樣的背景下展開了革命鬥爭故事。在蔣光慈的《衝出雲圍的月亮》小說裏，同樣作者也是以一種革命立場表現了一個小資產階級知識女性在革命低潮中「動搖」、「幻滅」，最後「轉換」、「復興」的小說。故事還是發生在充滿了罪惡的上海這座都市裏。作者帶著一種鮮明的無產階級立場，看到「無憂無慮的西裝少年，荷花公子，豔裝冶服的少奶奶，太太和小姐，翩翩的大腹賈，那坐在汽車中的傲然的帝國主義者」〔註60〕就想要用一顆巨彈或者一把烈火將他們一齊毀掉，同歸於盡。

與蔣光慈《衝出雲圍的月亮》所要表達的革命思想一樣，茅盾在《虹》這部作品裏也傳達出了主人公對於上海的認識發展過程，在這批左翼作家們筆下，城市空間是一個傳達著革命鬥爭意識的場所與符號。小說是圍繞主人公梅女士的生活展開的，展現了一幅革命青年的成長歷史畫卷。梅女士是出生於四川名門富家，是一個衣食無憂的「東方美人」。在經歷了萬千曲折後，在革命引路人梁剛夫的教育指引下，逐漸成長爲一名拋棄了小資產階級信念的

〔註59〕蔣光慈：《野祭》，《蔣光慈文集》（第一卷），上海文藝出版社，1982 年版，第310 頁。

〔註60〕蔣光慈：《衝出雲圍的月亮》，《中國現代小說經典文庫》（第八卷），大眾文藝出版社，2007 年版，第 248 頁。

革命者。從她初到上海所認為的上海是一個充滿了市儈氣息、拜金主義的城市到最後看見所謂真正的上海——「你沒看見真正的上海的血液在小沙渡、楊樹浦、爛泥渡、閘北，這些地方的蜂窩樣的矮房子裏跳躍，只有他們的鮮紅沸滾的血能夠洗去南京路上冷卻了變色的血」〔註61〕，我們可以看出，梅女士在梁剛夫的共產主義傳播的影響下，已經從對上海的資本主義物質文化的批判轉向對擺脫帝國主義和資產階級的剝削更高意識形態層面的批判，城市這些破爛的空間已經是用來喚醒民族意識、積極奮鬥參與反抗的場所。

有意思的是，日本學者橫光利一在訪問上海一個月後寫出了《上海》這部小說。儘管這部小說並不是倡導中國民族革命意識這樣的視角來書寫上海，但是我們可以看到，他是一個有著國際殖民主義眼光的作家，因此在他的作品裏殊途同歸地傳達出的是一種兩極分化的上海，這裡描寫的是對於貧民區上海的破舊與骯髒：

> 磚頭搖晃的街區。在狹窄的僻路上，成群的穿著長袖黑袍的中國人，就像海底的海藻沉渣般，擠的那個地方甚為可觀。乞丐蹲在鵝卵石鋪的路上。在他們頭頂的店鋪門口，掛滿了魚囊，滴著血的截截鯉魚，等等。邊上的水果攤上，串在一起的芒果和香蕉垂下來幾近行道。而水果店邊上的位置攤著無數垂著蹄子的去皮豬，它們被挖得像色澤新鮮的幽暗洞穴。〔註62〕

這是橫光利一在小說開頭部分通過一個日本人的眼光，在他被帶到中國的公共浴室的路上所見到的上海的景象，這裡是一個黑暗、貧窮的「地下世界」。作為一個日本人，他是想要描寫一個「布滿塵埃的不可思議的」東方城市，於是作者在震驚中外的「五卅」事件後創作出了這樣一部小說。李歐梵在評價橫光利一時是這麼說的：「他以『新感覺派』的技巧，用大量的視覺形象匠心獨運地描畫了群眾示威的洶湧波濤。」〔註63〕橫光利一通過塑造一大批日本人、俄國人、英國人、美國人和中國人，可以看出作者「發現了資本主義和大眾這兩者真正的關係」。〔註64〕作為一個國際左翼作家，他想要在帝國主

〔註61〕茅盾：《虹》，《茅盾全集》（第二卷），人民文學出版社，1984年版，第253頁。
〔註62〕轉引自李歐梵：《上海摩登——一種新的都市文化在中國（1930～1945）》，毛尖譯，人民文學出版社，2010年版，第314頁。
〔註63〕李歐梵：《上海摩登——一種新的都市文化在中國（1930～1945）》，毛尖譯，人民文學出版社，2010年版，第316頁。
〔註64〕劉建輝：《魔都上海——日本知識人的「近代體驗」》，甘慧傑譯，上海古籍出

義這個殖民大背景下展現各色人等之間複雜關係，以一個異國民族人的眼光打量著這座城市，基於這樣的認識，我們至少可以看出他也是帶著一種反帝思想的，因此在某種程度上我們也可以把他的這種破爛的上海城市書寫歸於這一類的。在他在第一版中的序言中也可以看出他人本主義的關懷，他寫道：「說到小說中出現的場景，那和五卅事件有關……要深入地描寫這樣一場未完的大混亂——這混亂的漩渦是外國存在問題……儘管我已盡力堅持史實，但似乎我離它們越近，我就越感到一無所有的苦惱，唯有提筆寫下事件的大概。」〔註65〕

　　在倡導革命意識形態的文藝思想指引下，書寫城市有來自兩個層面的空間想像，一個就是專注於城市的破舊、骯髒，這類題材的寫作目的在於需要深入發掘導致這種貧窮、落後背後的深層原因，從而引起起來反抗的必要；另一個就是專注於城市所謂的「五光十色」、聲光化電的輝煌景觀，展現在資本主義、帝國主義的政治、經濟的入侵下充滿了罪惡的現代化都市，城市的這種現代化空間的一切罪惡的根源，這類題材的城市空間想像往往被作家賦予了政治的、道德的意義，蘊含著推翻資本主義建立一個新秩序的情感取向。而最能體現第二類題材的城市書寫非茅盾的上海想像莫屬了。在《子夜》的開端，作者就通過一種由遠至近的俯瞰鏡頭，給讀者展示了一幅上海的全景：

> 太陽剛剛下了地平線。軟風一陣一陣的吹上人面，怪癢癢的。蘇州河的濁水幻成了金綠色，輕輕地，悄悄地，向西流去。黃浦的夕潮不知怎的已經上漲了，現在沿著蘇州河兩岸的各色船隻都浮得高高地，艙面比碼頭還高了約摸半尺。風吹來外灘公園裏的音樂，卻只有那炒豆似的銅鼓聲最分明，也最叫人興奮。暮靄挾著薄霧籠罩了外白渡橋的高聳的鋼架，電車駛過時，這鋼架下橫空架掛的電車線時時爆發出幾朵碧綠的火花。從橋上向東望，可以看見浦東的洋棧像巨大的怪獸，蹲在暝色中，閃著千百隻小眼睛似的燈火。向西望，叫人猛一驚的，是高高地裝在一所洋房頂上而且異常龐大的霓虹電管廣告，射出火一樣的赤光和青燐似的綠焰：Light，Heat，

版社，2003 年版，第 109～110 頁。

〔註65〕李歐梵：《上海摩登——一種新的都市文化在中國（1930～1945）》，毛尖譯，人民文學出版社，2010 年版，第 316 頁。

Power！〔註66〕

茅盾在一開篇就將上海描述成了有著高度物質文明的城市，目前對茅盾關於城市文明儘管有這雙重的解讀。一方面有分析指出茅盾對於這種高度的物質文明有著曖昧的態度，他在其《機械的頌讚》中就曾以為，與其以敵對的態度去看待這都市裏的機械文明，不如以一種新的美學觀來接受世界現代性發展帶來的機械文明。但不可否認的是，他書寫了國際資本主義給中國帶來的罪惡是鐵錚錚的事實，對此，茅盾就曾經在《〈子夜〉是怎樣寫成的》這樣說：「我那時打算用小說形式寫出以下三個方面：（一）民族工業在帝國主義經濟侵略的壓迫下，在世界經濟恐慌的影響下，在農村破產的環境下，為要自保，使用更加殘酷的手段加緊對工人階級的剝削；（二）因此引起了工人階級的經濟的政治鬥爭；（三）當時南北大戰，農村經濟破產以及農民暴動又加深了民族工業的恐慌。」〔註67〕可以說，茅盾既展示了上海物質文明的十分「充滿活力」，代表了一個「金碧輝煌的時代」，又可以用陳思和的話來說，他描述的這種物質文明代表了「一種感官放逐的糜爛」〔註68〕。所以，在這段開篇的話語裏，作者以「電車線時時爆發出幾朵碧綠的火花」和霓虹燈「射出火一樣的赤光和青燐似的綠焰」來表明這是一個花花綠綠的世界，用「綠火花」、「綠焰」這種字眼來對霓虹燈照耀下的城市奢靡夜生活的一種隱性批判。「巨大的怪獸」這樣的字眼向人們暗示了這是邪惡的帝國主義勢力對上海的掌控。而在洋房頂上高高聳立的霓虹燈廣告「Light，Heat，Power」這幾個用英語來呈現的詞語則更是形象地代表了壓制在這座城市上空的是罪惡的國際資本主義。

隨著吳老太爺的進城，這個代表著沒落封建階級的符號，他對上海的初次打量充滿了強烈的道德判斷和憎惡色彩：

> 汽車發瘋似的向前跑。吳老太爺向前看。天哪！幾百個亮著燈光的窗洞像幾百隻怪眼睛，高聳碧霄的摩天建築，排山倒海般地撲到吳老太爺眼前，忽地又沒了；光禿禿地平地拔立的路燈桿，無窮無盡地，一桿一桿地，向吳老太爺臉前打來，忽地又沒了；長蛇陣似的一串黑怪物，頭上都有一對大眼睛放射出叫人炫目的強光，啵

〔註66〕茅盾：《子夜》，《茅盾作品》，北嶽文藝出版社，2002年版，第3頁。

〔註67〕茅盾：《〈子夜〉是怎樣寫成的》，載於《新疆日報·綠洲》，1939年6月1日。

〔註68〕陳思和：《中國現當代文學名篇十五講》，北京大學出版社，2003年版，第325頁。

——啵——地吼著，閃電似的衝將過來，準對著吳老太爺坐的小箱
子衝將過來！……〔註69〕

這個像怪物般的城市狠狠地刺激著吳老太爺腐朽懦弱的心，所以茅盾有意將
吳老太爺從下船踏上城市開始到他到達兒子的公館這段小小的距離，就讓老
太爺神經爆裂，命歸黃泉。茅盾通過吳老太爺的眼睛，將這種「都市文明」
對於舊中國的衝擊、將這種強大的外力對於腐朽現實的衝擊表現得生動形
象。借用王德威的話來說，如果上海對於這個初來乍到的老太爺意味著是一
個魔窟的話，很顯然，在左翼意識形態指導下的茅盾，在這裡明顯暗藏了他
的一種價值判斷，就是這座城市對於信仰共產主義的人來說也一定是意味著
魔窟，是一個資本主義的魔窟。〔註70〕茅盾除了這種間接描寫上海的罪惡外，
更是有直接描述外國勢力與本國民眾的武裝反抗：「沿南京路，外灘馬路，以
至北四川路底，足有五英里的路程，公共租界巡捕房配置了嚴密的警戒網；
武裝巡捕，輕機關槍摩托腳踏車的巡邏隊，相望不絕。重要地點還有高大的
裝甲汽車當街蹲著，車上的機關槍對準了行人雜沓的十字街頭。」〔註71〕這
種充滿了鎮壓與反抗的上海大街描寫深深地傳達出了茅盾對於帝國主義的痛
恨與作為知識分子的民族危機感。都市的書寫在茅盾這裡，是一個充滿了邪
惡的角色。一方面它是帝國主義肆意張揚的場所，這裡有著罪惡的「都市文
明」；另一方面它是導致農村經濟衰敗的主要原因，因為都市裏的國際資本主
義勢力對中國傳統農村經濟的強烈擠壓，比如「農村三部曲」以及《林家鋪
子》。因此，對於左翼作家茅盾來說，都市裏的所有體現出半殖民、半封建的
元素都暗示了革命的必要性。

20 世紀二三十年代後期，中國社會正處於一個水深火熱的歷史時期。特
別是 1927 年「四・一二」事變後，國共合作關係徹底破裂，一批參加過革命
鬥爭活動的作家和一批從西洋留學歸來的激進青年共同倡導了無產階級革命
文學的運動，他們的號召在思想文藝界領域形成了巨大的影響力。此時的文
學已經由五四時期的啟蒙思想革命階段向社會革命轉變。李澤厚就曾在他的
思想史論中講到，「在如此嚴峻、艱苦、長期的政治軍事鬥爭中，在所謂你死
我活的階級、民族大搏鬥中，它要求的當然不是自由民主等啟蒙宣傳，也不

〔註69〕茅盾：《子夜》，《茅盾作品》，北嶽文藝出版社，2002 年版，第 9 頁。
〔註70〕參見王德威：《寫實主義小說的虛構：茅盾，老舍，沈從文》，復旦大學出版
　　　　社，2011 年版。
〔註71〕茅盾：《子夜》，《茅盾作品》，北嶽文藝出版社，2002 年版，第 203 頁。

會鼓勵或提倡個人自由人格尊嚴之類的思想，相反，它突出的是一切服從於反帝的革命鬥爭，是鋼鐵的紀律、統一的意志和集體的力量。」〔註72〕這批作家和激進青年深受當時蘇聯、日本等國家的無產階級文學運動中的「左」傾思想的影響，特別是蘇聯的「無產階級文化派」和後來的文學組織的影響，他們的「文藝組織生活」這一口號竟是直接成為了這批倡導革命的激進團體的文學革命理論基礎。〔註73〕後期創造社的核心人物李初梨在《怎樣地建設革命文學》〔註74〕文章中就非常明確地提出了當前文學創作的首要任務——反映階級的實踐和意欲，他認為只有將革命的意圖加以形象化後，才能很好地將文學作為組織革命的工具。他還旗幟鮮明地表示，五四以來那些著重在描寫與揭示生活現實的作品是已經落伍了的，必須做徹底的告別，作為新文學是要以階級屬性作為標準來劃線站隊的。馮雪峰也在他翻譯法捷耶夫的《創作方法論》中指出，辯證法對社會的把握就是「社會不是個人，而是團體」，同時也還說「不是一個人，而是階級」。〔註75〕在這種政治、思想大背景下，作家們對於城市的觀察視角發生了改變，由啟蒙時代的城市與農村的一體化書寫變成了城市與農村的高度對立，也就是說由書寫城市農村化的視角轉變成了書寫城市裏結構性的強烈對立與不平等。就像左翼作家代表——茅盾，儘管他在很多小說裏都是按照左翼革命理論進行創作的，但是，縱觀他整個創作，難免不可以看出，他對於城市與鄉村、對於現代與傳統還是帶有一種難分難捨的感情。他對於鄉村所代表的原始、迷信、封建持批評態度，但是，他對於鄉土中國還是保持著深厚的血緣關係，在他的內心深層仍然嚮往著一種恬淡自然的生活。在他的《鄉村雜景》中有這樣的言說：「生長在農村，但在都市裏長大，並且在都市裏飽嘗了『人間味』，我自信我染著若干都市人的氣質；我每每感到都市人的氣質是一個弱點，總想擺脫，卻怎地也擺脫不下；然而到了鄉村住下，靜思默念，我又覺得自己的血液裏原來還是保留著鄉村的『泥土氣息』。可以說有點愛鄉村吧。」〔註76〕在這裡，茅盾是愛著那個生

〔註72〕李澤厚：《中國現代思想史論》，東方出版社，1987年版，第33～34頁。

〔註73〕參見《蘇聯「無產階級文化派」論爭資料》，人民文學出版社，1980年版，第89頁。

〔註74〕載《文化批判》，1928年第2號。

〔註75〕載《北斗》，1930年第一卷第二期。

〔註76〕茅盾：《鄉村雜景》，《茅盾全集》（卷十一），人民文學出版社，1984年版，第178頁。

養了他的農村，農村的自然風景、泥土氣息都是他到達城市後魂牽夢繞的。同時，他也是贊美都市的，在他的《機械的讚頌》這篇文章裏，都市美和機械美都是他所認同的，沒有機械所帶來的現代都市的發展與方便以及社會關係，是不能說有現代城市。在《子夜》這部小說裏，暗藏了茅盾對於現代化工業文明的生機勃勃活力的喜悅感。可以說，他既有對於鄉村的深深眷戀，也有對於都市文明的莫名歡喜，還有對於落後農村的批判以及都市資本主義的侵略與壓榨。茅盾之所以會出現兩種大不相同的思想狀態，是因爲茅盾接受了無產階級革命的思想，因此在這種思想的指導下他一定會自覺不自覺地選擇適合階級言論的故事結構與城市空間表達。

中國二十世紀三十年代，從世界範圍來看，無疑中國是相當落後了的，中國傳統的農業經濟、生產力水平都是比較低。對於像北京、上海幾個大城市來說，究竟是不是城市骯髒破舊、人們生活困苦不堪、民不聊生、帝國主義橫行嗎？對於這些文學創作中常見的景象描寫，我們找到了相關的歷史數據，然而存在著巨大的反差。首先，我們來看城市的眞實空間。在二十年代，也就是上一節裏，我們已經給出了一定的歷史數據，城市的空間並非如他們所見到的那樣破舊與落後，隨著經濟的發展，城市發展也在不斷更新變化中，到了三十年代，城市景觀自然是越來越多舒適的場所，在下面的關於公園遊人的人數變化中我們可以分析得出。其次，我們來看看劉大中和葉孔嘉根據劉大鈞的外國企業在華的產值比重統計數據得出的一個關於華資工廠和外資工廠產值和雇工人數統計表。統計表顯示，1933 年的關內和滿州年總產值，中國人擁有 1771.4 百萬元，佔 66.9%；外國人擁有 497.4 百萬元，佔 18.8%；滿州擁有 376.7 百萬元，佔 14.3%。關於工人數的顯示，中國人是 783200 個，外國人是 163100 個，滿州人是 129500 個。〔註 77〕從這個統計表中我們看出，當時外資企業在中國是並不多的，而且外資比重也是有限的，實際上並不如文學作品中的寫的那樣，幾乎整個城市都是在帝國主義的壓迫之下。「在中國關內，中資工廠佔工廠工業產量的 78%，比起中國製造工業資本構成中的中資份額，這是一個實際上比較高的比重。根據粗略的估計，在 30 年代，外資的資本份額僅佔總數的 37%。」〔註 78〕在 1933 年的一份統

〔註 77〕【美】費正清編：《劍橋中華民國史 1912～1949 年》（上卷），中國社會科學出版社，1994 年版，第 61 頁。

〔註 78〕谷春帆：《中國工業化通論》，商務印書館，1947 年版，第 170 頁。

計數字中，調查的是 2435 家中資工廠，有 50%（1211 家）是從事紡織與食品生產的〔註 79〕，說明國民收入比重較大的行業裡中資工廠還是較多的。而根據另一份關於上海紗廠工人的調查資料，從 1928 年 11 月份到 1929 年的 10 月份紗廠工人平均每家收入只有兩個月在 29 元左右，其餘月份都在 32 以及 33 元以上，隨著時間的發展，收入越來越高，到 10 月份，收入達到 36 元以上〔註 80〕。而根據上海工人生活費調查表顯示，當時粗工工人的月平均生活費是 21.34 元，精工工人生活費是 35.85 元。〔註 81〕儘管這些平均數字可能跟真實的數據有所差距，但是基本上我們還是能得出一個結論，絕大部分上海工人工資收入與一些額外收入加起來還是能夠基本保證工人的食品、衣服、房租、燃料和其他雜類生活開支的，可能其中還是有少數一無所有的窮人存在，但實際數據顯示並不如作家筆下的世界那麼悲慘。由此可見，文學敘事與歷史敘事之間形成的這種巨大的反差，我們作為文學研究者是不能忽視的，是值得去思考研究的。

第三節　閒適與享受的「鄉土」生活城市

　　文學藝術中的城市，傳達出的是一種對於城市的一種文化期待。在這個千百年來的鄉土國家裏，我們似乎已經習以為常地把城市當成鄉村的對立，將歷代以來文人墨客筆下的寧靜祥和的牧歌式鄉村與城市裏的陰暗罪惡的一面置於道德善惡的兩端。但是二三十年代以來，連年的內外失守導致民不聊生，由此生活在城市裏的一部分疏離了政治與革命的作家將這種田園式的審美生活嫁接到了城市裏，湧現了一批或直接描寫城市或間接懷念城市的悠閒舒適的生活，表現出了城市的另一種審美生活狀態，傳達出對於生活於其中的城市的一種深切情懷以及注重對一個城市的文化與價值的傳承。

　　趙園在她的著作《北京：城與人》一書中就曾有過這樣的總結，北京是一座能夠將其深厚歷史的「精神品質」於無形中施加或影響生活在其中的

〔註 79〕【美】費正清編：《劍橋中華民國史 1912～1949 年》（上卷），中國社會科學出版社，1994 年版，第 62 頁。

〔註 80〕李文海主編：《民國時期社會調查叢編》（城市生活卷）（上），福建教育出版社，2005 年版，第 263 頁。

〔註 81〕李文海主編：《民國時期社會調查叢編》（城市生活卷）（上），福建教育出版社，2005 年版，第 266 頁。

人，使得人們能強烈感受到它的文化吸引。〔註82〕確實，像周作人、林語堂、郁達夫、張恨水等等對於北京的情懷，讓人感歎他們對於這座城市的一致情感。特別是現代文學史上的文學巨匠——老舍，他對於北京的形象塑造，不論是從文化意義上還是審美意義上都沒有人能超得過。他們陶醉或者敬畏於這座充滿了歷史感的城市以及這座城市裏宏偉壯麗的建築和在城市裏生活的一切。至於北京正在經歷的大風大浪，則是被他們主觀剝離掉，消解了城市的歷史現場感，呈現出與主流文學書寫不一樣的城市風貌。

周作人在五四時期也曾經是一名倡導思想啟蒙的進步人士，在文學創作上主張「人的文學」。當他的啟蒙理想在當時激進、焦躁的現實面前碰壁時，他內心的道家思想逐漸轉變成了他的主導思想，他主張人要「中庸」，要有一種「守樸歸真」的態度，要做到「遊心於物外，不為世俗所累」，追求一種與自然相互融合相互溝通的心境，從而達到一種從容淡然的心理境界。讀周作人的文字，彷彿是聆聽一位久居北京的滿腹人生哲理的長者在跟你講述北京生活的點點滴滴。儘管他也憎惡京城裏一切醜惡與不公平，但是在他灑脫的人生態度下，我們能感受到他漫步在北京街頭、遊走在去往西山的路上、或者凝望一隻鳥、品味一種茶等等都是樂在其中的灑脫與從容。比如在他的《廠甸》一文中，周作人懷著抑制不住的對廠甸集市廟會帶來的喜悅與懷念，「南新華街自和平門至琉璃廠中間一段，東西路旁皆書攤，西邊土地祠中亦書攤而較整齊，東邊為海王村公園，雜售兒童食物玩具，最特殊者有長四五尺之冰糖葫蘆及數十成群之風車，凡玩廠甸歸之婦孺幾乎人手一串。」〔註83〕又如《北平的春天》，儘管作者並沒有寫出北平有多少動人的春天景致，但是作者卻一直在尋找。最後又似乎並沒有找到：「北平到底還是有他的春天，不過太慌張一點了，又欠腴潤一點，叫人有時來不及嘗他的味兒。」最後輕輕一句：「北平雖幾乎沒有春天，我並無什麼不滿意，蓋吾以多讀代春遊之樂久矣。」〔註84〕字裏行間無不透露出作者對北京閒適生活的嚮往，同時也可以看出他對於當下生活一種拒絕的態度。還有在《北京的茶食》一文中，他似乎說出了文人們對於茶文化的精神意義的貴族化的理解：「我們於日用必需的東西以

〔註82〕趙園：《北京：城與人》，上海人民出版社，1992年版，第3頁。

〔註83〕周作人：《廠甸》，姜德明編：《夢回北京：現代作家筆下的北京（1919～1949）》，生活・讀書・新知三聯書店出版社，2009年版，第7頁。

〔註84〕周作人：《北平的春天》，錢谷融、陳子善主編：《燈下漫筆》，中國社會科學出版社，1995年版，第126～128頁。

外，必須還有一點無用的遊戲與享樂，生活才覺得有意思。我們看夕陽，看秋河，看花，聽雨，聞香，喝不求解渴的酒，吃不求飽的點心，都是生活上必要的——雖然是無用的裝點，而且是愈精練愈好。」〔註85〕周作人將飲茶提升到一個精神的高度，去強調日常生活的趣味性同人文精神之間的關係，由此發出感慨「在這舊京城裏，竟吃不到傳統的好點心」，想要詢問朋友去何處尋找好點心與餑餑之類。這件事情還在當時引發了左翼強烈的抨擊。周作人討論到了「吃」的藝術，認為人們應該不能只滿足於食欲，還應該在生活中尋找一些享樂與遊戲，比如去看皇城上的夕陽、看街頭的花草、聽屋檐下的雨滴等等，追求一種雅致的生活意義，也是追求一種傳統名人雅士的生活樂趣。但是現在這個古老的京城讓他惆悵，從中我們可以看出周作人已經隱去了表面的激情，以這些平常的樂趣去營造一片寧靜、安詳和玄遠的氛圍，這是值得我們去玩味與思考的。

　　像徐志摩、林徽因等作家，他們也一樣採用的是浪漫書寫北京歷史陳跡或者從溫馨生活的點滴中去記錄他們眼中的北京，比如像京城老房子的藍布門簾、或者是老字號店鋪的某個門檻、還有是皇城腳下的某個瓜果攤和冰糖葫蘆等等，從中可以看出對北京這座城市充滿了生活的樂趣。當然也有實實在在寫北京生活的，同時又是遠離了主流意識形態下的另一種北京形象，比如張恨水。張恨水祖籍安徽，童年和少年時代在江西度過，一生到過很多城市，但是他最鍾愛北京，小說裏的「京味」很地道。他寫20世紀二三十年代的北京，展示了一幅北京特有的人文風貌。他對於這個傳統與現代並置的京城，以一種非常冷靜的眼光去洞察，書寫上流階層的人物世相以及普通老百姓的生活世態。

　　張恨水一系列書寫北京的作品中，人物都是生活在最日常的北京空間裏，而且作家很擅長於這種風景細節的描寫，比如西山、北海、天壇、頤和園、陶然亭、金雨軒、東安市場等等。比如《春明外史》的第一回裏，借助主角楊杏園的眼光，對當時院子、妓院以及餐館的擺設以及種種做了詳盡的描述。如楊杏園看到的會館裏幽靜的小院子：

　　　　隔牆老槐樹的樹枝，伸過牆來，把院子遮了大半邊。其餘半邊
　　屋子，栽一株梨樹，掩住半邊屋角，樹底下一排三間屋子，兩明一

〔註85〕周作人：《北京的茶食》，鄭勇編：《北京城雜憶》，上海畫報出版社，2001年版，第21頁。

暗。〔註86〕

當楊杏園等一行人來到九華樓餐館時，看到的是一幅這樣的景象：

> 一進門，便覺油香酒氣，狂熱撲人。那雅座裏面，固然是黑壓壓的坐了一屋子人，就是雅座外邊，櫃檯旁邊，三三兩兩的包月車夫，有的拿著甎條，有的披著羊毯排班也似的站著。〔註87〕

再有，當酒足飯飽之後他們幾個好友一齊來到八大胡同的「松竹班」時：

> 這屋子是兩間打通的，那邊放了一張銅床，上面掛著湖水色的湖綢帳子。帳子頂篷底下，安了一盞垂瓔珞的電燈。錦被卷得整整齊齊，卻又用一幅白紗把它蓋上。床的下手，一套小桌椅，略擺了幾樣古董。窗子下，一張小梳頭桌，完全是白漆漆的。電燈底下，十分的亮。小桌上面，一幅海棠睡春圖，旁邊一幅集唐對聯，上寫道：「有花堪折直須折，君問歸期未有期。」上銜寫著：「花君校書一粲」。下銜是：「書劍飄零客戲題」。〔註88〕

在這裡，張恨水對三十年代北京的一些典型的場景做了詳細的描述，讓人感覺如同身臨其境般，也如同一本北京遊覽介紹。在他的小說裏，人物是設置也如同北京人物志般，上到總理、軍閥、巡警、文人，下到天橋藝人、俠女、妓女、人力車夫、夥計等等。正如郁達夫曾在他的《北京印象》中談到的一樣，「先說人的分子罷，在當時的北平——民國十一二年前後——上自軍閥政客名優起，中經學者名人，文士美女教育家，下至於負販拉車鋪小攤的人，都可以談談，都有一藝之長，而無憎人之貌；就是由薦店頭薦來的老媽子，除上炕者是當然之外，也總是衣冠楚楚，看起來不覺得會令人討厭。」〔註89〕

張恨水塑造的北京生活群像，充滿了對北京閒情逸致的韻味。比如悠悠然在公園裏遊賞的人們，在小酒館裏自得其樂的酒客，還有在大眾茶館裏忙裏偷閒的販夫走卒們，儘管他們的物質條件有限，但是他們還能苦中作樂，反映出了北京平民對生活的審美態度。例如《京塵幻影錄》第一回裏，寫到

〔註86〕張恨水：《春明外史》，北嶽文藝出版社，2003 年版，第 1 頁。

〔註87〕張恨水：《春明外史》，北嶽文藝出版社，2003 年版，第 2 頁。

〔註88〕張恨水：《春明外史》，北嶽文藝出版社，2003 年版，第 4 頁。

〔註89〕郁達夫：《北平的四季》，收入姜德明編：《夢回北京：現代作家筆下的北京（1919～1949）》，生活・讀書・新知三聯書店出版社，2009 年版，第 133～134 頁。

一個落魄文人李逢吉，經人介紹進京謀職。然而謀職何其難，四處碰壁，生活無著。但是這並不妨礙對「清趣」的找尋：

> 自從陳斯人搬來了，和房東商量著，把這院子拾落拾落，添種了一株桃樹，一株棗樹。到了二三月裏，院子裏的土都鬆了，又種些瓜豆花草之類，雖然不花什麼錢，等到綠葉成蔭，卻也有一種清趣。〔註90〕

在他的《夜深沉》裏，作者寫到人力車夫丁二和他們家吃的北京特色食品，如羊肉白菜餡的餃子、大張烙餅、韭菜炒雞蛋等等，以及寫東安市場茶樓裏以賣場為生的楊月容，都充滿了北京日常生活的氣息。在他的小說裏，北京人是如何吃的，如何穿的，如何住的，如何行的，如何尋樂的，都一一有詳細的描述。他不僅是對古老的京城、四合院還是對住在這裡的三六九等的人們，以及北京特有的人情風俗面貌，處處都凸顯了他對於北京的一往深情。如《夜深沉》的第一回中，作者描述了一個大雜院裏一夥的平民老百姓在夏夜納涼聊天談笑的場景：

> 夏天的夜裏，是另一種世界，平常休息的人，到了這個時候，全在院子裏活動起來。這是北平西城一條胡同裏一所大雜院，裏面四合的房子，圍了一個大院子，所有十八家人家的男女，都到院子裏乘涼來了。滿天的星斗，發著混沌的光，照著地上許多人影子。有坐的，有躺著的，其間還有幾點小小的火星，在暗地裏亮著，那是有人在抽煙。……院子的東角，有人將小木棍子，撐了一個小木頭架子，架子上爬著倭瓜的粗藤同牽牛花的細藤，風穿過那瓜架子，吹得瓜葉子瑟瑟作響，在乘涼的環境裏，倒是添了許多清趣。……在夏夜裏總是要乘涼的，這也就是窮人的一種安慰。〔註91〕

在二十世紀的京派小說裏，大多數作家對北京的塑造不例外於展示作為皇城的氣派與住在這裡的人們追求的清閒優雅的生活態度。正如郁達夫說的：「中國的大都會，我前半生住過的地方，原也不在少數；可是當一個人靜下來回想起從前，上海的鬧熱，南京的遼闊，廣州的烏煙瘴氣，漢口武昌的雜亂無章，甚至於青島的清幽，福州的秀麗，以及杭州的沉著，總歸都還比不上北京——我住在那裏的時候，當然還是北平——的典麗堂皇，幽閒清妙」

〔註90〕 張恨水：《京塵幻影錄》，中國文聯出版社，2005 年版，第 2 頁。
〔註91〕 張恨水：《夜深沉》，北嶽文藝出版社，2003 年版，第 1 頁。

〔註 92〕。他們筆下的北京，或者是以市井人物爲主體兼有儒雅之風，或者是以日常物象的詩學作爲主題，或者抒寫閒情以求展示自己的心境情境，構成了這一審美視角下的主題。張恨水就是這樣以市井人物爲主體去展示北京畫卷的。同樣，民國時期的林語堂，他也對除了小說、散文以外，他專門還寫過《輝煌的北京》、《大城北京》來介紹北京的專著，他除了對北京的四季、建築、藝術、民俗生活等有詳細介紹以外，還對北京這座城市的精神及情趣有分析。因此，「林語堂雖然也像大多數中國現代作家一樣，擺蕩在都市與鄉村之間，但他既沒有純然以鄉村美學或田園詩學爲出發點或歸宿，從而批判現代都市與工業文明的罪惡與墮落，也沒有刻意經營深厚、獨特的都市文學」〔註 93〕。視北京爲一個「田園都市」〔註 94〕的林語堂，他筆下的北京也是一個遠離了炮火而展示出一幅迷人的景象的城市，就算是在小說《京華煙雲》裏，北京飽經了滄桑，但是對於這樣一座古老而有堅強自信的京城，正在經歷的歷史事件只不過是若夢般轉瞬即逝，作者更注重的是京城內那般的迷人閒適的日常生活。林語堂在他的《迷人的北平》裏這樣講述北平的平靜閒逸：

> 但是使北平成爲這樣動人的，還是在於生活的方式。因爲組織地這樣好，所以即使住在鬧市附近，也能有平靜閒逸的享受。生活費是低廉的，生活的享受卻是舒適的。……你可自由的，十分自由地尋找你的學業、你的娛樂、你的嗜好或是你的賭博和你的政治生活。〔註 95〕

林語堂筆下的北平，不僅是這樣的平靜閒逸，它還是「一個國王的夢境」，是「一個飲食家的樂園」，「是貧富共居的地方」，「是採購者的天堂」，更有的

〔註 92〕 郁達夫：《北平的四季》，收入姜德明編：《夢回北京：現代作家筆下的北京（1919～1949）》，生活·讀書·新知三聯書店出版社，2009 年版，第 133 頁。

〔註 93〕 宋偉傑：《既「遠」且「近」的目光——林語堂、德齡公主、謝閣蘭的北京敘事》，收入陳平原、王德威主編：《北京：都市想像與文化記憶》，北京大學出版社，2005 年版，第 506 頁。

〔註 94〕 宋偉傑：《既「遠」且「近」的目光——林語堂、德齡公主、謝閣蘭的北京敘事》，收入陳平原、王德威主編：《北京：都市想像與文化記憶》，北京大學出版社，2005 年版，第 506 頁。

〔註 95〕 林語堂：《迷人的北平》，收入姜德明編：《夢回北京：現代作家筆下的北京（1919～1949）》，生活·讀書·新知三聯書店出版社，2009 年版，第 224～225 頁。

是，「是一個理想的城市，每個人都有呼吸之地」，認為「農村幽靜與城市舒適媲美」。〔註96〕這些文字就是發表在小說《京華煙雲》寫成之前的 1937 年 8 月 15 日的《紐約時報》上，儘管當時正處於炮火交加的淪陷於日本的緊張時期。在小說《京華煙雲》裏，作者也還是一如既往地將北平塑造成一個美好的田園般的城市：

> 在北京，人生活在文化之中，卻同時又生活在大自然之內，城
> 市生活極高度之舒適與園林生活之美，融合為一體，保存而未失，
> 猶如在有理想的城市，頭腦思想得到刺激，心靈情緒得到安靜。
> ……既富有人文的精神，又富有崇高華嚴的氣質與家居生活的舒
> 適。〔註97〕

在《京華煙雲》、《金粉世家》等小說裏，林語堂給人展示了一種理想的、精緻的都市生活。如《京華煙雲》裏，從商人姚思安家的四合院開始，到日常生活，包括去什刹海看水和欣賞蓮花、到護城河邊採集雨露來煮茶品茗、去中央公園聊天散心等等，不僅僅是將日常生活的寫意與京城空間的完美結合，更重要的是傳達出了作者對於這座城市的審美態度。他的文中感覺不到鄉土氣息，同樣，也感覺不到他對都市的批判，似乎林語堂的北京完美融合了傳統鄉村與現代都市的特徵，就算是國土淪陷了，他也不去理會，事實上並沒有對林語堂的北京造成多大衝擊，在他那裏有的只是生活的情趣。就如他在小說《京華煙雲》裏說的一樣：

> 滿洲人來了，去了，老北京不在乎；歐洲的白種人來了，以優
> 勢的武力洗劫過北京城，老北京不在乎；現代穿西服的留學生，現
> 代捲曲頭髮的女人來了，帶著新式樣，帶著新的消遣娛樂，老北京
> 也不在乎……老北京對他們一律歡迎。在老北京，生活的歡樂依然
> 繼續不斷。〔註98〕

林語堂也曾講過，他對於前朝的遺老遺少們的生活方式很是認同，其主要的原因就是這一類人的從容不迫的生活態度，閑暇之時他們養鳥、養花、鬥蟋蟀，生活既有韻味又有節奏，這樣不僅可以看出這類人的文化的修養，同時

〔註96〕林語堂：《迷人的北平》，收入姜德明編：《夢回北京：現代作家筆下的北京（1919～1949）》，生活·讀書·新知三聯書店出版社，2009 年版，第 222～223 頁。
〔註97〕林語堂：《京華煙雲》，時代文藝出版社，1987 年版，第 174 頁。
〔註98〕林語堂：《京華煙雲》，時代文藝出版社，1987 年版，第 468 頁。

也傳達出了從容與豁達，這理想的京城生活恰好就吻合了林語堂的心意。正如他自己所說的：「每一個人家都有一個院落，每一個院落都有一缸金魚和一株石榴樹，在那裏菜蔬都是新鮮的，而且梨子是真正的梨子，柿子也是真正的柿子」〔註99〕。

如果說林語堂、張恨水是擅長於在日常生活裏透露出京城四合院裏舒適貴氣以及灑脫迷人的一面，那麼在老舍筆下的老北京日常生活中四合院卻又是另外一種形態──貧民化的雜居之地的日常生活。老舍構建的文學北京，曾經被譽為「城市庶民文學的高峰」〔註100〕。老舍深深地熱愛著北京，所以也很執著於建構在他心目中佔重要地位的文學城市。「我所愛的北平不是枝枝節節的一些什麼，而是整個兒與我的心靈相黏合的一段歷史，一大塊地方，多少風景名勝，從雨後什剎海的蜻蜓一直到我夢裏的玉泉山的塔影，都積湊到一塊兒，每一小的事件中有個我，我的每一思念中有個北平」〔註101〕。老舍對於北京的熟悉，從對北平的一塊地方、一件小事等等可以看出老舍對於生於斯、長於斯的深切情懷。回憶京城，感受到的都是曾經的快樂的生活：

> 面向著積水灘，背後是城牆，坐著石上看水中的小蝌蚪或葦葉上的嫩蜻蜓，我可以快樂的坐一天，心中完全安適，無所求也無可怕，像小兒安睡在搖籃裏。是的，北平也有熱鬧的地方，但是它和太極拳相似，動中有靜。……在北平，是溫和的香片茶就夠了。
> 〔註102〕

在老舍的創作中，有很多著名的小說都是以北京作為故事發生的場景的，像寫於 1926 年的《老張的哲學》、1927 年的《趙子曰》、1933 年的《離婚》、1936年的《駱駝祥子》以及 1937 年的《我這一輩子》等等。從他的系列文學北京形象構建中，不僅是描繪了一個北京城的壯麗建築與自然風景，還展示出了街頭巷井裏的風俗民情，反映出了京城廣大底層老百姓的喜怒哀樂。所有這

〔註99〕林語堂：《動人的北京》，選自《林語堂名著全集》，東北師範大學出版社，1994年版，第 18 頁。

〔註100〕楊義：《中國現代小說史》第二卷，人民文學出版社，2001 年版。

〔註101〕老舍：《想北平》，收入姜德明編：《夢回北京：現代作家筆下的北京（1919～1949）》，生活·讀書·新知三聯書店出版社，2009 年版，第 163～164 頁。

〔註102〕老舍：《想北平》，收入姜德明編：《夢回北京：現代作家筆下的北京（1919～1949）》，生活·讀書·新知三聯書店出版社，2009 年版，第 164 頁。

些不只是顯示出了北京迷人的一面，同時也可以看出作者對於京城裏人性的
發掘，我們看到的是一個堅強、自信、富有生機的北京，對於古老的京城在
現代文明的日益衝擊下人類的複雜情感體現。同時，由於老舍是出生於京城
的一個貧窮的滿族家庭，是一個經歷了前朝傾覆的見證者，作為這種被「前
朝遺棄」與「出身貧窮」的際遇，使得老舍能以更加的關注窮人的原態生活，
用他那悲憫的情懷與幽默的筆調構建出一幅幅老北京的生活畫卷。在他的小
說《正紅旗下》裏，貧困人家在冬天用紙糊窗，在夏天則是裝上紗窗。小孩
子們最愛走街串巷叫賣的一串串紅亮亮的冰糖葫蘆。在中秋節時再窮的父母
也會買兔兒爺給小孩子們，在年關臘月老百姓們就用關東糖把送竈王爺上
天。小說裏寫北京市民生活不僅悠閒，而且還很講究禮儀，做事也要應時對
景，初一拜年、元宵燈會、五月端午、八月仲秋、臘八熬粥、小年祭竈、除
夕守歲等等重要的吉日對老百姓來說也非常重要：

> 大街上有多少賣瓜糖與關東糖的呀！天一黑，他們便點上燈
> 籠，把攤子或車子照得亮堂堂的。天越黑，他們吆喝的越起勁，洪
> 亮而急切。過了定更，大家就差不多祭完了竈王……再聽吧，從五
> 六點鐘起，已有稀疏的爆竹聲。到了酉時左右（就是我降生的偉大
> 時辰），連鋪戶帶人家一齊放起鞭炮，不用說鬼，就連黑、黃、大、
> 小的狗都嚇得躲在屋裏打哆嗦。花炮的光亮衝破了黑暗的天空，一
> 閃一閃，能夠使人看見遠處的樹梢兒。每家院子裏都亮那麼一陣：
> 把竈王像請到院中來，燃起高香與柏枝，竈王就急忙吃點關東糖，
> 化為灰燼，飛上天宮。〔註103〕

這是一個關於老北京人在年味送竈王爺的風俗習慣。老舍對於京城老百姓的
傳統婚喪壽典的儀式都是非常講究的。大姑娘出嫁一定是坐花轎的，死了人
是一定要做道場法事的。在《駱駝祥子》裏，車行的劉老闆過六十九歲大壽，
提前幾天就開始喜棚的氣派擺設：「彩屏懸上，畫的是『三國』裏的戰景，三
戰呂布，長阪坡，火燒連營等等，大花臉二花臉都騎馬持著刀槍。劉老頭子
仰著頭看了一遍，覺得很滿意。緊跟著傢夥鋪來卸傢夥：棚裏放八個座兒，
圍裙椅墊凳套全是大紅繡花的。一份壽堂，放在堂屋，香爐蠟扡都是景泰藍
的，桌前放了四塊紅氈子」〔註104〕。在當時這樣一個炮火灰飛的年代，作

〔註103〕老舍：《正紅旗下》，《老舍文集》，內蒙人民出版社，2001年版，第226頁。
〔註104〕老舍：《駱駝祥子》，《老舍文集》，內蒙人民出版社，2001年版，第115頁。

者能做到遠離激烈的政治運動，潛心關注的還是北京的風土人情與習俗禮儀，即以這些具體的人情風俗和展現現代古都北京的人文與地理的文化景觀，所以在老舍後來的創作中一直延續同樣的寫作心理。連趙園都在她的著作中都做這樣的總結，她認爲老舍的北京形象不但「啓導了一批他的文學事業的後繼者，而且將其影響遠播，作爲『前結構』規定和制約這人們對北京的文化認識、文化理解，誘導著他們觀察北京的眼光、角度，訓練了他們以他那種方式領略北京情調、北京風味的能力。」〔註105〕這一系列對於接近於純淨的美感境界的北京形象，可以說是作家們主觀的有所取捨，往往迴避了當時社會許多的重大事情的影響，而去試圖尋找在他們心中的有關文化的、倫理的、審美的北京形象。

如果說從一種審美視角來考察文本城市，那麼北京的形象構建是以一種審美的眼光去做近乎田園牧歌般形式的書寫，而上海的形象更多的是以一種消費的眼光去看待工業文明帶給上海的全部體驗。新感覺派的作家們通過審美主體的感覺來展現對這些現代城市的景觀與城市中的神秘女性，可以說海派的這些作家們的不徹底反資本主義的，在他們的創作中反映出了一種資產階級的價值觀念，比如作品中人物享受五光十色的燈紅酒綠的資產階級生活方式，在一定程度上崇拜與宣揚機器工業與物質生活帶給他們的舒適與便利，他們潛意識中喜歡體驗物質文明帶來的刺激，這些在新感覺派的作品中比比皆是。由於上海的物質文明的發達，所以五光十色的都市生活方式深刻地影響了都市裏的男女，也成了都市裏紅男綠女的追求目標。也就是因爲這些都市體驗的生活方式，所以在他們的文學作品中也深深地打上了資產階級生活的烙印。在他們的作品中的充滿了各式各樣的物質生活形態：摩天的百貨大樓、琳琅滿目的店鋪、裝修精美的櫥窗、奏著 jazz 的樂場、各式摩登的女人、熱鬧的賽馬場、格調異域的各式咖啡館與電影院……現代都市的各種享受與情緒、節奏都在這裡洋溢出來。如劉吶歐的《禮儀與衛生》中對於都市化的上海的描寫：

還不到 Rush hour 的近黃埔灘發街上好像是被買東西的洋夫人們佔了去的。她們的高跟鞋，踏著柔軟的陽光，使那木磚的鋪道上響出一種輕快的聲音。一個 Blonde 滿胸抱著鬱金香從花店裏出來了。疾走來停止在街道旁的汽車吐出一個披著有青草的氣味的輕大

〔註105〕趙園：《北京：城與人》，上海人民出版社，1991 年版，第 12 頁。

衣的婦人和她的小女兒來。〔註106〕

穆時英在《夜總會裏的五個人》中寫到了五個跌入了生活低谷的人，他們相遇在舞廳，都市的夜生活糜爛在這燈紅酒綠的舞廳裏。一群不管戰爭帶來痛苦、不管街頭流浪的孤兒的生存狀態的人，在這裡縱情的歡歌載舞：

　　厚玻璃的旋轉門：停著的時候，像荷蘭的風車；動著的時候，像水晶柱子。

　　五點到六點，全上海幾十萬輛的汽車從東部往西部衝鋒。

　　可是辦公處的旋轉門像了風車，飯店的旋轉門便像了水晶柱子。人在街頭站住了，交通燈的紅光潮在身上泛溢著，汽車從鼻子前擦過去。水晶柱子似的旋轉門一停，人馬上就魚似地遊進去。

　　星期六晚上的節目單上：

　　1，一頓豐盛的晚宴，裏邊要有冰水和冰淇淋；

　　2，找戀人；

　　3，進夜總會；

　　4，一頓滋補的點心，冰水，冰淇淋和水果絕對禁止。〔註107〕

　　再有，新感覺派的另一位作家禾金對於消費都市的描述：

　　街上籠罩著硬性的空氣。

　　空氣中融化了沖淡了的吉士煙草，汽油，頭水，三花牌爽身粉，和四七一一的混合味。

　　伙食店裏的大玻璃門裏流出一大批引起食欲亢進的烤咖啡的濃味。發光的廣告燈：

　　「新鮮咖啡，當場烤研！」

　　（商店的玻璃櫃，商店的玻璃櫃，商店的玻璃櫃。）

　　年紅燈燈下面給的統治著的：小巧飾玩，假寶石指環，卷煙盒，打火機，粉盒，舞鞋，長襪子，什錦朱古力，柏林的葡萄酒，王爾德傑作集，半夜慘殺案，泰山歷險記，巴黎人雜誌，新裝月報，加當，腓尼兒避孕片，高泰克斯，柏林醫院出品的 Sana，英國製造的 Everprotect。……

〔註106〕劉吶歐：《禮儀與衛生》，《中國現代小說經典文庫》（卷 13），大眾文藝出版社，2007 年版，第 49 頁。

〔註107〕穆時英：《夜總會裏的五個人》，《中國現代小說經典文庫》（卷 12），大眾文藝出版社，2007 年版，第 238 頁。

街在一個個驚歎號中顫動著。〔註108〕

上海在海派作家們的眼中，是一個充滿了商業文明的地方，他們帶著上海人的眼光欣賞著自己的都市，於是在他們的作品中呈現出了一個商業性的大都市，儘管這個都市裏有著的是畸形的繁華，但他們享受著都市裏的一切，滿足了他們所有的物質欲望或小資情調，都市裏所有的聲色犬馬與快速流動的節奏都通通可以看作成城市審美的對象。劉吶歐是首先接受日本新感覺派的作家，在他的《都市風景線》裏，小說重視的是敘說者的個體感受，讓人耳目一新的感覺到意識的跳躍和流動。吳福輝就曾在他的著作中說到，劉吶歐的小說有一種全新的意義體現，他認爲現代都會是必須要用現代情緒去體會的，都市裏男女的故事應該也不只是一個簡單的過程，注重的是要對都市裏人的生存處境的一種體驗。〔註109〕所以，仔細翻閱劉的小說，他的《殘留》中幾乎都是主人公的內心獨白，採用意識流化的手法表現了城市提供便利的物質生活同時也寫到了因城市給人帶來的虛空而造成的病態心理；還有在《風景》一文中，由於工業文明的刺激，迫使人們逃離都市。在劉吶歐的都市感覺裏，上海既是五光十色的，又是黑暗莫測的，表現出了他對於都市物質文明的深刻體驗。都市透露出的是一種潮流，是一種時尚，給人一種不眞實的都市神話，以致行人走在這都市的街道上都會產生出幻覺：「那街上的喧囂的雜音，都變作吹著綠林的微風的細語，軌道上的轆轆的車聲，我以爲的駱駝隊的小鈴響。最奇怪的，就是我忽然間看見一隻老虎跳將出來。我猛的吃了一驚，急忙張開眼睛定神看時，原來是伏在那劈面走來的一位姑娘的肩膀上的一隻山貓的毛皮」〔註110〕。

杜衡也曾經說過劉吶歐的作品還有著「非中國」即「非現實」的缺點，同時他又認爲能夠避免這缺點還能繼續努力的是穆時英。〔註111〕穆時英被認爲是「新感覺派的聖手」，他比劉吶歐要小十二歲，由於他那種無所顧忌的大膽、狂放的書寫風格，所以被認爲是眞正意義上的洋場小說家。他開創了一種全新的表達心理的文學方式，如用色彩的隱喻、快速的畫面轉換、動態的

〔註108〕禾金：《造形動力學》，載於 1934 年 10 月 1 日《小說》（梁得所主編）第 9 期。

〔註109〕吳福輝：《都市漩流中的海派小說》，復旦大學出版社，2009 年版，第 64 頁。

〔註110〕劉吶歐：《遊戲》，《中國現代小說經典文庫》（第十三卷），大眾文藝出版社，2007 年版，第 2 頁。

〔註111〕杜衡：《關於穆時英的創作》，載於《現代出版界》第 9 期。

時空結構來表現現代上海的繁華、金錢、性等等，以一種批判的眼光展現的是一個「造在地獄上的天堂」〔註 112〕。他的《上海的狐步舞》裏，描述了一個霓虹燈在閃爍、優美的舞樂在流淌的一個搖晃的世界，「一列『上海特別快』突著肚子，達達達，用著狐步舞的拍，含著顆夜明珠，龍似地跑了過去，繞著那條弧線。」〔註 113〕在這個幾十萬輛車穿梭的都市裏，在人們的眼裏幾乎都成了車窗裏的風景，於是看見的是「上了白漆的街樹的腿，電杆的腿」，甚至還有「姑娘們擦了白粉的大腿」〔註 114〕。由於上海迅速地接受了這種外來的物質文明，在當這群體驗者們還沒有完全適應，面對這種迅猛而來的物質誘惑，因此身處在這種追求物質享受的生活情調而又同時身處國內這樣一個戰爭動亂的環境裏，他們不得不產生了一些困惑，反映到他們的作品中便是全新的、但有離不開生活的表達方式或創作手法。

海派中的張愛玲與新感覺有著不一樣的都市體驗。她喜歡在城市聽著有軌電車的叮叮噹當的行駛聲音，還有在高層的公寓樓上才能聽得到的號角聲。胡蘭成在寫關於張愛玲的回憶談到，「春天的早晨她走過西大路，看見馬路旁邊的柳樹與梧桐，非常喜歡，說：『這些樹種在鋪子面前，種在意大利飯店門口，都是人工的東西，看著它發芽抽葉特別感到親切。』」〔註 115〕張愛玲對於這種人工的布景都感覺到如此的親切，那麼城市裏自然還有的更多的東西吸引她的景致，她對於上海的喜愛的不言而喻的。張愛玲曾經寫流光溢彩的上海街道也上那麼的帶有韻味：

> 天還沒黑，霓虹燈都已經亮了，在天光裏看著非常的假，像戲子帶的珠寶。經過賣燈的店，霓虹燈底下還有無數的燈，亮做一片。吃食店的洋鐵格子裏，女店員俯身夾取甜麵包，胭脂烘黃了臉頰也像是可以吃的。〔註 116〕

在工業文明的發展和物質欲望的推動下，對於上海夜生活的書寫顯得更具人

〔註 112〕穆時英：《上海的狐步舞》，《中國現代小說經典文庫》（第十二卷），大眾文藝出版社，2007 年版，第 266 頁。

〔註 113〕穆時英：《上海的狐步舞》，《中國現代小說經典文庫》（第十二卷），大眾文藝出版社，2007 年版，第 267 頁。

〔註 114〕穆時英：《上海的狐步舞》，《中國現代小說經典文庫》（第十二卷），大眾文藝出版社，2007 年版，第 267 頁。

〔註 115〕胡覽乘（胡蘭成）：《張愛玲與左派》，載於 1945 年 6 月《天地》第 21 期。

〔註 116〕張愛玲：《紅玫瑰與白玫瑰》，《張愛玲文集》第 2 卷，安徽文藝出版社，1992 年版，第 155 頁。

性化了。像章依萍的《夜遇》，章克標的《一夜》，曾虛白的《舞場之夜》、《電影場之夜》以及《跑狗場之夜》，曾今可的《法公園之夜》等等。還有一些不出名的作家作品中，都反映出了對於上海物質文明帶來的都市生活體驗，比如，「在晚上十點鐘以後，整個的霞飛路，漸漸的神秘化了」〔註117〕。「北四川路像一條金色的鱗的蛇；南京路輝煌地支持它那透明的建築物；從四馬路的小弄堂到大世界的陰影下，擁擠著如漁人的筐裏的魚一樣的腥的女人的肉體，外灘的銀行建築已經在休息它們的金融的構思了」〔註118〕。遠離政治的自由視角下的上海書寫，都市既是人類聲色犬馬的名利場，又是人類文明生生不息之地，從這裡看出現代都市文化下人們面對這種文明的選擇與態度。都市是可以盡情發揮生命熱情的地方，個性的自由、思想的開放、精神的叛逆，都體現在海派的這種城市書寫中。

再有，看看張恨水筆下的南京這座城市的形象，給人一種撲面而來的生活氣息。作品一開頭就寫主人公家住在一個叫丹鳳街的地方，儘管這個名字很文雅，但是實際上是一條菜市街，每天天剛亮，這裡就開始人來人往了，買菜賣菜，是一個很熱鬧的地方，記載著南京市的寧靜平和的生活形態與南京市的繁榮的早市：

> 由東穿出來的巷口，二三十張露天攤子，堆著老綠或嫩綠色的菜蔬。鮮魚攤子，就擺在菜攤的前面。大小魚像銀製的梭，堆在夾籃裏。有的將兩隻大水桶，養了活魚在內，魚成排的，在水面上露出青色的頭。還有像一捆青布似的大魚，放在長攤板上砍碎了來賣，恰好旁邊就是一擔子老薑和青蔥，還可以引起人的食欲。男女挽籃子的趕市者，側著身子在這裡擠。又過去是兩家茶館，裏面送出閧然的聲音，辨不出是什麼言語，只是許多言語製成的聲浪。帶賣早點的茶館門口，有鍋竈疊著蒸屜，屜裏陣陣刮著熱氣，這熱氣有包子味、有燒賣味，引著人向裏擠。這裡雖多半是男女傭工的場合，有那勤儉的主婦，挽了精緻的小籃子，在來往的籮擔堆裏碰撞了走。年老的老太爺，也攜著孩子，向茶館裏進早餐。〔註119〕

張恨水筆下的南京丹鳳街具有濃鬱的地方色彩和強烈的市井風味。「男女挽籃

〔註117〕梁軼群：《霞飛路巡禮》，載1943年4月1日《新上海》第1卷第7期。
〔註118〕徐蘇靈：《黑眼睛》，載1933年11月1日《新上海》第1卷第2期。
〔註119〕張恨水：《丹鳳街》，人民文學出版社，1983年版，第1頁。

子的趕市者，側著身子在這裡擠」，「那些勤儉的主婦，或善於烹飪的主婦，穿了半新舊的摩登衣服，挽了精緻的小籃子，在來往的籮擔堆裏撞了走。」這「撞」字用得非常形象，貼切，將家庭主婦的忙碌情態與形象刻畫得非常到位。蒸籠蓋子被打開了，升騰起一團團熱氣，「這熱氣有包子味，有燒賣味，引著人向裏擠。」在他的《石頭城外》、《秦淮世界》、《滿江紅》等系列南京書寫裏，街頭巷尾，茶館酒肆是人物活動的主要地方，他們大多是一幫生活在城市最底層的販夫走卒、引車賣漿之流的小人物，也有秦淮河畔的歌女和生活困苦的暗娼等等。在紛繁蕪雜的城市裏，作者關注的是這幫社會底層人物的苦樂愛憎、生老病死。他筆下的南京在 20 世紀三四十年代還是並未被物質文明吞沒，還沒有被「革命性」的主流話語修飾過的市民生活的「原生態」，所以注重的是描摹南京的風土人情，突出這座城市的日常性、小市民性等特質。張恨水試圖用一種過濾掉很多東西的眼光欣賞著南京這個審美客體，想要以這種窮形盡相的日常敘事的表達方式，去展現南京這座城市大眾的生存面貌，從而傳達出這座城市的文化品格。

從周作人、張恨水、林語堂、老舍到海派作家等人構建的文學城市來看，他們都有一個共同的特徵，就是構建一個剝離了「時間」與「空間」的文本城市。他們幾乎都無一例外地把自己筆下的城市封閉在藝術想像的空間裏，並且都潛心致力於去營造城市的日常生活和審美形態，如果說啓蒙作家們是有意放大了城市的灰暗與破敗，左翼作家們有意放大了城市階級的對立與底層人們的生活困苦，那麼到這幫自由作家們筆下，是不是也是一樣的放大了城市的一片閒適的格調呢？答案是不容置疑的。大量的歷史史實早已證明，在民國時期，像北京、上海、南京等年代久遠的城市，一邊是在現代文明與國際經濟的發展與帶動下，一邊又是在國內局勢的動蕩不安與戰爭衝突下，還是出現了一定程度的物質上的發展與進步，儘管並不如一些文本中的那麼破舊，但也不至於像一些文本中描述的那樣閒適與從容。根據民國史記載，國民革命 1923 年從廣州開始到 1928 年國民黨佔北京，結束了多年的軍閥混戰，其間連年的戰爭與多次組織的遊行示威，[註120] 城市裏生活的人們難以不被衝突所干擾，難以維持一份清靜閒適的生活環境。1928 年後，國共兩黨之爭到 1931 年日本製造了滿州事件開始入侵中國，之後經歷了抗日戰爭與解

[註120] 【美】費正清編：《劍橋中華民國史 1912～1949 年》上卷，中國社會科學出版社，1994 年版，第 519 頁。

放戰爭，一直是一個動蕩不安、炮火連年的年代，作爲文學陣營中的精英分子們，是不可能不被受到影響的。據另一份調查資料記載，自 1934 年到 1935 年止，北平的市面概況爲「國都南遷後，商業一落千丈，市面蕭條，繼以東北失陷、熱河失守，日僞在附近擾亂，工商業均蒙受極大影響」〔註121〕，上海的市面概況爲「民國十八年世界商業已感衰敗，然我國因貨幣本位不同，故至二十年九月方受其影響，首當其衝者，可推上海絲業，……棉紗業在我國及上海之工業，皆處最重要之地位，世界市場上花貴紗賤，而東三省入於日人掌握，失去一紗布主要銷場，所受打擊尤大，故去年乃不得不出於減工之一途，而外棉進口，亦因此銳減，只及二十一年之半數，此皆足見上海市面之不景氣」〔註122〕。由此，足見當時北京、上海的經濟狀況之不好現狀。我們不止從經濟數據、歷史事件上可以看出這段時間的不平靜，從作家們的遷徙流動與文學界的不安寧也可以看出來社會局勢的不穩定。據一份統計抗戰時期上海 36 位作家的遷徙表可以看出，幾乎不論是「左」的也好還是自由作家也好，都選擇了離開上海、北京等大城市，多數作家們選擇內地的較小的城市落腳，有的作家甚至選擇遠離國土。〔註123〕特別是 1937 年上海華界淪陷後，「中立」的租界成爲了萬千的難民避難的場所。在同年的 12 月 13 日，日軍挾其武力，強行佔據了上海租界裏的上海新聞檢查所，並勒令各大華報必須將報紙的樣板送交他們審查過後才能發行。到年底，報業 30 多家的出版刊物被迫停刊，4 家通訊社被迫關閉。〔註124〕直到 1945 年 8 月 15 日，日本天皇無條件的宣佈投降後，文化界才開始逐步出現復興的迹象。因此，不管是從經濟的、歷史的、還是文化界的史料的分析，作家們都不是生活在一個安靜祥和的國度裏，也不是過的一份閑適雅靜的生活格調。這樣的一份城市文本的書寫應該說都是作家們主觀構築的文學想像。當然我們不是強調作家作品要追求描寫社會生活時一定要具備反映論意義上的某種眞實性，或者說是一直以來文學創作主導們所要求的那樣要以現實主義藝術的鏡子理論來進

〔註121〕李文海主編：《民國時期社會調查叢編》（近代工業卷）上，福建教育出版社，2010 年版，第 107 頁。

〔註122〕李文海主編：《民國時期社會調查叢編》（近代工業卷）上，福建教育出版社，2010 年版，第 102 頁。

〔註123〕葉中強：《上海社會與文人生活》（1843～1945），上海辭書出版社，2010 年版，第 522～523 頁。

〔註124〕熊月之：《上海通史》（第十卷），上海人民出版社，1995 年版，第 53 頁。

行創作。作家們與創作對象的選取是自由的，所以在傳達出「京味」這一創作風格上，說明書寫閒適格調的京味小說在藝術上已經達到了一定的成熟度，他們在共同追求這樣的一種審美趣味。他們這樣幾乎不約而同的一直營造這樣一個文學空間，於不見經營中的經營，於世俗中追求一種大雅，於平實中追求一種天然雕飾，讓我們可以感受到他們一致的筆墨趣味。同樣，對於海派作家們，他們營造的一個上海上流社會的消費空間氛圍，或者似張愛玲那樣細膩的刻畫上海的日常生活品味，也是殊途同歸地選擇了一種審美方式，一種封閉藝術空間的構建。儘管這些文學空間豐富了我們的藝術視野，具有極高的藝術審美價值，但是它們卻並不具備認知的價值。

　　總而言之，中國現代文學多重視角下的「城景」敘事，它的「多樣性」豐富了我們的視野，也證明了我們思想的多元化。應該說，選擇任何一種視角，都是作家們的一個體驗，都是他們以自身獨特的審美角度去認識城市，給我們展現城市的多面性，既可以見識到城市灰暗的一面，同時又可以見識城市趣味的一面。或者可以說，就是因為城市的這種不確定性，才值得我們去發掘、去探尋他的美。但是，我們在欣賞這些城市文本的同時，還必須清醒的認識到，任何小說都是虛構的，正如韋勒克所言：「文學的本質最清楚地顯現於文學所涉獵的範疇中。……文學藝術處理的都是一個虛構的世界、想像的世界。小說、詩歌或戲劇中所陳述的，從字面上說都是不真實的；它們不是邏輯上的命題。小說中的陳述，即使是一本歷史小說，或者一本巴爾扎克的似乎記錄真事的小說，與歷史書或社會學書所記載的同一事實之間仍有重大的差別。」〔註125〕因此，從這裡可以看出，小說中的時空與現實中的時空是有距離的，作家們採用任何一種藝術表達方式，或逼真、或描摹、或反其道而行之，這樣去營造他們的文學世界只不過是想要藉此傳達出自己對於社會、對於人生的理解與追求。

〔註125〕【美】勒內‧韋勒克：《文學理論》，生活‧讀書‧新知‧三聯書店，1984 年版，第 13 頁。

第二章 「城紳」敘事：變遷於城市的鄉紳符號

　　在晚清近代史的文獻資料中，出現了一個與「鄉紳」相對立的詞語「城紳」。很顯然，「城紳」與「鄉紳」是一對有著嚴格區分意義但又有諸多關聯的名稱用語。作爲「鄉紳」的一種變體，它是中國現代文學創作的一大亮點。19世紀末20世紀初，隨著世界工業革命的推動，當現代意義上的城市出現在中國沿海一帶時，由於城市裏西洋異域的色彩、豐富的精神生活以及便利的生活設施，相比落後衰敗的農村自然有著很大的吸引力，於是越來越多的「鄉紳」們舉家遷往城市。在城市裏生活的他們聚集著大部分的財富、權力、名位等資源，因此這些「鄉紳」精英迅速形成了一個與近代工商業、新式教育以及與城市社會事業相關的一個新興階層——「城紳」。

　　眾所周知，所謂「鄉紳」者，乃「鄉里中的官吏或讀書人」〔註1〕也。在中國傳統社會結構體系裏，「鄉紳」一般都是農村社會的中堅力量。1905年科舉制度被廢除，「鄉紳」失去了傳統的上升通道，故他們或出洋留學或進城謀生，另覓進入國家權力中心的便捷途徑。於是他們原有的「鄉紳」身份，也因「進城」而發生了微妙的變化。「鄉紳」，在各種權威解釋中最突出的是他們的文化身份，也就是說之所以會是「鄉紳」，是因爲「鄉紳」具有一定的知識背景，且在鄉里坊間具有一定文化地位的人物。因此，在這個意義上來說，「城紳」指的是一批生活在城市裏、有著良好學識功底且對社會事務有一定話語權的知識分子。那麼試想，進了城的現代啓蒙知識精英們（城市知識分

〔註1〕《大辭典》，臺北三民書局，1985年版，第4841頁。

子）他們本身的思想起源於哪裏？眞如他們所極力宣揚的那樣代表了現代西方思想嗎？不可否認，他們或者他們的父輩幾乎都是紮根於農村，他們少年時期飽讀詩書，由於追求學業，他們才離開了生長的農村，背井離鄉進入了城市，或者漂洋過海去留學，但是他們的西學功底遠遠不如他們深厚的國學功底，他們在城市裏憑藉自己的大學教授身份或者利用報刊雜誌等媒體抨擊社會時政，關注社會人生，進而影響到當局者的朝政事務。所以從這個角度來看，這些城市的精英知識分子其實就是生活在城市裏的「鄉紳」，只是他們有的直接由鄉紳進城而來，有的是留學歸來的知識精英，其社會功能實際上與傳統的「鄉紳」並沒有什麼區別。如果我們把「鄉紳」看成是傳統知識分子的象徵符號，那麼「城紳」則無疑就是現代知識分子的隱性標誌。晚清時期康有爲、梁啓超、章太炎、蔡元培等人，都是在鄉間私塾中全面接受的儒學教育，他們因對中國傳統文化情有獨鍾難以釋懷，所以基本上都保留著他們原生態的「鄉紳」身份；五四時期胡適、陳獨秀、魯迅、郭沫若等人，則先是在鄉村完成了他們的蒙學教育，後又因其具有留學經歷且極力主張「全盤西化」，故巧妙地遮蔽了他們本質上的「鄉紳」身份。長期以來，學界早已習慣性地把五四啓蒙精英，稱之爲是具有現代人文精神的自由知識分子，完全忽視了他們與傳統「鄉紳」之間的血緣關係，這顯然不是一種辯證唯物主義的科學態度。其實，只要我們認眞地去加以考察便能夠發現，傳統知識分子與現代知識分子之間，除了時間與空間發生了變化之外，他們身上所共有的「紳」之根性卻依然如故。因爲無論是晚清還是五四，中國知識分子的啓蒙主張，都是希望借助於西方現代話語，去組建或重構中國文化的全新秩序。所以救亡圖存的入世精神，徘徊於鄉土與城市之間的思想矛盾性，使他們都是以歷史「中間物」的社會身份，始終都與中國傳統的「士紳」文化，保持著一種無法割捨的內在聯繫。中國現代文學創作的「城紳」敘事，正是以都市知識分子爲考察對象，形象化地揭示中國「士紳」文化的現代演繹，從而讓人們眞正瞭解了啓蒙精英最眞實的精神狀態。這是一個被人爲忽視了的重要命題。

中國的城市歷來是在政治、經濟與文化等方面與其周邊的農村保持緊密聯繫的，「所有文化，多半是從鄉村而來的，又爲鄉村而設，法制、禮俗、工商業莫不如是。」〔註2〕幾千年來，中國的城市和農村在傳統文化、日常生活

〔註2〕梁漱溟：《梁漱溟全集》第二卷，山東人民出版社，1991年版，第150頁。

等方面並沒有明顯的差異或者鮮明的對照。儘管城鄉處於不同的地理區域，有著不同的行政規劃、商業水平，但這並不影響城鄉之間一片和諧相融的人文環境。因此，有學者提出論點「傳統中國的城市與鄉村是聯爲一體的」〔註3〕。城市文化與鄉村的文化差別極小，「直到近代，……在鄉村，小傳統並沒有使價值觀和城市上流社會的大傳統產生分離」〔註4〕。而生活在城市裏的精英階層多爲擁有土地或者一定經濟實力的「鄉紳」或者「鄉紳」的後代，他們與故土有著千絲萬縷的聯繫，在鄉村有著他們的祖業，有著他們家族的墓地和宗祠。可以說，他們的根仍然是在鄉村，鄉村傳統文化的基因永遠流淌在他們的血液裏，深厚的儒家文化已經根深蒂固地紮根在他們的思想裏。有一位漢學研究者就曾這樣總結，（晚清時代）「在這個城市（上海）裏，具有領導地位的是來源於傳統士紳和商人階級的城市精英。」〔註5〕如當時赫赫有名的知識精英康有爲、梁啓超、章太炎、胡適、蔡元培等人，其本質上是屬於「鄉紳」的，他們都是從傳統文化中而來，又以上海、北京作爲他們的棲身之所，通過各種途徑與方式去傳播他們的思想文化而進行救亡圖存的啓蒙。這些「城紳」們已經不再是傳統的「鄉紳」那樣以鄉村作爲根據地，而是將思想傳播陣地遷移到了大城市。因此，「鄉紳」進城，其實質上就是「儒學進城」，是一種中國傳統文化以大都市爲中心的自我轉型。

由「鄉紳」進化而成的「城紳」，一般學界著重的是城市精英分子的文化身份，他們對於社會公共事務的參與，他們對於外來科技、文明等現代思想的傳播與實踐，但是卻忽略了他們的本源，作者以爲這只是看到了「城紳」們的表面，而隱藏在其背後有著巨大影響力的深刻思想來源才是我們最值得去反思的問題。毫無疑問，「城紳」也在維繫著中國的傳統文化，對於推動鄉土中國進入現代化做出過很大的貢獻，然而在五四的時代大浪潮裏，「城紳」知識精英們是一群被他們自身人爲地隱去了傳統文化根基而只突出他們接受西方新思想、新文化的「進步」的一面，其實這與新文化運動的思想大旗是一致的，即要以西方的人文精神去顛覆幾千年來的儒家文化。因此，本文從

〔註3〕 （美）施堅雅（G. William Skinner）主編，《The City Imperial China》（《中華帝國晚期的城市》），中華書局，2000年版，第306頁。

〔註4〕 【美】費正清、費維愷編，楊品泉等譯：《劍橋中華民國史1912～1949》（下），中國社會科學出版社，1994年版，第33頁。

〔註5〕 【法】白吉爾：《中國資產階級的黃金時代（1911～1937）》，上海人民出版社，1994年版，第60頁。

著意繞開學界的一貫思維——並沒有完整地去表現「城紳」形象的複雜性而只是取其所需的單一側面，反向地追本溯源，去盡可能地還原或者豐富「城紳」在中國現代文學史的形象。

第一節　頹廢與孤獨之精神流浪的「城紳」

從幾千年來的封建歷史來看，讀書人「學而優則仕」，通過科考或舉薦，這些社會知識精英成了封建王朝「御用」的統治維護者。可以說，他們於歷朝歷代積累下來了一種根深蒂固的知識分子優越感。他們的優越感與其說是來源於對文化資源的獨享，不如說是來源於其與權力的捆綁更為真實。直到辛亥革命後，封建制度被推翻，傳統晉升的穩固的道路被堵死。但值得注意的是，這些知識精英們的先天優越感並沒有隨之煙消雲散。相反，在五四運動前後，他們的精英意識空前強烈，尤其是活躍在北京、上海、南京等大城市的「城紳」，這一時期他們是以昂揚自信的、以教化啟蒙大眾為己任的姿態出現在歷史舞臺上。

在中國傳統的社會結構體系裏，「士紳」憑藉著他們擁有的知識，進入統治階級的行列，直接或間接參與對朝廷或者民間的社會管理。因此，作為一個社會精英階層，他們在長期的歷史進程裏積澱了一個民族的文化底蘊，傳承著一個儒家正統思想的文化品格。荀子就曾在他的《荀子·儒效》篇中這樣說道：「儒者在本朝則美政，在下位則美俗。」也就是說，「士紳」精英階層既有著實現政治理想的功能還有傳承社會文化的功能。為此，他們必須要有超越大眾的廣闊情懷，更多的去關注國家、關心社會的發展。從古代的「士不可以不弘毅，任重而道遠。仁以為己任，不亦重乎？死而後已，不亦遠乎？」，到北宋范仲淹的「先天下之憂而憂，後天下之樂而樂」，再到近代的顧憲成「家事、國事、天下事、事事關心」以及和顧炎武「天下興亡、匹夫有責」等政治理想，無不是這些「士紳」精英階層的責任感和使命感等士大夫的精神品質的代代傳承的體現。儘管1905年科舉制度被廢除，傳統的「士紳」逐步消失，取而代之的是進入大城市的新一代「城紳」們，他們脫胎於傳統儒家文化之中，儘管他們中的大多數也吸收了一定的西洋文化的薰陶，但是他們骨子裏的「以天下為己任」的政治豪情是根深蒂固的。為此，五四運動伊始，他們便以「啟蒙」大眾為當務之急，全身心投入了改造國民、改

造社會的偉大理想之中。

根據自古以來的文學「教化」傳統，新文化運動的先驅們便在上海最先舉起了思想、文化啟蒙的大旗，其中以梁啟超為傑出代表，他提出「欲新一國之民，不可不先新一國之小說。故欲新道德，必新小說；欲新宗教，必新小說；欲新政治，必新小說；欲新風俗，必新小說；欲新學藝，必新小說；乃至欲新人心，欲新人格，必新小說。何以故？小說有不可思議之力支配人道故。」〔註6〕緊隨其後，1917 年，胡適在《新青年》雜誌上發表了《文學改良芻議》，開啟了「文學革命」的浪潮。接著，作為《新青年》雜誌的主編陳獨秀，以一篇《文學革命論》熱烈地呼應了胡適的文學主張。到了二十年代，更是有一大批知識分子，如李大釗、錢玄同、聞一多、傅斯年等等深信不疑地認為，文學就是啟迪民眾、除舊布新的不二良藥。赴日本仙臺學醫的魯迅，也在「幻燈片」事件之後棄醫從文了：「因為從那一回以後，我便覺得醫學並非一件緊要事，凡是愚弱的國民，即使體格如何健全，如何茁壯，也只能做毫無意義的示眾的材料和看客，病死多少是不必以為不幸的。所以我們的第一要著，是在改變他們的精神，而善於改變精神的是，我那時以為當然要推文藝，於是想提倡文藝運動了。」〔註7〕同樣在這篇《〈吶喊〉自序》中魯迅提出了著名的「鐵屋子」比喻。對於在「鐵屋子」中昏睡的普通民眾，姑且不論當時作者與錢玄同對話時的面對新青年同仁們的失望以及當時社會環境的複雜心理，相信作者的初衷是有必要喚醒他們的，讓他們從即將進入死灰的昏睡中能夠站立起來，打破這座「鐵屋子」。

在五四文學啟蒙運動進行的如火如荼、轟轟烈烈的幾個大城市裏中，這些「城紳」社會精英們不僅從文學理論上大力倡導啟蒙，同時也從小說創作上踐行著社會精英的啟蒙意識。於是，在他們的筆下塑造出了一批「城紳」藝術形象。這些「城紳」們生活在城市裏，有著良好的教育背景，同樣也是以憂國憂民為己任，但是在當時這樣一個複雜多變的社會環境裏，他們感覺到總會有這樣那樣的原因束縛著，無法施展自己的抱負，於是他們有的表現出頹廢的、孤獨的、漂泊的精神狀態，有的把自己放逐到了精神的邊沿，他們是一群無「家」可歸的精神流浪漢，他們想要尋找自己的精神家園可卻又

〔註6〕 梁啟超：《論小說與群治之關係》，載於《新小說》，1902 年（創刊號）。
〔註7〕 魯迅：《吶喊序言》，《魯迅小說全集》，北京燕山出版社，2009 年版，第4～5頁。

無法實現。當這些知識分子們在現代化都市進行的浪潮中隨波逐流時，他們已經意識到了自身在現實中已經遠離了祖輩生息的故鄉農村，在生活中已經遠離了以血緣關係為紐帶的家族體系，在政治上已經失去了朝廷廟堂的依附，在思想上正主觀拋棄著傳統的道德價值體系，從而在靈魂上成了都市裏自由的、孤獨的、找不到歸宿的精神流浪者。所以在閱讀五四小說創作，我們感到有些納悶，為什麼身居城市的新文學作家，都熱衷於鄉土敘事而迴避都市描寫，即使偶而涉及也至多不過是小「城」或小「鎮」而已？學界對此似乎諱莫如深，往往將這種奇特現象，歸結為是啟蒙需求一筆帶過，根本就沒有對其去做合情合理的深度解釋。我們認為五四作家生活在「城裏」，甚至於作品中讓讀者嗅不到一絲的城市信息，這絕不是什麼改造「國民性」的思想制約，而是他們對於現代都市「陌生化」的意識表現。當現代中國都市化進程正大踏步地向前邁進時，這些具有現代感的精英知識分子們，卻並沒有立即適應於都市生活的時代節奏；他們雖然物資依賴於城市可精神則依賴於鄉土，所以在由「鄉紳」完全轉變為「城紳」的過程當中，他們還需要有一個漫長的心理準備時間。

正是由於新文學作家文化之根源於鄉土，故他們無一例外地都把中國社會的貧窮落後，歸結為是鄉土文化保守性與愚昧性的嚴重制約，進而對鄉土中國做了符合啟蒙需求的負面描寫。比如魯迅在其小說《故鄉》的開端，便給讀者描繪了這樣一副鄉土中國的蒼涼景象：「蒼黃的天底下，遠近橫著幾個蕭索的荒村，沒有一些活氣」〔註8〕；而在小說《祝福》當中，更是通過祥林嫂的不幸遭遇，向人們展示了人與人之間，那種難以溝通的冷漠與隔閡。在魯迅鄉土文化批判思想的影響之下，鄉土小說也成為了五四文學的創作主流。在中國歷史的發展過程中，「城」與「鎮」是同一意義符號，故權威詞典將其解釋為「集鎮」或「市鎮」，它至今仍是國家政權最基層的行政單位。〔註9〕「鎮」一詞的微妙之處就在於，它可以被說成是「鄉鎮」，也可以被說成是「城鎮」，它介於鄉村與城市之間的地理位置，恰恰體現了「鎮」在中國文化中的確具有承前啟後的「中介」作用。因此，魯迅等五四作家十分擅長去描寫小「城鎮」，無疑生動地反映著他們十分複雜的矛盾心情——他們都身

〔註8〕 魯迅：《故鄉》，《魯迅全集》（第一卷），人民文學出版社，2005年版，第501頁。

〔註9〕 《新華字典》，商務印書館，2010年版，第619頁。

處大都市，已有都市生活經驗甚至是國外都市的生活經驗，然而他們卻難以割捨他們所熟悉的鄉土情結，因此啟蒙現代性以「城鎮」體驗為突破口，去建立其最初的原始形態，也就變得順其自然不足為奇了。五四鄉土小說在其故事敘事裏，為我們塑造了兩種知識分子形象：一種是以「魯四老爺」和「七大人」為代表的傳統「鄉紳」形象，一種是以「呂緯甫」和「魏連殳」為代表的現代精英形象。通過閱讀對比我們驚奇地發現，這兩類知識分子都在「城鎮」中相遇，並相互之間發生著激烈的思想衝突，這恰恰是值得我們去深度關注的一個命題。出於現代思想啟蒙的客觀需求，在魯迅等新文學作家的筆下，「魯鎮」裏的魯四老爺和「S 城」裏的七大人，無疑都是些不學無術的「偽道學」，他們附庸風雅裝腔作勢欺男霸女壞事做絕，完全就是一副鄉間「劣紳」的醜惡嘴臉。而呂緯甫與魏連殳等人，則都是受過現代高等教育的現代知識分子，然而魯迅等新文學作家卻同樣將他們都視為是否定性的批判對象，讓其身處城鄉結合部而思想徘徊精神流浪。如果說魯四老爺和七大人等「進城」，把「鄉紳」文化的負面因素也帶進了「城裏」，那麼呂緯甫和魏連殳等「進城」，則是他們對於「鄉紳」文化正面因素的執著與堅守。其實「鄉紳」文化兩種因素的同時「進城」，恰恰體現著中國現代「城鎮」文化，與中國現代知識分子之間的同構關係——「歷史中間物」物資與精神兩大側面同時進化的真實寫照。學界歷來都非常關注五四小說中的「孤獨者」形象，甚至於還把他們都說成是憤世嫉俗的先鋒派人物，實際上這種「孤獨者」形象所反映的問題實質，完全就是中國知識分子思想轉型的巨大困境。比如呂緯甫「常說家庭應該破壞」，可他卻始終都難以忘記自己的家庭；魏連殳曾參與過學潮運動，可他最終又做了軍閥師長的幕僚軍師。又如郁達夫小說中那個《沉淪》了的「我」，雖逃離大都市試圖去鄉間《遲桂花》的芳香，可「我」畢竟不過是一個匆匆的過客，短暫的逗留並不難排解「我」無家可歸的心靈感傷。

在《孤獨者》這篇小說裏，魏連殳是一個故鄉在遠離 S 城一百旱里的寒石山人。作者取題名為「孤獨者」的目的就是在告訴我們魏連殳是一個生活在 S 城的離鄉人，「全山村中，只有連殳是外出遊學的學生，所以從村人看來，他確是一個異類」〔註10〕。而村裏人也「將他當作一個外國人看待，說

〔註10〕魯迅：《孤獨者》，《魯迅全集》（第二卷），人民文學出版社，2005 年版，第88 頁。

是『同我們都是異樣的』」〔註11〕，同時魏連殳還是一個「有些古怪：所學的是動物學，卻到中學堂去做歷史教員」〔註12〕，這是他「異類」的另一個緣由，因此他注定是個既回不到故鄉又融不進城市的孤獨者。而敘述者「我」也是一個在城裏混生活的人，「得不到一文薪水，只得連煙捲也節省起來」〔註13〕，同樣是一個流浪於城市的代表。在 S 城影射的現實社會環境中，魏連殳作為一個「異樣的人物」，他的「異樣」體現在與身邊的龐大而複雜的社會群體的不一樣，因此他怎麼反抗掙扎都是徒勞的，自然孤獨是在所難免的。然而，令人害怕的並不是孤獨，而是作為知識精英而陷入絕望的那種孤獨情感，最終將他推向了絕望的深淵，這才是最令人震驚的。「我近來已經做了杜師長的顧問，每月的薪水就有現洋八元了。……但我想，我們大概究竟不是一路的；那麼，請忘記我罷。……但是現在忘記我罷；我現在已經『好』了。」〔註14〕在魏連殳給「我」的信中，可以看出來，他向現實低頭屈服了，這是作為反抗者最後的絕路。與其說魏連殳是找到了新的一條出路，不如說他徹徹底底的絕望，從此卸下了作為知識鬥士的所有盔甲，墮入了生活的最底層。其實，小說最令人震撼的是這個叛逆者能夠在理智上的絕對清醒，他能意識到其抗爭的後果是「並非戰而勝之，而是戰必敗之」。這恰恰反映出了啟蒙者的精神的危機，他們的苦痛與孤獨是來自於啟蒙者自身內心深處的絕望恐懼以及精神的無可依靠。儘管對於思想啟蒙者來說注定是孤獨的，因為他們是一定時代裏的社會精英，他們能夠清楚地意識到既主動拒絕自己身處的社會，又被自己身處的社會所拒絕。孤獨並不可怕，但是最令人可怕的是徹底的虛無與絕望。因此，魯迅這種強烈的頹廢意識就體現在了這種虛無和絕望裏。《在酒樓上》中的呂緯甫也是在五四時期積極投身政治文化革命，但隨即就被幻滅感籠罩的他發現自己只不過是「飛了一個小圈子，便又回來停在原地點」〔註15〕，影射的是他在回家為母親盡孝後又回到北方繼續講授五四時

〔註11〕 魯迅：《孤獨者》，《魯迅全集》（第二卷），人民文學出版社，2005 年版，第88 頁。

〔註12〕 魯迅：《孤獨者》，《魯迅全集》（第二卷），人民文學出版社，2005 年版，第88 頁。

〔註13〕 魯迅：《孤獨者》，《魯迅全集》（第二卷），人民文學出版社，2005 年版，第101 頁。

〔註14〕 魯迅：《孤獨者》，《魯迅全集》（第二卷），人民文學出版社，2005 年版，第104 頁。

〔註15〕 魯迅：《在酒樓上》，《魯迅全集》（第二卷），人民文學出版社，2005 年版，第

期曾極力批評的儒學課程。因此，在小說的末尾，我們看到的是一個已經被挖空了心思僅剩一個空殼的呂緯甫，一個對自己將來「什麼也不知道，連明天怎樣也不知道，甚至連後一分鐘」〔註16〕也無從知曉的人。

同樣，在書寫城市會館裏兩個年輕人愛情悲劇的小說《傷逝》，文本中不斷地重複出現幾個詞語：寂靜、空虛、寂寞、虛空。魯迅之所以這樣反覆渲染，想要表達的就是一個詞語——空虛，一種找不到精神歸宿的精神空虛。根據統計，在一個不到十頁的小說裏，一共出現了十四次與空虛相類似的詞語。在文章開頭的二、三、四自然段裏，作者分別是這樣寫的：

> 會館裏的被遺忘在偏僻裏的破屋是這樣地寂靜和空虛。時光過得眞快，我愛子君，仗著她逃出這寂靜和空虛，已經滿一年了。……
>
> 不但如此。在一年之前，這寂靜和空虛是並不這樣的，常常含著期待，期待子君的到來。……
>
> 然而現在呢，只有寂靜和空虛依舊，子君卻決不再來了，而且永遠，永遠地！……〔註17〕

通過這樣飽含寂寞空虛的小說開頭，讀者完全可以猜到子君與涓生愛情的悲劇結局。魯迅將這樣一個愛情故事鑲嵌在關於啓蒙、自由的現代性大背景下，目的就是要將啓蒙本身推向更深層次的思考。當反傳統的新文化運動正是激情高漲的時候，魯迅能夠清醒的意識到，年輕人將其社會變革理想寄託於追求自由愛情之上，認爲追求愛情就是反抗傳統禮俗從而實現眞正的自我，但是他們沒有想到在摧毀傳統的家庭禮教制度後的茫然若失，就如小說的結局涓生最終還是離開了自己的小家回到了會館，淪爲了徹底的孤獨者，最後子君也在虛空中耗盡了自我。在故事的開始，當子君喊出「我是我自己的，他們誰也沒有干涉我的權利！」〔註18〕時，涓生爲之狂喜。從表面上來看，是涓生在通過跟子君聊男女平等、聊易卜生、聊泰戈爾、聊雪萊等啓蒙教育使得子君獲得如此覺悟，但從整篇小說的佈局來看，這種覺悟其實是涓生本身

---

34 頁。

〔註16〕 魯迅：《在酒樓上》，《魯迅全集》（第二卷），人民文學出版社，2005 年版，第27 頁。

〔註17〕 魯迅：《傷逝》，《魯迅全集》（第二卷），人民文學出版社，2005 年版，第 113 頁。

〔註18〕 魯迅：《傷逝》，《魯迅全集》（第二卷），人民文學出版社，2005 年版，第 115 頁。

也力所難及的，他在借助於子君打破他所認爲的傳統束縛，但是卻又掙脫不了。作家讓涓生感受到了這份啓蒙本身帶來的虛空，通過借助於給別人啓蒙來實現自己的信心和希望，讓原本作爲拯救者身份的啓蒙者成了被拯救的對象，這不得不說是一種悖論。正因爲如此，才可以洞察到魯迅的睿智與深刻，他在高呼激進反傳統的啓蒙時代能夠清醒地認識到作爲單個的傳統中的一份子，想要反抗幾千年來積累下來的傳統，那是絕對的一種虛無的反抗，如同進入了「無物之陣」〔註 19〕。眾所周知，魯迅對五四啓蒙的深刻反思，如他在《吶喊‧自序》中所言，感覺到了「如置身毫無邊際的荒原」般的寂寞，同時看清楚了自己「決不是一個振臂一呼應者雲集的英雄」。魯迅投身於五四新文化運動，並不像當時大多數新青年與啓蒙學者，將全部的希望和熱情不遺餘力地投入到啓蒙運動當中，而是對於傳統的批判始終持守著內斂的猶疑與掙扎，至於他在新文化運動中的所作所爲，用他自己的話來說「既然是吶喊，則當然須聽將令的了」。

與魯迅對於啓蒙運動絕望般冷靜深刻的孤獨體驗不一樣的郁達夫，他也在積極書寫自己的孤獨體驗，用抒情的方式塑造出了眞實感人的「零餘者」抒情主人公形象。這群「零餘者」是於歧路中徬徨的知識青年，遊走於杭州、上海、東京等大城市之中，展現出了郁達夫自身的一種精神困境，一種不願與黑暗社會同流合污的精神孤獨。在《零餘者》這篇作品裏，郁達夫直接解釋了「零餘者」是怎樣的被「零餘」的：

> 第一，我對於世界的完全沒有用的。……我這樣生在這裡，世界和世界上的人類，也不能受一點益處；反之，我死了，世界社會，也沒有一些兒損害，這是千眞萬眞的。……第二，且說中國吧！對於這樣混亂的中國，我竟不能製造一個炸彈，殺死一個壞人。中國生我養我，有什麼用處呢？……〔註 20〕

不僅只有這兩點，作者還有第三條，本來以爲「我」對於家庭裏的女人和孩子還是有些用處的，但此時此刻「我」的身體已被搬在了一條比較熱鬧的長街上了。郁達夫用小說構築了一系列「零餘者」形象，他們都是受過良好教育的知識分子，才華過人，但是他們卻與這個社會格格不入，他們想要逃離

〔註 19〕 魯迅：《這樣的戰士》，《魯迅全集》（第二卷），人民文學出版社，2005 年版，第 220 頁。

〔註 20〕 郁達夫：《零餘者》，《郁達夫經典作品選》，當代世界出版社，2004 年版，第 372 頁。

令人窒息的生活環境卻又苦於個人微薄的力量，於是憂鬱苦悶、悲觀絕望、頹廢消沉了，找不到精神的存在感與歸屬感。

在小說《沉淪》裏，作者精於描繪主人公「我」的痛苦和孤獨，他不僅是一個總愛自愁自憐而且還窮困潦倒、被輕蔑拋棄的人。「我」的孤獨痛苦表現在諸多方面，比如與世人絕不相容、敏感於別人的目光、在稠人廣眾之中感到更孤獨、仇恨日本人、仇恨中國人、仇恨自己的兄長。例如，「上課的時候，他雖然坐在全班學生的中間，然而總覺得孤獨得很；在稠人廣眾之中，感到的這種孤獨，倒比一個人在冷清的地方，感到的那種孤獨，還更難受。」〔註21〕不難看出，其實這正是他自卑、孤獨的一種表現，他只有在這種不相容、疏遠和仇恨之中去減輕自己的自卑感，以此來緩衝自己的苦悶與孤獨。在《茫茫夜》中，主人公于質夫從日本留學歸國前，「每當決計想把從前的腐敗生活改善時候，（質夫）必要搬一次家，買幾本新書或是旅行一次」〔註22〕。可是，「到了上海之後，他的生活仍舊與從前一樣，煙酒非但不戒下，並且更加加深了。女色雖然還沒有接近，但是他的性欲，不過改變了一個方向，依舊在那裏伸張。」〔註23〕很顯然，歸國後，他對改變自己生活方式的期望已經落空，此前的病態生活變本加厲，引起了非正常的心理和行為——同性戀的傾向。他從一個地方輾轉到另外一個地方，由於對社會的失望導致他產生了性的苦悶，於是在同事的帶領下到妓院追求情慾以緩解精神上的寂寞空虛，但是最終意識到這種排遣只會是讓他陷入無限的空虛寂寞當中，於是喊出了「dirty city」、「living corpse」〔註24〕之類的話來。《血淚》中的主人公，從日本留學回到上海，一下了船就因為飢餓和身體不好而暈倒在了碼頭上。儘管後來為了生計，但終究是窮困潦倒一文不名，終日舉債為生，倍受生活的顛沛流離之苦。與《血淚》相類似的《蔦蘿行》，寫的是一個留日歸來的知識青年，在上海的街頭由於失業無錢返鄉，絕望到幾次想跳進黃浦江。由於生活的壓迫導致了暴虐的性格。小說中他將自己受到的虐待、欺凌、侮辱一

〔註21〕郁達夫：《沉淪》，《郁達夫經典作品選》，當代世界出版社，2004 年版，第 6 頁。

〔註22〕郁達夫：《茫茫夜》，《郁達夫經典作品選》，當代世界出版社，2004 年版，第 40 頁。

〔註23〕郁達夫：《茫茫夜》，《郁達夫經典作品選》，當代世界出版社，2004 年版，第 40 頁。

〔註24〕郁達夫：《茫茫夜》，《郁達夫經典作品選》，當代世界出版社，2004 年版，第 61～62 頁。

併向自己的妻子發泄。可憐的妻子「竟變成了一隻無罪的羔羊，日日在哪裏替社會贖罪，作了供養我這無能的暴君的犧牲」〔註25〕。這個家庭的悲劇反映出了當時知識分子的苦悶來源——萬惡的社會。在《春風沉醉的晚上》、《楊梅燒酒》等小說裏，同樣是講述了一批知識分子在困境生活裏的掙扎於苦悶。可以說，在郁達夫的小說裏，無論是「我」、他」抑或是「于質夫」們，幾乎都是那麼的悲觀、焦慮和自暴自棄。他們雖然是受過良好教育知識分子，但是卻沒有他們的一席之位。在國外他們是一群來自弱國的窮人而飽受歧視，歸國後還是同樣是飽受社會欺凌，以致生活潦倒不堪，甚至有些人還淪落到躋身貧民窟、失業、流浪的隊伍裏。儘管這些人有一定的才華，有很多的社會理想，但是卻被現實生活所逼迫報國無門，只能是在內心空想，最後在自怨自艾中走向精神的頹唐墮落。

對於郁達夫的「零餘者」形象的評價，應該說他的苦悶是具有時代特徵的，他筆下的反壓抑、反束縛和張揚的個性，其實就是知識精英們當下的精神寫照。由於當時的中國正處於激烈的轉折時期，大量的西方文化湧入衝擊了青年人的心扉，特別是關於「人的自覺」與「人的解放」，於當時落後的中國社會形成了鮮明的對比，激進的青年們心懷大志，一心為國家為社會，但是當他們報國無望，無法施展自己的理想時，於是「苦悶」便成為了時代的一種情緒特徵。從這些城市精英們來看，從梁啓超到魯迅等中國近現代知識精英，他們一直在思考如何為國家、為社會，所以他們極力強調文學的啓蒙教化、政治功能、社會價值，應該說在很大程度上是在尋找一條文學與權力相結合的途徑，藉以此來實現其政治的、社會的理想。

作家們不僅在小說、雜文裏營造自己的頹廢、孤獨的世界，在詩歌中也不乏有大量表現詩人孤獨意識的作品，比如聞一多，他也是一名在五四運動中迅速成長並致力於啓蒙與拯救社會國家的城市知識分子代表，是最有代表性的詩人。客觀地說，聞一多少年時期的求學生活以及青年時期的婚姻生活對他產生這種孤獨意識不無影響，但是我個人認為他更多的是基於對於社會現狀思考的反照。1925 年他留美歸國前在寫給梁實秋的一封信中這樣寫道：「一個『東方老憨』獨居一間 apartment house 底四層樓上，抬頭往窗口望，那如像波濤的屋頂上，只見林立的煙窗開遍了可怕的『黑牡丹』；樓下是火

〔註25〕郁達夫：《蔦蘿行》，《郁達夫經典作品選》，當代世界出版社，2004 年版，第92 頁。

車、電車、汽車、貨車（ducks，運物的汽車，聲響如雷），永遠奏著憾動魄的交響樂。」〔註26〕這是聞一多留學時期不僅僅是對於外在世界的一個描寫，更是他對於自己內心寂寞孤獨的一種寫照：在美國住的不但只是「斗室」一間，還有一種代表承受了西方文明的威脅與壓迫、噪音與污染帶來的痛苦體驗，以至於聞一多將生活、理想、境遇等都串聯到了一起，孤獨之感油然而生，就如他寫給梁實秋的這樣一首詩：「天涯閉戶賭清貧，斗室孤燈萬里身。堪笑連年成底事？窮途捨命作詩人」。〔註27〕聞一多用「斗室孤燈」來自嘲處境，大概就是對他的留學時期（1922～1925）的生活寫照吧。

在聞一多早期的詩作中，我們可以看得出他對靈魂的描寫，如《爛果》：「我的肉早被黑蟲子咬爛了。／我睡在冷辣的青苔上，／索性讓爛的越加爛了，／只等爛穿了我的核甲，／爛破了我的監牢，／我的幽閉的靈魂／便穿著豆綠的背心，／笑迷迷地要跳出來了！」〔註28〕詩中的「幽閉」一詞意味著的是孤獨和黑暗，「我」的靈魂已經在受困於肉體了，而等待「我」的只能是肉身的朽腐了。在《晴朝》裏詩人傳遞出了初到異鄉時所感受到的悲哀：「和平蜷伏在人人心裏；／但是在我的心內，／若果也有和平底形跡，／那是一種和平底悲哀。」〔註29〕而《孤雁》中，作者的孤獨感更加明顯，標題中的一個「孤」字已經表明了作者的心境，而詩歌的開端更亦如此，「不幸的失群的孤客！／準教你拋棄了舊侶，／拆散了陣字，／流落到這水國底絕塞。」於是，他大發感概：「啊！那裏是蒼鷹底領土——／那鷙悍的霸王啊！／他的銳利的指爪，／已撕破了自然底面目，／建築起財力底窩巢。／那裏只有銅筋鐵骨的機械，／喝醉了弱者底鮮血，／吐出些罪惡底黑煙，／塗污我太空，閉熄了日月，／教你飛來不知方向，／息去又沒地藏身啊！」〔註30〕這分明寫出了聞一多對於當時社會、國家的一種深層的憂慮。其實也遠不止聞一多

〔註26〕聞一多：《致梁實秋》（1923年5月），孫黨伯、袁謇正主編：《聞一多全集》第12卷，湖北人民出版社，1993年版，第175頁。

〔註27〕聞一多：《致梁實秋》（1925年4月），孫黨伯、袁謇正主編：《聞一多全集》（第十二卷），湖北人民出版社，1993年版，第223頁。

〔註28〕聞一多：《紅燭》，孫黨伯、袁謇正主編：《聞一多全集》（第一卷），湖北人民出版社，1993年版，第105頁。

〔註29〕聞一多：《紅燭》，孫黨伯、袁謇正主編：《聞一多全集》（第一卷），湖北人民出版社，1993年版，第90頁。

〔註30〕聞一多：《紅燭》，孫黨伯、袁謇正主編：《聞一多全集》（第一卷），湖北人民出版社，1993年版，第79～82頁。

一人致力於用詩歌的語言來爲投身新文化啓蒙運動，並傳達出一種孤獨生命體驗，還有朱自清、馮至等也在用散文、詩歌去積極響應新文化運動的激流。他們對於自身的反觀、對於社會的思考都深深地打上了時代的烙印。廬隱也在她的作品中這樣設置她的人物「接二連三地都捲入了愁海」（《海濱故人》）；冰心也在書寫煩惱：「因此我常常煩悶憂鬱，我似乎已經窺探了社會之謎。我煩悶的原因，還不止此，往往無端著惱。」（《煩悶》）；郭沫若的關於困窘的哭訴（《漂流三部曲》等等，都在形象地烘託出了五四時期城市知識精英分子們的思想狀態。

　　當一群新文化運動的風雲人物們在自己的作品中有意識或者無意識地傳達出一個頹廢、孤獨、空虛的精神狀態時，我們不禁要追本溯源去反問自己了，爲什麼他們會大多數集體產生這樣的一種共同的思想狀態呢？當然，學界對此並非沒有追問過。他們大多數認爲這是在五四這樣一個風起雲湧的時代環境裏，這批知識精英們覺醒於一個除舊布新、傳統與現代交替存在的時代，他們困惑、徬徨在所難免，是一個時代的整體心態，但是這並沒有道出他們困惑的眞正緣由。所以，我個人認爲，這是「鄉紳」進城後導致「儒學進城」的必然趨勢，他們既是傳統的背負者，同時又在響應新文化運動廢舊迎新，積極推崇西洋文明，這是一個極爲悖論的事實。因爲每個人作爲傳統文化的一個因子，血液裏流淌的永遠是儒家文化傳統，那麼試想，如何能夠以自身反抗自身？既使是在借用東洋與西洋文明來言說革新除舊的同時，他們又是否眞正做到理解了外來文化的本質？魯迅就曾這樣評價過新文化運動中那些追求西方新思想的人，認爲他們「不過並非將自己變得合於新事物，乃是將新事物變得合於自己而已。」〔註 31〕而梁啓超在建國後的追憶中也將自身的反省眞實地吐露出來，「那時候我們的思想眞『浪漫』得可驚——當時認爲，中國自漢以後的學問全要不得，外來的學問都好，卻是不懂外國話，不能讀外國書，只好拿幾部教會的譯書當寶貝，再加上我們主觀的理想——似宗教非宗教、似哲學非哲學、似科學非科學、似文學非文學的奇怪而幼稚的理想，我們的『新學』就是這三種元素混合構成。」〔註 32〕所以，答案是顯而易見的，正如最清醒者如魯迅所言，想抗爭的人一出手就打在「無物之

〔註31〕魯迅：《魯迅全集》第三卷，人民文學出版社，1981 年版，第 102 頁。
〔註32〕梁啓超：《亡友夏穗卿先生》，《飲冰室合集·文集之四十四（上）》，中華書局，1936 年版。

陣」上，既找不到抗擊的對象，也無法使出自己的力量，所以打出去的「拳頭」如同打進了無限的黑暗空氣之中，毫無反應。於是，他們痛苦頹廢，徬徨苦悶，自然就不難理解了。

那麼，既然找到了孤獨、苦悶的真正緣由，下面進入到本節的深層思想研究上，具體分析儒家文化是怎麼在進城的「鄉紳」或「鄉紳」的後代身上實現傳承的？他們為什麼要反抗儒學傳統？又是如何在新文化運動中反抗儒學傳統的？

首先，在新文化運動興起時，這批「城紳」們已經是有著一定知識背景了，他們或在晚清時期已經取得了一定的功名，或者已經是從日本或者歐美留學歸來。按照中國的老話「三歲看到老」，實際上是告訴我們一個人的童年對其一生的影響之大。所以在五四運動伊始之際，我們要研究他們的思想，就得找到他們在幼年、童年、少年求學時期打下的學識基礎。根據孫雲峰對於知識分子的年齡結構的分析，可以大致看到五四時期所有風雲人物的知識背景來源。根據資料〔註33〕統計，在新文化運動興起的 1919 年，年齡在 20～59 歲範圍內的人出生於 1860 年至 1890 年，而科舉制度廢除於 1905 年。因此，在新文化運動中最活躍的這些人都是在傳統的私塾教育下成長起來的。在清朝的社會教育裏，走正統「學而優則仕」路線的進入特權階層的「紳士」是必須經過嚴格的教育考試選拔的。根據《錫金遊庠同人自述彙刊》一書中已經獲取了功名的「紳士」的口述，楊志濂說他自己「年十三始畢四子書」，「十五歲方畢五經，講授書史大義」，「二十歲（同治十年，即 1871 年）應童試，以縣第一入邑庠」〔註34〕；楊恩霈說「余幼承庭訓，讀學、庸、論語……九歲始出就外傳。初從鶴秋族太叔祖，讀孟子及詩、書、易、禮諸經，繼從寶叔英先生讀春秋、左傳、古文觀止。十五歲後，始執筆學作八股文」，「年十六初應童試，至十九歲光緒六年庚辰……以第五名入邑庠」〔註35〕；顧祖誥說「祖誥五歲……識字，讀書是年始。六歲讀畢論語。七歲……授孟子、詩經。八歲授書經、禮記。九歲……授易經、春秋。十歲

〔註33〕蘇雲峰：《民初之知識分子（1912～1928）》，載於《第一屆歷史與中國社會變遷研討會論文集》（下），三民主義研究所。

〔註34〕蔣標等輯：《錫金遊庠同人自述彙刊》，景民國二十一年（1932）鉛印本，江慶柏主編，廣陵書社，2007 年，第 1 頁。

〔註35〕蔣標等輯：《錫金遊庠同人自述彙刊》，景民國二十一年（1932）鉛印本，江慶柏主編，廣陵書社，2007 年，第 13 頁。

春秋讀畢。十一歲……授古文觀止。十二歲……教以詩、古文、詞、明文必自集，學作散體詩。十三歲……教以小題、正鵠，學作八股文字。十四歲學有進步，始告完篇。十五歲應童子試。二十歲（光緒十二年，即1886年）縣試考取」〔註36〕。從三個考取了功名的「紳士」可以看得出來，他們在童年至青年階段是必須接受嚴格的四書五經教育的。他們想要躋身「紳士」和官僚之列，不但要努力學習儒家正統思想知識，同時還要經過嚴格的科舉考試。在清朝，科舉考試是分三場的，主要選自的是儒學經典中的議題，考試的第一場是考四書文，第二場的考經文，第三場是考策問：「鄉試例定八月初九日為第一場，試以《論語》文一，《中庸》文一，《孟子》文一，五言八韻詩一。十二日，為第二場，試以《易》、《書》、《詩》、《春秋》、《禮記》五經文各一。十五日，為第三場，試以策問五道」〔註37〕。且不論通過這樣的考試能否培養出一批精幹的官吏來，但是有一點值得我們注意的是，凡屬是通過考試晉升到社會精英階層的人都是經學功底極其紮實的。

因此，在這裡，我想說的是在新文化運動時期開始搖旗吶喊的這幫知識精英們必定是經過了嚴格經學訓練的，比如從晚清開始，康有為、梁啓超、章太炎等，至民初的蔡元培、吳稚暉、魯迅、胡適、陳獨秀、郭沫若、李大釗、周作人、聞一多、錢玄同等等。如康有為，出生於書香世家，高祖是清朝嘉慶舉人，曾祖官至按察使，父親為知縣。康自幼跟隨祖父學習，四歲就「已有知識」，五歲「諸父以予頗敏，多提攜教誦唐人詩……於時能誦唐詩數百首」，六歲「從番禺簡侶琴先生鳳儀讀大學、中庸、論語並朱注孝經」〔註38〕。可以看得出來，康有為不但天資聰穎，而且學習非常刻苦努力，飽讀儒學經典。小康有為15歲的學生梁啓超也是從小接受了嚴格的經學訓練，於1889年考取了廣東鄉試的舉人。蔡元培1868年出生於浙江一個富商之家，早年也是一位以古典學者而知名，22歲時考取進士，1894年被任命為翰林院編修，這個職務為儒生們一生所追求的夢想。〔註39〕出生於1879年的陳

〔註36〕 蔣標等輯：《錫金遊庠同人自述彙刊》，景民國二十一年（1932）鉛印本，江慶柏主編，廣陵書社，2007年，第34頁。

〔註37〕 章中如：《清代科舉制度》，黎明書局，1931年版，第21頁。

〔註38〕 康有為著，樓宇烈整理：《康南海自編年譜（外二種）》，中華書局，1992年版，第1～3頁。

〔註39〕 【美】傑羅姆·B·格里德爾著，單正平譯：《知識分子與現代中國》，南開大學出版社，2002年版，第177頁。

獨秀打小就跟隨祖父學習四書五經，於 1896 年考取秀才。魯迅、胡適、李大釗、郭沫若等都曾在私塾裏接受過的嚴格經學訓練。因此，這批活躍在城市裏的「士紳」們都有同樣的知識背景，況且這些儒學知識對他們今後人生影響是極大的。

在中國思想、文學發展與演變的過程中，知識分子、文人們的師門、門派的傳承對整個思想史的發展起著很大的作用。不可否認的是，這與中國傳統文化中的家族本位和道德倫理思想是極其關聯的。從近代以來，在思想、文學的變革過程中，我們可以清晰的看到師門的傳承與中國文學的變遷幾乎的相對應的。如從曾國藩到俞樾，再到章太炎，往下到魯迅、周作人，到孫伏園、蕭軍、蕭紅等。政治思想門派的傳承也是如此，從康有為到梁啓超、譚嗣同等，再到蔡鍔等。為此，可以說明強大的經學文化在歷史的變遷中我們還是能夠找到它的發展、變化清晰的脈絡。那麼，回到最初的追問，新文化運動反的不是傳統文化的本身，那又是怎麼一個反自身的呢？他們是真的徹徹底底在反嗎？

在新文化運動中以「打倒孔家店」呼聲最高的、最具戰鬥力的吳虞，被作為反孔先驅而吸收進了《新青年》團隊，進而被聘為北京大學國文系的教授。吳虞出生於四川成都，其父親是一個縣級教諭，也算是出生於知識分子家庭。吳虞從小也是受過嚴格的私塾教育，曾就讀於近代史上著名的張之洞創辦的尊經學院，該學院主張經世致用。可以說，吳虞在書院裏打下了堅實的經學功底。作為清末民初時期的反封建和反傳統的著名人物，他在其主張中宣稱，封建統治者之所以提倡儒家思想，是因為儒家思想的核心「教」、「禮」等能在鞏固封建統治、維繫封建社會秩序發揮特殊的作用，故用其來馴服制御臣民。所以，他不僅要批判儒學，批判儒學中以孝為中心的封建專制和家族制度，還揭露吃人的「禮教」，將封建專制禮教對婦女的壓制進行了批判和揭露，同時還提倡男女平等，為中國婦女解放而吶喊。由於他不同意父親納妾和得不到家產而跟父親打官司的事件在四川引起了轟動，隨後他還將此事寫成一篇《家庭苦趣》油印散發，刊在《蜀報》的第八期上。按照人們正常的倫常與道德規範，吳虞的行為是「非理非法」的。他也因此引起了四川教育界的反感，而備受冷落。然而，他並沒有意識到自己的行為有什麼不妥，反而覺得這就是順應了時代潮流，找到了一個令他興奮的關鍵點——反抗家庭倫理制度，於是他不斷繼續朝父親發難，並撰寫了許多關於反封建

的論文，同時通過友人聯繫上了陳獨秀，於是由陳獨秀經手，吳虞開始在《甲寅》、《新青年》雜誌上發表批孔反儒的文章，引起了很大的反響。胡適就曾給《吳虞文錄》作序時給予了他很具有權威性的評價：「吳先生和我的朋友陳獨秀是近年來攻擊孔教最有力的兩位健將，他們兩人，一個在上海，一個在成都，相隔那麼遠，但精神上很有相同之點。……我給各位中國少年介紹這位『四川省隻手打孔家店』的老英雄——吳又陵先生！」〔註40〕但是仔細研究，吳虞在此次公開揭露父親的事件中，他的「英雄」形象並不是那麼光輝的。一方面，他爲了分得老父親的家產而控訴自己父親的行爲，同時更讓人難以接受的是他多次在他的日記中稱父親爲「魔鬼」，甚至當老父親因貧困潦倒離世後，他竟然沒有表現出任何的悲痛與哀傷，反而在給女兒的信中說「告以老魔逕赴陰司告狀去矣！」，其言之無情，其心之絕狠，躍然紙上。如果說孔子所創建的一套人倫綱常經多年的傳承過程中也逐漸形成了一些陋習，但是儒學中的「孝」道是一直都在的，也是任何朝代的人們都在接受並自覺去做好的，那麼，吳虞的所作所爲還是真正如他所言「魔鬼心術之壞，亦孔教之力也」嗎？不僅上對老父如此，下對女兒亦是如此。他一方面宣稱婦女解放，男女平等，一方面又用倫理綱常去阻止女兒玉方的自由；一方面反對父親納妾，一方面自己共娶過原配曾香祖夫人以及續娶劉道秀、李道華兩位夫人，1917 年娶妓女常玄道爲妾，1923 年開始接洽納蔣姓女子爲妾，1924 年欲娶妓女嬌玉爲妾，後娶妓女嬋娟爲妾，甚至到 1931 年已達 59 歲的高齡還要續娶一名 16 歲女子爲妾。新青年同仁們一致推崇的這位打到孔家店的老英雄，他反孔非儒的行動不過是爲了滿足其自身的不同時期的自身需求而借用所謂的封建禮教「吃人」的旗幟而已，爲了滿足自己的欲望既可以批判孔教，也可以借用孔教來維護自己不可告人的目的。

或許有人要懷疑了，這只不過是一個沒有出過國門的反孔英雄，或許留洋歸來的「城紳」們比吳虞等輩要徹底得多，是真正懂得外國進步文化思想的。追溯西學思想對於晚清以來知識分子的影響，首先從嚴復談起。可以說，嚴復翻譯赫胥黎的《天演論》進化論思想如黑暗中的一道閃電，迅速地「照亮」了後起的年輕知識者。赫胥黎於 1893 年做的一場關於倫理學與進化論關係的「羅馬演講」，《天演論》一書對於其翻譯與解釋的真實性早已得到了懷疑，如史華茲就曾在其權威的嚴復思想研究中指出，這本譯著更多的是體現

〔註40〕胡適：《吳虞文錄序》，吳虞著：《吳虞文錄》，黃山書社，2008 年版，第 4 頁。

了譯者的思想而不是著者的思想〔註41〕。嚴復出生於一個富有的紳士家庭，從小就打下了很好的古典教育基礎。由於學習成績優異被派往英國學習了兩年航海技術，應該說嚴復的英文基礎與西方歷史並不足以可以著書立說研究西方思想的，《天演論》對於西學的演繹其實就是用中國強大的今文經學思想把西方的思想與理論同化了，於是被巧妙地包裝成了一套新新的「西學」進步思想。以至於後來的康有爲、梁啓超等都受了很大的影響，甚至進一步擴充了達爾文的進化主義。接著，陳獨秀、胡適、高一涵、郁達夫等這些留學歸來的知識分子們，其實他們出國的時間並不長，有的也就是一兩年而已，他們出洋的目的無非是因爲科舉考取功名的晉升之路被堵了，想要有出頭之日唯有出洋學習了。胡適儘管其早年出國留學有受到時世的客觀因素影響，但其眞正的主觀原因還是其讀書「入世」的傳統觀念。比如他在 1910 年去北京趕考前寫給他母親的信中，就曾這樣直白地說過：「現在時勢，科舉既停，上進之階惟有出洋留學之途。」〔註42〕然而，他們留學歸來後在國內並不是傳播他們的西學思想，因爲他們在國外由於語言溝通的障礙並沒有使得他們打下了紮實的西學功底，因此他們回來後在大學或者書刊雜誌社裏講授的或是寫的文章都是跟儒學相關的內容。比如胡適致力於「格物致知」，聞一多、陳獨秀、錢玄同、周作人等等都成了北大教授，且教授的都是跟國學、中國古代思想等內容相關的知識。況且，不論是如陳獨秀等最早提出的「倫理道德革命」還是如高一涵等提倡的「思想革命」，他們對於在留洋期間接受的「民主」、「科學」、「平等」等進步思想，還是處於一個對西學解釋的皮毛階段。作爲先驅的啓蒙者們，不但沒有學習到西方人人平等等文明意識，反而他們中的大多數是曾多次放縱自己去嫖娼狎妓，流連於風月場所，甚至納妾再娶。據吳虞 1925 年 1 月 11 日的日記記錄：「據云，胡適之在濟南，曾叫姑娘條子。顏任光逛窯子與學生衝突。中大教員余同甲亦然。……夜睡不寧，憤不耐事，不及郁達夫矣。此後當加靜定，不著一字，不發一言，與爛報小人生氣也。」〔註43〕在這日記裏，吳虞爲了給自己嫖娼有理而故意找一些名

〔註41〕【美】本傑明・史華茲：《尋求富強：嚴復與西方》，葉鳳美譯，江蘇人民出版社，1989 年版，第 90 頁。

〔註42〕轉引自羅志田：《近代中國社會權勢的轉移——知識分子的邊緣化與邊緣知識分子的興起》，載許紀霖主編：《20 世紀中國知識分子史論》，新星出版社，2005 年版，第 133 頁。

〔註43〕轉引自張耀傑著：《北大教授》，文匯出版社，2008 年版，第 139 頁。

人的風流韻事來平衡自己的心態，以此平和因娶娼而在北大聲名狼藉的壞心情。這些行為與他們所極力提倡的婦女解放、人人平等是相違背的，顯然這是在不由自主地傷害了那些作為弱勢群體的女性，也同時把對自身的道德自律孤立在了現代文明之外。倒是魯迅是一個最清醒的「鐵屋子」裏的人，他把中國人看得最透最明白，正如他給許廣平的信中提到的「中國大約老了，社會上事無大小，都惡劣不堪，像一隻黑色的染缸，無論加進什麼東西去，都變成漆黑」。〔註44〕魯迅所言的中國染缸理論，恰恰正好說明了中國傳統文化的強大，不論外來什麼新鮮的理論，都能用今文經學所解釋，最後變成了符合自己所需的那套言說。

在這一場聲勢浩大而又轟轟烈烈的倡導除舊推新的思想、文化運動中，這些受的是傳統儒學教育而又活躍於東洋、西洋思想正盛傳的時代裏的「城紳」們，他們正如傳統的「鄉紳」一樣，佔據的是中國政治、思想舞臺的核心位置，他們的社會角色依然是這個國家機器中的一個重要環節。他們本質上是從「農村」來的，但由於大多數都曾出洋留學，見識過西方文明的景象，於是都想革新落後凋敝的中國，都讚同推行西方的民主共和社會理想。「雖然不少新型知識分子從西方、日本留學歸來，知曉建立民主共和政體之關鍵在哪裏，但是由於從事上層政治組織建構的社會成員大多來自於紳士，他們對於統治權威和合法性的認識，除了對西方政治有些皮毛的瞭解之外，主要還是立足於儒家意識形態尚未解構之部分。主導他們思想和行為的文化觀念，與實現民主政治所要求的超越意識形態的政治理性精神，存在結構性矛盾。」〔註45〕為此，在這樣一個價值多元衝擊的思想環境裏，不管是從思想層面的分析，還是從實踐層面的分析，他們都是一群身在傳統又打著反傳統旗號的人，他們的精神來自於傳統鄉土中國，卻生活在有著現代氣息的城市裏，既融不進現代，又走不出傳統，這無疑會導致他們陷入一個頹廢、空虛寂寞的精神怪圈裏。如魯迅，在他 1912 年的魯迅日記中，就在短短的幾個月裏，他竟然就這麼直白地在日記裏記錄著「無事」，況且一個月多達四次。1913 年較之 1912 年還多了 8 次，達 20 次。接著，次數與年份同樣增長，到 1918 年達 40 次之多。特別是 1917 年開始，次數幅度大大增加，而且還出現連續幾日的

〔註44〕魯迅：《兩地書》，1925 年 3 月 18 日，《魯迅全集》，人民文學出版社，2005年版，第 11 卷，第 20 頁。
〔註45〕金觀濤、劉青峰：《開放中的變遷：再論中國社會超穩定結構》，法律出版社，2010 年版，第 145 頁。

「無事」現象，這對於一個思想深刻且善於寫作的作家來說無疑是一個值得研究的信號。只能說，在這段時間的魯迅是陷入了精神上的壓抑、苦悶和極度的絕望與空虛。郁達夫曾在一文中對現代知識分子的「失勢」作了這樣的痛苦的表述：

> 自去年冬天以來，我的情懷，只是憂鬱的連續。我抱了絕大的希望想到俄國去作勞動者的想頭，也曾有過，但是在北京被哥哥拉住了。我抱了虛無的觀念，在揚子江邊，徘徊求死的事情也有過，但是柔順無智的我女人，勸我終止了。清明節那一天送女人回到了浙江，我想於月明之夜，吃一個醉飽，圖一個痛快的自殺，但是幾個朋友，又互相牽連的教我等一等。我等了半年，現在的心裏，還是苦悶得和半年前一樣。
>
> 活在世上，總要做些事情，但是被高等教育割勢後的我這零餘者，教我能夠做些甚麼？〔註46〕

「活在世上，總要做些事情」的想法，可以說既是困擾了郁達夫一生，也是那個時代知識分子普遍關注的問題。於是，當作家們在一定思想的指引下而處於某種精神狀態時，必然會反映到他們的文學作品之中。「五四」時期有孤獨感的絕不止魯迅一人，像郁達夫、聞一多、朱自清……這些覺醒了的知識分子在時代的「先驅者」這一意義上來說沒有一個不是處於孤獨的。但是他們孤獨的狀態卻又不一樣的，比如魯迅的絕望、聞一多的勇敢、朱自清的孤傲，郁達夫的虛空頹廢！這些無不是體現知識分子的良知、責任對於自身處境深深的困惑和焦慮，對於身體本能深深的感覺和認知。

五四新文學創作這種頹廢、孤獨、空虛的精神狀態，學界大多數人都認為這是在思想啟蒙大背景下，知識精英們還沒有完全擺脫傳統制約的必然結果，但我們認為此說還遠未道出問題存在的真正緣由——中國文人從「鄉紳」到「城紳」，進而再轉變為現代知識分子，這是一個十分複雜的思想過程，並非人們想像得那麼簡單而愜意，無論是康有為、梁啟超還是胡適、魯迅，他們的思想成長經歷都是如此。康有為、梁啟超和胡適、魯迅等人都具有反傳統的強烈願望，但是他們與封建保守派的勢不兩立，完全是一種否定「偽道學」的思想對立，而絕非是對傳統文化的徹底否定。回顧歷史我們可以發現，

〔註46〕郁達夫：《寫完〈蔦蘿集〉的最後一篇》，《郁達夫文集》第七卷，三聯書店，1983年版，第155頁。

晚清與五四的思想啓蒙運動，思想活躍且影響巨大的歷史人物，幾乎都是受過十分嚴格的國學訓練，他們對於中國傳統文化的自覺負載，早已決定了他們不可能是「徹底地」反傳統。晚清以來的中國知識分子，他們飽讀詩書精通儒術的眞正目的，無非是要科舉「入仕」求得功名，但科舉已廢他們只能另關蹊徑，去尋找重返社會文化中心的便捷途徑。所以胡適才會在寫給母親的信中說：「現在時勢，科舉既停，上進之階惟有出洋留學之途。」〔註47〕康有爲與梁啓超等「鄉紳」人物，他們借助於大上海這一都市平臺，盡力將傳統儒學去做現代性的意義闡釋，從而建構起了中國現代新儒學的思想體系。用梁啓超本人的話來講則是：「那時候我們的思想眞『浪漫』得可驚──當時認爲，中國自漢以後的學問全要不得，外來的學問都好，卻是不懂外國話，不能讀外國書，只好拿幾部教會的譯書當寶貝，再加上我們主觀的理想──似宗教非宗教、似哲學非哲學、似科學非科學、似文學非文學的奇怪而幼稚的理想，我們的『新學』就是這三種元素混合構成。」〔註48〕而胡適與魯迅等現代知識分子，一方面受到了康、梁「新學」的深刻影響，另一方面又接納了東西洋現代文明的文化因素，表面觀之他們與康、梁思想完全不同，彷彿更具有西方現代人文意識，其實他們之間在振興傳統儒學方面，並沒有什麼本質上的代際差別。魯迅自己就曾承認，五四接受西方文化，「並非將自己變得合於新事物，乃是將新事物變得合於自己而已。」〔註49〕其實學界現在對此早已有了清醒的認識，他們指出那時「雖然不少新型知識分子從西方、日本留學歸來，……除了對西方政治有些皮毛的瞭解之外，主要還是立足於儒家意識形態尚未解構之部分。」〔註50〕這種現象充分說明，五四新文學的思想啓蒙，與其說是西方人文精神的中國移植，還不如說是西方人文精神的儒學闡釋──因爲「傳統在我們身上展轉延續，我們每個人作爲中國文化的現代符號，都在自覺或不自覺之中承載著中華民族的古老文明。『五四』最大

〔註47〕轉引自羅志田：《近代中國社會權勢的轉移──知識分子的邊緣化與邊緣知識分子的興起》，載許紀霖主編：《20世紀中國知識分子史論》，新星出版社，2005年版，第133頁。

〔註48〕梁啓超：《亡友夏穗卿先生》，《飲冰室合集・文集之四十四（上）》，中華書局，1936年版。

〔註49〕魯迅：《補白》，《魯迅全集》（第三卷），人民文學出版社，1981年版，第102頁。

〔註50〕金觀濤、劉青峰：《開放中的變遷：再論中國社會超穩定結構》，法律出版社，2010年版，第145頁。

的歷史功績，就是中國人將僵化了的『傳統』轉變爲靈活了的『傳統』。」
〔註 51〕只要我們深究一下那些出國留洋的啓蒙精英，爲什麼歸來都不從事
「西學」教育，而是專注於國學研究的客觀事實，一切疑問都會隨之煙消雲
散。因此從這一意義上來說，五四新文學作家們所表現出的那種精神困惑，
以及他們始終徘徊於「城」與「鄉」之間的孤獨與寂寞，都與他們自身的
「紳」之文化根性，有著千絲萬縷的密切相關。

第二節　兇狠與墮落之政治烏托邦下的「城紳」

　　當五四的精英們從「文學的革命」浪潮中消退之後，文學的發展開始轉
變爲了「革命的文學」。這些生活在城市裏的「城紳」們意識到了想要通過文
學去啓蒙和喚醒大眾最後反而淹沒在了大眾裏，這時他們的話語開始從五四
時極力張揚的「個人」、「自我」逐步轉變到了「民族」、「階級」、「大眾」上
來，從「個人」向「群體」的轉變標誌著無產階級革命的政治理想的逐步形
成。學界普遍認爲，「革命文學」的由來應該算是 1923 年至 1924 年前後由鄧
中夏、惲代英、蕭楚女、沈澤明等共產黨人先後發表的文章開始，他們在文
章裏提出了文學與革命的聯繫：文學是「儆醒人們使他們有革命的自覺，和
鼓吹人們使他們有革命的勇氣」〔註 52〕的最有效的工具，「現代革命的源泉是
在無產階級裏面，不走到這個階級裏面去，決不能交通他們的情緒生活，決
不能產生革命的文學」〔註 53〕。

　　早期共產黨人的文學主張就是爲革命服務的，於是，中國三十年代的主
流文藝思想——左翼思潮就是在此基礎上逐步勃興起來。特別是大革命失敗
後，「中國社會革命的潮流已經到了極高漲的時代」，「一般激進的文學青年，
爲著要執行文學對於時代的任務，爲著要轉變文學的方向，所以也就不得不
提出革命文學的要求，向舊社會生活的作家加以攻擊」〔註 54〕。激進的創造
社早期成員成仿吾就指出，要超越五四運動的關鍵是「必須明白我們現在的
社會發展的現階段」，只有通過對「唯物的辯證法的方法」的理解和運用，用

〔註 51〕宋劍華：《五四與傳統：我們「成功」地「斷裂」了嗎——兼與陳平原教授的
　　　　論點進行商榷》，《理論與創作》，2009 年第 128 期，第 18 頁。
〔註 52〕鄧中夏：《貢獻於新詩人之前》，《中國青年》，1923 年 12 月 22 日。
〔註 53〕沈澤明：《文學與革命的文學》，《民國日報·覺悟》，1924 年 11 月 6 日。
〔註 54〕蔣光慈：《關於革命文學》，《太陽月刊》，1928 年 2 月第二期。

文學去實現對「近代資產階級社會全部合理的批判」，為此我們文藝工作者當前必須超越「淺薄的啓蒙」，「努力去獲得階級意識」，使用「接近工農大眾的用語」去為革命而創作文學。〔註 55〕儘管當時文藝界正發生著一場「革命文學」需要強調的是文學性還是革命性問題還存在爭議，但是不管爭論怎樣，包括魯迅、茅盾以及激進派們都在一致強調「無產階級」的文學。茅盾就於1925 年發表了一篇《論無產階級藝術》的理論文章，他指出，「無產階級藝術對資產階級——即現有的藝術而言，是一種完全新的藝術」，「無產階級藝術並非僅僅是描寫無產階級生活即算了事，應該以無產階級精神為中心而創作一種適應於新世界的藝術」。〔註56〕茅盾在此要強調的是革命的文學還應該是一種文學藝術，而不僅僅是強調它的功用性。最終，1930 年，這場論爭終於在中共領導人的協調下，不計前嫌走到了一起，成立了中國左翼作家聯盟。於是，一場以宣揚文藝大眾化的聲勢浩大的左翼思想正式拉開了序幕，並迅速在 30 年代成為了影響最大的文藝思潮。

　　馮雪峰在解釋左翼「文藝大眾化」口號時指出，「『文藝大眾化』的根本任務是配合著整個政治和文化的情勢，在解決著現在很迫切的兩個問題，一方面是迫不及待的革命的大眾政治宣傳，一方面又是藝術向更高階段的發展。」〔註 57〕很顯然，如果說五四新文化運動目的還停留在啓蒙大眾思想的話，那麼左翼文學思想已經實現了政治與文化的緊密的結合，逐步在思想上和組織上體現出了「政治化和工具化的傾向」〔註 58〕。這樣一來，文藝家們紛紛改造自己的思想，「使自己的作品從語言到內容真正大眾化，真實地反映工農大眾的生活和鬥爭，哀樂和希望，成為工農大眾自己的發言人，自己的階級兄弟」〔註 59〕。而最能體現出工農大眾的生活與階級鬥爭的場域，非「上海」這座大城市莫屬。三十年代的上海已經發展得具備了現代化大都會風貌，

〔註55〕成仿吾：《從文學革命到革命文學》，引自霽樓編：《革命文學論文集》，上海書店，1986 年影印版，第 121～134 頁。

〔註56〕茅盾：《論無產階級藝術》，《茅盾全集》（卷十八），人民文學出版社，1989年版，第 505、507 頁。

〔註57〕馮雪峰：《關於「藝術大眾化」——答大風社》，《文學理論史料選》，四川教育出版社，1998 年版，第 130 頁。

〔註58〕李洪華：《中國左翼文化思潮與現代主義文學嬗變》，中國社會科學出版社，2012 年版，第 29 頁。

〔註59〕吳奚如：《左聯大眾化工作委員會的活動》，《左聯回憶錄》，中國社會科學出版社，1982 年版，第 942 頁。

一方面它吸引著大批年輕的知識精英們的到來，同時也它又是帝國主義勢力最為猖狂的場所，是半殖民國家民族危機的見證地，因此不可避免地成為了左翼作家們思想誕生並迅猛發展的理想之地。為此，在這座文學中的「城市」裏高樓林立但貧富懸殊，紙醉金迷但階級對立。同時，由於左翼文化運動的中心就在上海，所以更多的文藝作家深受左翼的影響，關注到了繁華摩登的都市華麗表象之下窮苦大眾與富裕資本家之間的衝突與矛盾，以及更多的社會精英如知識分子、官僚政客、民族資本家等社會群像。左翼革命文學的知識分子敘事，與五四文學相比較明顯有所不同。左翼革命作家以階級鬥爭為政治信念，以無產階級意識形態為價值準則，他們把五四以來的中國文人，都定位是資產階級知識分子，不是視其為工農革命的改造對象，便是視其為工農革命的否定對象，幾乎就是一個負面敘事的社會群體。因此，在左翼革命視野下的「城紳」形象可以大致分為以下三類：第一類是寫資本家的兇狠，代表人物如茅盾《子夜》裏的吳蓀甫，曹禺《雷雨》中的周樸園；第二類是寫官僚政客的虛偽，代表人物如張天翼《華威先生》裏的華威先生；第三類是寫都市裏的知識分子們的墮落，代表人物如茅盾小說中的章秋柳（《追求》）、方羅蘭（《動搖》）等。

在左翼文藝思想的指引下，既體現都市文學特色又兼具左翼文學風格的就是書寫階級矛盾下的鬥爭與衝突。「都市是死海」一詞突出地象徵了左翼文學指導下的都市形象主流基調。「都市，是海──／是死海！／廣袤的死海呀／有被桎梏者的自由的沉澱／有被侮辱者的人格的沉澱／有被剝削者的法益的沉澱／……於是，在死海裏，／掀起／高壓的洪峰／欺騙的洪峰／陰險的洪峰／殘殺的洪峰／……惡臭的死海啊！」〔註60〕這首詩歌無疑是作為左翼思想指導下的最典型的都市形象代表。這左翼作家的眼中，都市裏橫行著無數的剝削階級的寄生蟲，在都市華麗的外表下，實際上是已經行將無藥可救的潰爛了，體現出了亟需清理浮在死海裏的浮屍的強烈思想，亟需建立一個屬於人民的真正美麗的「都市之海」。在三十年代小說中，茅盾、蔣光慈、丁玲等人，都在積極書寫反映階級矛盾的文學作品。如蔣光慈寫於 1927 年的《短褲黨》是在上海的第三次工人武裝起義後創作的，這部小說是現代文學中第一部表現中國共產黨領導工人武裝鬥爭的小說，丁玲寫於 1930 年的小說《一九三〇年春上海》也是涉及到工人武裝反抗，茅盾寫於 1932 年的著名作

〔註60〕吳奔星：《都市是死海》，灕江出版社，1988 年版，第 110～112 頁。

品《子夜》集中反映了勞資矛盾與鬥爭。話劇也有大量反映工人階級的作品，如龔冰廬、馮乃超寫於 1930 年的獨幕劇《阿珍》，左明寫於 1930 年的《夜之顫動》，田漢寫於 1932 年的《梅雨》等等。在這些作品中，城市主要被置換成了表現資本主義制度下的罪惡之都。在左翼革命視野下的上海這座城市裏，充斥著的是上海的殖民性與無產階級政治。而要找尋革命視野下的作為資本家的「城紳」形象，本文有意選取最具典型代表的茅盾的《子夜》進行討論。

　　長篇小說《子夜》創作於 30 年代初期，作品以 30 萬字的宏大敘事展現了上海這座大都市的金融宏觀圖繪。瞿秋白曾給予了《子夜》這樣高度評價：「在中國，從文學革命後，就沒有產生過表現社會的長篇小說，《子夜》可算是第一部；它不但描寫著企業家、買辦階級、投機分子、土豪、工人、共產黨、帝國主義、軍閥混戰等等，它更提出許多問題，主要的如工業發展問題，工人們鬥爭問題，它都很細心的描寫與解決。從『文學是時代的反映』上看來，《子夜》的確是中國文壇上新的收穫，這可以說是值得誇耀的一件事。」〔註61〕在這部主題先行的巨著中，它的情節是預先設置好了的，即要體現典型環境下的典型人物。因此，在小說中的人物設置，按階級分類大致可分為兩大陣營，就是資產階級與無產階級。如果再更細的分類，用茅盾自己的話來說，就是「三個方面：買辦資產階級，民族資產階級，革命運動者及工人群眾」〔註62〕。同樣，茅盾在談到這部小說的創作背景時談到了他的三個面向，第一個民族資本家在經濟衰落恐慌時加緊了對工人的殘酷剝削，第二個就是民族資本家在帝國主義與買辦資產階級的雙重壓迫下經濟破產，第三個是農村的破產與農民的暴動。因此，《子夜》的故事與情節的發展就是圍繞這些人物關係而展開的，小說中人物的命運結局不可避免地與他們各自的階級身份緊密相連。

　　《子夜》中的吳蓀甫，歷來都被學界看作是一個資本家的典型形象，為了突現這一形象與西方資本主義之間的密切關係，作者還特意交代他曾有過國外留學的西方背景。實際上茅盾之所以會這樣去處理吳蓀甫的藝術形象，真正用意就是要對其「城紳」文化身份去進行概念置換，即將傳統的「士紳」

〔註61〕瞿秋白：《讀〈子夜〉》，《瞿秋白文集》（第二卷），人民文學出版社，1986 年版，第 88 頁。

〔註62〕茅盾：《再來補充幾句》，《茅盾全集》（第三卷），人民文學出版社，1984 年版，第 562 頁。

人物直接演繹成「資本家」的社會角色，進而去建立中國現代革命文學話語的敘事模式。但由於茅盾對於「士紳」文化的認識與瞭解，要遠大於他對西方資本家的認識和瞭解，因此在描寫吳蓀甫這一藝術形象時，我們發現其身上並無多少現代性的思想因素。吳蓀甫建絲廠、搞金融、幻想打造工業托拉斯，這無疑是作者賦予其西方工業化文明的全部特徵；不過作品文本並沒有對此進行正面的細節描述，基本都是借他者之口一筆帶過虛設情節。相反茅盾表現吳蓀甫「資本家」的民族特性，卻顯得駕輕就熟遊刃有餘，比如「雙橋鎮」的農村寫意和中國式的人際關係，給人留下的印象要比他同趙伯韜之間的明爭暗鬥深刻得多。他是一個出身於封建鄉紳家庭但遊歷過歐美受過西方教育的民族資本家，因此他既是一個傳統文化基因的攜帶者，其文化身份本質上還是一個鄉紳，他發展自己民族工業在很大程度上是依靠舊有的生產關係，把自己在都市的工業與自己家鄉的農業經濟緊緊結合在一起，同時他又是一個見習過西方近代企業管理的都市社會精英，擅長於西方資本主義的管理制度同時對帝國主義抱有一定依靠幻想又想發展自己獨立的民族工業。從經濟發展的角度來看，茅盾認為他是推動了近代中國的發展，所以給予了吳蓀甫一定的理解與支持，認為他是一個「20 世紀機械工業時代的英雄騎士和『王子』」〔註63〕，他想建立一個工業發達的理想王國：

> 吳蓀甫拿著那「草案」，一面在看，一面就從那紙上聳起了偉大
> 憧憬的機構來：高大的煙囪如林，在吐著黑煙；輪船在乘風破浪；
> 汽車在駛過原野。他不由得微微笑了。〔註64〕

在小說裏，吳蓀甫正式出場是這樣描述他的：

> 車廂裏先探出一個頭來，醬紫色的一張方臉，濃眉毛，圓眼睛，
> 臉上有許多小皰……他大概有四十歲了，身材魁梧，舉止威嚴，一
> 望而知是頤指氣使慣了的「大亨」。〔註65〕

在這個正式出場前，作者還有意提到一句他是一個「穿一身黑拷綢衣褲的彪形大漢」，在這裡，作者用色彩埋下了伏筆，是有意「黑色」來給吳蓀甫定調

〔註63〕茅盾：《子夜》，《茅盾全集》（第三卷），人民文學出版社，1984 年版，第 89 頁。

〔註64〕茅盾：《子夜》，《茅盾全集》（第三卷），人民文學出版社，1984 年版，第 126 ～127 頁。

〔註65〕茅盾：《子夜》，《茅盾全集》（第三卷），人民文學出版社，1984 年版，第 4 頁。

的，黑色代表了終結，可以說是一種不祥、讓人心生恐懼的色彩，也代表著吳的悲劇人生。接著描寫這個人物的外貌體態，「醬紫色」是一種飽經日曬風吹的膚色，同時又是一種健康的膚色，「身材魁梧」說明吳具備了一副好的身板，為他經歷大風大浪打下了一個堅實的身體基礎，「舉止威嚴」代表了一種正氣，是一個符合中國傳統審美標準的「男子漢」形象。因此，從吳蓀甫一出場，作者對他是又愛又恨，從這點上來說，難以說清的解釋與定位，這與當時人們對於民族經濟振興、左翼主流文化思想這一現狀是分不開的。但是，茅盾有一點還是非常清楚定位了的，那就是吳蓀甫的階級身份。

　　儘管茅盾將身為民族資產階級的吳蓀甫在民族經濟的發展中肯定了他的推動作用，但是他作為資產階級的身份是無法改變的，在茅盾的意識裏，資產階級終究是處在廣大人民的對立面，是具有批判性的階層。在《「五四」與民族革命文學》一文中，茅盾是這樣看待中國資產階級的：

> 中國民族資產階級不是健全的資產階級，它依然依賴帝國主義，而且抱有封建的成分，所以對封建勢力及帝國主義（而封建勢力亦在帝國主義羽翼支配之下）沒有堅決鬥爭的意志。而且在民眾勢力抬頭的時候，他們就惶恐萬狀，轉而去勾結帝國主義和封建勢力來壓迫民眾。這是半殖民地資產階級的定型。〔註66〕

然而茅盾在這裡用「民族」與「資產階級」的概念組合，去人為地提升「民族」的「資產階級」意識，不僅沒有彰顯出都市生活的現代性氣息，反倒凸顯了「鄉紳」與「城紳」一體化的複雜局面。《子夜》中所表現的勞資雙方矛盾，是最典型化的中國經濟矛盾，比如吳蓀甫增加工作時間削減工人工資，他買通軍警去鎮壓工農群眾的反抗等等，這一系列兇殘秉性與左翼作家筆下的「地主」（鄉紳）敘事，幾乎就是出自於形象塑造的同一模式。由於茅盾對於當時民族資產階級的深刻認識，所以他在創作《子夜》時很大程度上是思想先行的。作為資本家的本性，他追求的是資本擴張的無限化，在兼併了八家小工廠之後，對於交通、紡織、電力等行業他也涉足其中，同時他又極端的仇視和害怕人民群眾的革命鬥爭，在同廣大的農民、工人的對立中，他暴露出了資本家攫取財富的貪婪、兇惡、殘暴的階級本性，不把人民群眾當人看待，甚至把工人稱作「狗」。在小說的第二部分，當吳蓀甫的賬房莫幹丞

〔註66〕茅盾：《「五四」與民族革命文學》，《茅盾全集》（第十九卷），人民文學出版社，1989 年版，第 309 頁。

來給吳匯報工廠工人怠工的情況時，他先是眉頭皺緊一副擔驚害怕的樣子，
接著：

> 現在是吳蓀甫的臉色突然變了，僵在那裏不動，也不說話；他
> 臉上的紫皰，一個一個都冒出熱氣來。這一陣過後，他猛的跳起來，
> 像發瘋的老虎似的咆哮著；他罵工人，又罵莫幹丞以下的辦事員：「她
> 們先怠工麼？混賬東西！給她們顏色看！你們管什麼的？直到此刻
> 來請示辦法？哼，你們只會在廠裏胡調，弔膀子，軋姘頭！說不定
> 還是你們自己走漏了削減工錢的消息！」〔註67〕

作為一個資本家，吳蓀甫面對工人的鬥爭，他本能地處於維護自身利益而鎮
壓工潮，而不可能設身處地去為了工人的利益著想，更不可能同情勞苦大眾
還正受著封建地主階級與帝國主義的多重壓迫。所以當他在報紙上看到雙橋
鎮的農民革命時，他很「知道用怎樣的手段去撲滅他的敵人，他能夠殘酷，
他也能夠陰柔」〔註68〕。他認為自己對付工農革命是很有方法的，但真正使
他忿怒的是他自己人的糊塗不中用，使得「他的權力的鐵腕不能直接達到那
負責者」〔註69〕。他一心只為了實現「資本主義王國草案」，不惜使用軟硬兼
施的手段，殘酷地剝削和壓榨工人：增加工人的工作時間，削減工人的勞動
工資，買通工賊，開除鬧事工人，不僅對工農運動採取分化收買等各種毒辣
手段，甚至還利用國民黨軍警去鎮壓工農群眾，充分暴顯露了他反動的資產
階級本性。如果說吳蓀甫在同工人的鬥爭中還只是體現出勞資矛盾的惡化和
作為資本家的貪婪本性，那麼他追隨買辦資產階級甚至同國民黨反動派站在
了一起去仇視去鎮壓工人，那麼暴露出的是吳蓀甫的反動本性的一面，是真
真切切站在了人民的對立面。

　　小說中的其他資本家人物的階級本性與反動性相對於吳蓀甫來說更是有
過之而無不及。比如火柴廠的老闆周仲偉、陳君宜等人，不僅是道德上的乏
善可陳，在做人做事方面更是無惡不作，唯利是圖的貪婪本性暴露無遺。他
們的工廠由於受到當時經濟衰落、工廠兼併的影響而難以為繼時，周仲偉想

〔註67〕茅盾：《子夜》，《茅盾全集》（第三卷），人民文學出版社，1984年版，第60
　　　　頁。
〔註68〕茅盾：《子夜》，《茅盾全集》（第三卷），人民文學出版社，1984年版，第123
　　　　頁。
〔註69〕茅盾：《子夜》，《茅盾全集》（第三卷），人民文學出版社，1984年版，第123
　　　　頁。

到的是和洋人的合作：

> 我說一句老實話，中國人的工廠遲早都要變成僵屍，要注射一
> 點外國血才能活！……

> 他已經決定了要去找那個東洋大班，請他「注射東洋血」！他
> 又是一團高興了。坐上了他的包車後，他就這麼想著：中日向來親
> 善，同文同種，總比高鼻子強些，愛國無路，有什麼辦法！況且勾
> 結洋商，也不止是他一個人呀！〔註70〕

當這些小資本家生存不下去時，他們勾結洋商繼續瘋狂剝削甚至借用洋人武
力鎮壓工人，目的就是爲了實現自己利益的最大化，不顧國家經濟的衰退而
幫助帝國主義走狗做了他們的幫兇。茅盾在設置這些形象是爲了更鮮明地突
出資產階級的軟弱性和反動性。至於對買辦資產階級趙伯韜這一藝術形象，
其實質完完全全就是一帝國主義的符號，完全受控於帝國主義，即作爲帝國
主義控制整個上海經濟命脈、解體本國民族工業以及淪喪社會道德的一隻幕
前黑手。由於他倚仗的是有錢有勢的美國人，因此他具有強大的活動支配能
力，不僅能左右上海證券交易所的買賣行爲，還能左右軍政的戰局，花三十
萬就可以讓軍隊後退。由於趙伯韜詭計多端，貪得無厭，致使上海很多小企
業家破產、倒閉甚至死亡。他是一個徹徹底底的惡勢力的代表，金融上無惡
不作，生活上也是一個無恥之徒，好色淫亂是他的本性。在趙伯韜身上，茅
盾將資本家的最反動、最無人性、最墮落的一面展現得淋漓盡致。

如果說茅盾對於民族資本家還懷有一絲同情與理解的話，那麼在曹禺那
他對於資本家採取的是徹徹底底的批判態度。曹禺於 1934 年創作的《雷雨》
故事背景發生在天津，儘管遠離左翼文藝思想的中心上海，但是在 30 年代階
級矛盾同民族矛盾達到前所未有的熱度時，曹禺作爲一個積極參與抗日宣傳
的愛國青年，痛恨階級壓迫、不滿黑暗現實的想法同主流思想是根本一致
的。因此，在評價《雷雨》的藝術成就時，茅盾、郭沫若等主流評價往往都
是離不開對作品揭露階級對立矛盾的肯定。如錢谷融先生就曾高度評價了曹
禺對於剝削階級的憎惡，認爲曹禺是忠於現實生活敢於揭露有強烈正義感的
人。〔註71〕也有學者認爲，《雷雨》的創作至少包含了一個前提，那就是資產

〔註70〕 茅盾：《子夜》，《茅盾全集》（第三卷），人民文學出版社，1984 年版，第 479
頁。

〔註71〕 參見錢谷融：《曹禺戲劇語言藝術的成就》，載《社會科學戰線》，1979 年第二
期。

階級是罪惡的。〔註72〕還有人也指出《雷雨》通過都市社會上層人物和底層人物之間的複雜糾葛，展現了資本家和工人的勞資矛盾，批判了資產階級的罪惡本性以及必將走向滅亡的命運。〔註73〕當然，也還有更多從不同側面展開的評價，比如有學者是從「生命體驗去感悟曹禺的」〔註74〕。因此，在這裡想要進一步探討的就是周樸園作為一個資本家其反人民的一面。

生活在都市裏的資本家周樸園出生於一個傳統家庭，受過良好的教育，後來又出國留學。可以說，周樸園也是一個脫胎於濃厚傳統文化的資產階級人物形象，專制蠻橫、虛偽自私是他的本性。《雷雨》主要是通過家庭倫理來反映社會生活的，所以在塑造周樸園這一形象時突出的是他作為封建家長的冷漠、殘酷，進而揭露出他的資產階級家庭必然的末路走向。儘管話劇沒有正面描去寫周樸園的事業，但是從戲劇中還是可以看到以魯大海為代表的工人罷工與反抗，以及流血衝突。周樸園同所有的剝削階級殘酷本性一樣，為了聚斂錢財，榨取最大的物質利益，不惜幹喪盡天良、傷天害理的勾當，而去血腥地積累自己的資本。比如在戲劇的第二幕快要結束的時候，作者安排了一場魯大海和周樸園的戲劇衝突，通過魯大海之口深刻揭露出了周樸園作為資本家的心狠手辣本質：

> 魯大海　哼，你的來歷我都知道，你從前在哈爾濱包修江橋，故意
> 　　　　在叫江堤出險，——
> 周樸園　（厲聲）下去！
> 　　　〔僕人等拉他，說「走！走！」〕
> 魯大海　（對僕人）你們這些混賬東西，放開我。我要說，你故意
> 　　　　淹死了兩千二百個小工，每一個小工的性命你扣三百塊
> 　　　　錢！姓周的，你發的是斷子絕孫的昧心財！你現在還——
> 　　　〔註75〕

從魯大海的話中可以看出周樸園的發家史，他的財富最初來源於一場故意淹

〔註72〕參見辛憲錫：《〈雷雨〉若干分歧問題探討》，載《中國現代文學研究叢刊》，1981年第1輯。

〔註73〕參見華忱之：《論曹禺解放前的創作道路》，載《江西師範學院學報》，1981年第一期。

〔註74〕參加宋劍華：《〈雷雨〉：命運的追問與曹禺的感悟》，《生命閱讀與神話解構——20世紀中國文學經典文本的重新釋義》，廣東人民出版社，2010年版。

〔註75〕曹禺：《雷雨》，《曹禺文集》（第一卷），中國戲劇出版社，1988年版，第112頁。

死兩千多小工的事故，按照每個小工三百元保險金計算賠償，周樸園一下就撈上了六七十萬元，真是應了魯大海那就話，周樸園大發了一筆血腥財。攫取了一大桶金的資本家是不可能收手做好人的，由於資本家的貪婪本性，他只會變本加厲的剝削壓榨工人，所以當他成了煤礦公司的董事長之後，繼續殘酷地剝削工人，打壓工人罷工。在一次處理工人的罷工事件中，他指使警察打死打傷了幾百人，不但沒有撫恤金，當有工人代表來和他進行交涉時，他還採用分化工人代表用錢收買了三個沒骨頭的工賊，致使堅持工人鬥爭的魯大海變成了孤身一人去跟董事長交涉最終失敗，而周樸園明知魯大海是自己的親生兒子也一樣不放過，還是把他從礦上開除了。曹禺按照左翼文學的創作思路，首先賦予周樸園一種西方留學的文化身份，同時再讓魯大海去扮演一個「工人」角色，進而去建構無產階級與資產階級的矛盾對立。但是《雷雨》最精彩的故事情節，卻是作為一部催人淚下的家庭倫理悲劇，作者以周樸園從叛逆到懺悔的人生軌跡，生動地向觀眾展示了他人性世界的矛盾因素：追求個性解放使他與魯侍萍自由戀愛，可聽從「父母之言」又使他棄舊迎新深陷自責；他試圖用傳統道德觀念去建立家庭秩序，結果到頭來卻鬧得個「瘋妻喪子」的悲慘結局。理解《雷雨》我們似乎用不著去費那麼大力氣，「序幕」和「尾聲」無疑就是一種隱喻敘事，作者讓周樸園面對著兩個都「瘋」了的妻子，去深深懺悔其青年時代的荒唐與罪過，這種自我反省與精神回歸的思想寓意，深刻地反映了曹禺本人對於周樸園形象的清醒認識——所謂中國現代知識分子，他們與傳統的「士紳」文化，始終都保持著一種剪不斷理還亂的血緣關係，他們很難在短時間內徹底擺脫這種文化的歷史制約。

曹禺對資本家剝削工人的罪惡控訴，不止是《雷雨》中有周樸園，1936年創作的《日出》中又一資本家形象潘月亭，作者也是帶著憎恨和厭惡來書寫資產階級的腐朽和罪惡。因此，不管是在茅盾筆下的一系列資本家形象還是曹禺塑造的資本家群像，都是在不折不扣的揭露資本家的殘酷本性，他們對於廣大的工農群眾的血淚剝削，將勞工大眾的貧窮困苦生活歸根於資產階級的剝削，將勞資矛盾逐步激化造成流血衝突甚至犧牲性命根源於資本家貪婪的本性，他們對於勞工的統治壓迫在一定程度上等同於帝國主義，是一群站在了人民對立面的形象，即帶有反人民的性質。

在左翼革命作家筆下，「城紳」形象的另一種變體表現，則是知識分子的官僚化。自古以來，「士紳」與官僚之間，關係就密不可分。「入仕」則為

「官」，賦閒則為「紳」，兩者實屬同一社會階層，通俗地講他們都是中國古代的知識分子。左翼作家對於知識分子官僚化的藝術描寫，雖然意在暴露和醜化資產階級知識分子的墮落人格，但是他們身上所散發出的那種陳腐之氣，卻更符合於中國文人「官」「紳」一體的文化風格。左翼文學的精英們主張用文學的形象性這一無形力量去作農民為主體的工農大眾代言，通過運用政治精英的主流意識，「造就了一個富有生機活力的無產階級革命話語時代」〔註76〕。於是，在創作過程中得到了很好的體現。在表現都市題材的作品中，作家們都旗幟鮮明地去揭露現實社會中完全對立的矛盾兩極，一是勞苦大眾的無產階級，一是帝國主義和反動派的剝削階級。因此，在書寫城市題材作品時，一方面，描寫了「資本主義的崩潰現象」和「工人運動的興起」；另一方面，書寫了「國民黨反動集團」〔註77〕的種種虛偽卑劣行徑。正是基於這樣的主流文藝思想，左聯文藝精英們已經不再單單是作為個體的藝術家身份了，而是轉變成了現實社會的揭露者，成了廣大勞苦大眾的代言人和階級鬥士。張天翼就是以其獨特的視角、幽默的筆調、特殊的藝術形象完美地體現了左翼文藝思想。在張天翼的小說中，他塑造的虛偽官僚政客形象尤其突出。張天翼就曾在他的短篇小說選集中這樣說道：「寫作這些東西是在舊中國處於動亂的卅年代。當時寫作的目的，就是要揭露現實生活中的各種矛盾，揭示生活中形形色色的人，特別是要撥開一些人物的虛偽假面，揭穿他們的內心實質；同時也要表現受壓迫的人民是怎樣在苦難中掙扎和鬥爭的。」〔註78〕如其所言，在張天翼的作品中，他不但揭露小資產階級的軟弱自私，也諷刺了國民黨官僚政客的虛偽功利，對於反動派的憎惡、抨擊躍然紙上。

　　短篇小說《華威先生》是現代文學史上的著名篇章，張天翼塑造了抗日戰爭時期一個對限制和控制人民群眾「抗日」的國民黨政客華威先生，用諷刺的手法將華威先生的庸俗、虛偽本質刻畫得入木三分。華威先生表面觀之

〔註76〕 宋劍華：《論左翼文學運動的精英意識》，載於《雲夢學刊》，2002年7月，第49頁。

〔註77〕 參加左聯執行委員會：《中國無產階級革命文學的新任務》，馬良春、張大明編著：《三十年代左翼文藝資料選編》，四川人民出版社，1980年版，第174～186頁。

〔註78〕 張天翼：《〈張天翼短篇小說集〉前言》，沈承寬、黃侯興、吳福輝編著：《中國文學史資料全編·現代卷·張天翼研究資料》，知識產權出版社，2009年版，第201頁。

好像是個流氓政客，但仔細品味卻是個地痞無賴；其「流氣」與「痞氣」的二者相加，不僅使他遠離了「資產階級」，更凸顯了他鄉間「劣紳」的真實本性。在文章的開頭是這樣描寫華威先生的：

> 他永遠挾著他的公文皮包。並且永遠帶著他那根老粗老粗的黑油油的手杖。左手無名指上帶著他的結婚戒指。拿著雪茄的時候就叫這根無名指微微地彎著，而小指翹得高高的，構成一朵蘭花的圖樣。

> 這個城市裏的黃包車誰都不作興跑，一腳一腳挺踏實地踱著，好像飯後千步似的。可是包車例外：Dingding，Dingding，Dingding！——一下子就搶到了前面。黃包車立刻就得往左邊躲開，小推車馬上打斜。擔子很快地就讓到路邊。行人趕緊就避到兩旁的店鋪裏去。

> 包車踏鈴不斷地響著。鋼絲在閃著亮。還來不及看清楚——它就跑得老遠老遠的了，像閃電一樣快。〔註79〕

在這裡，張天翼並沒有採用精雕細琢的人物描寫，而是選擇了富含特徵意義的細節，用粗線條就勾勒出了富有諷刺意味的漫畫式人物，凸現人物本質。文中華威先生「永遠挾著」一個公文皮包，暗諷了他看起來是一個一心撲在官務且時刻準備著為公務奔波的人。從他的那根隨身攜帶在身邊的「老粗老粗的黑油油的手杖」可以看出，使用手杖說明他是一個有著一定風度氣派和身份的人，但同時又用「老粗」且「油」的手杖無形中產生了一種反差，既然是有身份的人怎麼又搭配的是這樣一根沒有檔次的手杖，令人倍感滑稽。「帶著婚戒」、「拿著雪茄」，說明他又是一個接受並崇尚西洋思想的人，是一個被資產階級思想腐化了人。「翹著蘭花指」可以說他在裝腔作勢，而「包車跑得像閃電那樣快」實際上是暗示了華威先生永遠處於一種忙碌的狀態，同時也可以猜測得出他還是有一定經濟實力有一定文化功底的人，應該是屬於社會的中層。在一天的時間裏，他要修改劉主任起草的縣長工作方案，三點鐘要去難民救濟會開會，還要安排時間去參加王委員曾三次電話邀請的全省文化界抗敵總會，接著要去工人抗戰工作協會開常委會，還有通俗文化研究會要參加，傷病工作團會要參加，五點到文化界抗敵總會的會議室，中間還

〔註79〕張天翼：《華威先生》，黃修己編：《中國現代文學作品選》（下冊），北京十月文藝出版社，1986 年版，第 156 頁。

有要去跟劉主任聯絡到個各學校去演講。華威先生已經忙於各種會議中了，但當婦女界組織戰時保嬰會沒有知會他而召開了會議時，華威先生竟然跑去稱「你們委員是不是能夠真正領導這工作？你能不能夠對我擔保——你們會內沒有不良分子？你能不能擔保——你們以後工作不至於錯誤，不至於怠工？」〔註80〕通過威脅後來他終於當上了保嬰會委員。當文化界抗敵總會的座談會沒有讓他去領導並向他請示彙報時，他氣憤得破口大罵青年「混蛋」、「媽的」。可是，實際上他是真正的忙於操心各種社會、政府事務嗎？他是真的一門心思用在為老百姓辦實事嗎？實際上根本不是！他還不是照樣「每天——不是別人請他吃飯，就是他請人吃飯」〔註81〕，他有的是時間赴宴會，去喝得酩酊大醉。他不止有醉酒的時間，其實作者已經暗示了華威先生還有的是在家休閒時間，跟他的愛妻調情時間，不然他的嬌妻「密斯黃」怎麼可能會對他那麼樣的溫順和那麼樣的撒嬌呢，作者已經毫不費力地將華威先生的「忙」於幾句輕描淡寫中閒顯山露水出來。

當華威先生去參加會議遲到了時，他還要故意在門口停留一會，好讓大家集體注目他，同時他又把自己的遲到當做理所當然，於是乎讓大家覺得他華威先生就是太忙了，作者形象鮮明地刻畫出了華威先生虛偽的官僚主義本相。在會場裏，他既不尊重主席做報告，還有意打斷別人的講話，無不看得出來他以自我為中心的專斷、蠻橫和自負的形象。他還交代當有問題可以去家裏找他太太，暗示著華威先生當遇到真正需要他去解決問題的時候，他以逃避、轉嫁的方式將問題務虛化，這種只爭權力卻又不願意幹實事的作風完完全全的表露無遺。通過以上分析，我們可以看出，華威先生就是一個拉大旗做虎皮、裝模作樣、借抗戰而中飽私囊、名利雙收的政客官僚的地痞流氓形象。

張天翼之所以能如此形象地刻畫官僚政客的嘴臉，跟他的家學淵源是分不開的。他出身於管教嚴格的儒學世家，他的祖父曾經是天平天國時期湘軍首領曾國藩的部下，是一個有名望的鄉紳。其祖父的五個兒子勤奮好學，全部都中了清末的舉人。由於家道已經式微，父親帶著他四處奔波謀生，所以他自小就接觸到了社會邊沿底層人。1931 年張天翼加入了左翼作家聯盟，他

〔註80〕 張天翼：《華威先生》，黃修己編：《中國現代文學作品選》（下冊），北京十月文藝出版社，1986 年版，第 161 頁。

〔註81〕 張天翼：《華威先生》，黃修己編：《中國現代文學作品選》（下冊），北京十月文藝出版社，1986 年版，第 160 頁。

的寫作動機非常的明確，就是想導正中國人的國民性。在他的一篇文章中是
這樣寫的：「當時寫童話也罷，寫小說也罷，就是想使少年兒童讀者認識、瞭
解那個黑暗的舊社會，激發他們的反抗、鬥爭精神，使他們感到做一個不勞
而獲的寄生蟲是多麼可恥和無聊。」〔註82〕於是，當知識分子拯救社會的精
英意識與無產階級思想發生碰撞時，這些從「鄉紳」進化而成「城紳」的精
英們就自然而然地擔當起了人民大眾的代言人，以一種赤色激情的主觀戰鬥
精神，揭露了社會的陰暗面與真相，營造了一系列經典藝術形象，比如像華
威先生這等虛偽官僚政客的藝術人物，以及在左翼小說中比華威先生更為卑
劣、兇殘、反動的軍閥更是數不勝數。這些軍閥形象幾乎無一例外地都是燒
殺搶掠、無惡不作的人，有的甚至是勾結資本家為虎作倀、助紂為虐。不論
是正面去描寫的軍閥，比如茅盾《虹》中的軍閥惠師長，還是側面去描述當
時的一個軍閥混戰的大背景，這些都是施暴者的象徵，是勞苦百姓生活顛沛
流離、妻離子散、家破人亡的製造者。

　　如果說左翼都市小說中的對「城紳」一類的社會精英的批判對象主要集
中在資本家與官僚政客上，那是因為他們代表了反人民的剝削統治階層，是
勞苦大眾最強暴的勁敵，是一切罪惡的製造者，自然也理所當然成了左翼文
學作品中的眾矢之的。但縱觀左翼文本中的人物歸屬，除了這兩大尖銳對立
的階層外，還有處於中間地帶的人物，同時又是象徵著都市裏的「紳士」、精
英，在他們身上攜帶著作家們有意識的「溫柔地」批判意識，那就是對一批
知識分子墮落的書寫，通過對知識分子人格缺陷的書寫反映出了知識分子的
小資產階級意識，儘管他們不是站在人民的對立面，但是他們在一定程度上
同人民保持了一定的距離，並沒有做到如左翼思想所要求的「成為勞苦大眾
的代言人」。

　　張天翼的小說裏就塑造了一大群知識分子的墮落、人格缺陷的人物形
象，他們在遭遇革命時的猶豫、動搖，甚至是變節成了這些知識分子的主要
特徵。短篇小說《豬腸子的悲哀》裏，描述了一個經常在雜誌上發表文章的
中國有名作家豬腸子，在加入了無政府黨後兩年又加入了共產黨，但是他並
非同積極參與革命的共產黨一樣，而是徹底沉淪在了自己的物欲生活裏。儘

〔註82〕張天翼：《為孩子們寫作的幸福的》，沈承寬、黃候興、吳福輝編著：《中國文
　　　　學史資料全編・現代卷・張天翼研究資料》，知識產權出版社，2009年版，第
　　　　193～194頁。

管他作為知識分子還是相信無產階級革命是一定會成功的，但是無法擺脫自
己的頹廢生活。他為了能獲得可以滿足他一切開銷的經濟來源而決定去迎娶
一個他根本不愛的千金小姐，且看他是如何吐露自己的內心的：

　　　　我太會花錢，我過日子要過得舒服，你懂了麼？我賺的錢不夠
　　我用，家裏當然沒錢寄來：我家裏給共產黨幹完了。於是乎……於
　　是乎……說起來真夠滑稽的：於是乎我就巴結許多闊氣人，他們時
　　時給我錢用，因此我住得起中央飯店，坐得起汽車逛燕子磯，昨晚
　　也能花十幾塊錢請你小吃。我每月單是我一個人，差不多花到五六
　　百塊，這樣生活下去，就非這樣生活下去不可。那女人的父親呢，
　　他是給我錢給得最多的：他只有一個女兒，沒兒子，他就看上了我，
　　懂了吧。老張，這真悲哀，對不對。我要是擺脫了那女人我錢就不
　　夠用了：我是預備賣性哩。……我知道你要說：『你不會少用些錢的
　　麼，苦一點，不用那動那老闆的錢，你便可以擺脫了。』但是你沒
　　處我的境地，大錢用慣了的人一下子縮小了他定得生活不下去，這
　　是沒辦法的。我這也是一種生活法：有錢，有方法享樂，閒時弄點
　　稿子——老實說，我的弄稿子並不為的什麼大題目，也不為稿費，
　　只是種消遣：一個人太閒了，究竟要感到無聊的。我弄這些稿子，
　　倒也沒人罵我落伍，因為我只是介紹，自己不說一句話，當然也更
　　沒人當我是擾亂公安了。〔註83〕

張天翼將豬腸子這個知識分子的小資產階級一面刻畫的栩栩如生，可以說，
作為知識分子，豬腸子已經被徹底剝離了他的文化身份，剩下的只是他作為
享樂主義的小資產階級本性了。《荊野先生》這一短篇也是處理了這樣一個人
物，張荊野在面對自己的革命戰友遭受酷刑慘死之後，一度想要重新振作，
但是最終還是陷入了空虛腐化之中，抽煙、酗酒，消沉在惡習中。《移行》中
的桑華是一個有著良好經濟地位和受過革命思想薰陶的女青年，她曾經也是
一個投身危險而不顧的革命者，但是當她看到革命同志小胡在肺結核的折磨
下死得那麼淒慘的時候，桑華震驚了，於是發出了「我想……我想……呃，
人活著有限的幾十年，怎麼要這麼去討苦，這麼……」〔註84〕如此悲鳴的感

〔註83〕 張天翼：《豬腸子的悲哀》，《張天翼文集》（第一卷），上海文藝出版社，1985
　　　　年版，第229～230頁。
〔註84〕 張天翼：《移行》，《張天翼文集》，上海文藝出版社，1985年版，第161頁。

歎，革命的信仰開始模糊，革命的思想開始動搖。因此，當理想與現實出現了巨大的差距時，她最終選擇了嫁給一個她並不愛的富商李思義，過著養尊處優的太太生活。即使李思義的橡膠買賣越來越下跌，她也繼續強顏歡笑逃避現實。《出走以後》這篇小說夏志清曾給過這樣的評價，這部小說「是張天翼惟一一篇達致道德水準的意識型的小說」，儘管這篇故事有缺點，但作者傳達的還是「像作者有關知識分子的其他故事一樣」。〔註85〕小說中寫的是一個長於貧困家庭的女子返回娘家鬧嚷著要離婚的故事。這位何太太在沒結婚以前曾經受過她當國文教員的七叔革命思想的教育，是一個十分清楚「國家社會上的罪人」的人。當婚後她發現自己的丈夫就是一個通過剝削虐待工人而發家致富的資本家的時候，她毅然要離開丈夫以示反抗。然而故事的最後，她的丈夫打來電報接她回家，何太太開始「對著鏡子在自己的微笑的臉上做起工夫來」〔註86〕，小說就在這樣一個令人啼笑皆非的場景中結束。可以看得出，以上這些小說無不是張天翼將知識分子在處理生活的矛盾同革命的嚴峻形勢的衝突中凸顯出他們的軟弱、動搖性，以致最終墮落在了俗世的生活裏。

另一左翼作家蔣光慈也塑造出了一系列知識分子形象，突出了在革命中暴露出的小資產階級本性的一面。1927 年「四一二」反革命政變到 1929 年期間，蔣光慈的小說創作表現出了強烈的虛無浪漫主義，作品中的知識青年曾經一度是積極投身革命或者具有著革命理想的人，但由於種種現實因素而陷入了幻滅、苦悶甚至絕望的境地。他們有的妥協逃避，有的乾脆投降，還有的因為看不到革命未來的道路而走入歧途。如《衝出雲圍的月亮》中的王曼英，她本是一個受過良好思想薰陶的革命女青年，在武漢一場政變中死裏逃生來到有著豔妝冶服的太太小姐、大腹便便的老爺富商出沒的繁華的都市上海時，她感到了一種幻滅的悲哀，於是生性剛烈的王曼英選擇了一種荒唐的報復不公平社會的方式，即利用自己的身體來抵禦這個黑暗的世界，企圖讓這有著繁華表面卻早已爛透了內核的社會中的罪人在自己的放縱中一同走向腐爛，她做出了這樣的選擇：「總覺得那光明的實現，是太過於渺茫的事了。與其改造這世界，不如破毀這世界，與其振興這人類，不如消滅這人類」。〔註87〕

〔註85〕夏志清：《中國現代小說史》，復旦大學出版社，2005 年版，第 161 頁。
〔註86〕張天翼：《移行》，《張天翼文集》，上海文藝出版社，1985 年版，第 431 頁。
〔註87〕蔣光慈：《衝出雲圍的月亮》，《中國現代小說經典文庫・蔣光慈》（第八卷），

《菊芬》中，主人公菊芬也是一個已經投身革命的知識女青年，在重慶的一場大屠殺中，她輾轉四川武漢，當她滿腔的革命激情在遇到這樣黑暗的現實時，她陷入了極度的苦悶與絕望之中茫然而不知所措，不理智、衝動最終只能走向自我放逐與毀滅。「我現在不知因為什麼緣故，總是想殺人，總是想拿起一把尖利的刀來，將世界上一切混賬的東西殺個精光」〔註 88〕。當其姊梅英被捕了以後，菊芬終於不顧一切，走上了復仇的道路，最後因暗殺政府 W 委員而被捕。菊芬與王曼英一樣，在她們身上都表現了知識分子對於大革命失敗後找不到出路的小資產階級精神狀態：苦悶、絕望。同樣，在另一部小說《野祭》裏，小說的主人公是旅居上海的革命文學家陳季俠，但小說並沒有隨主流文學創作那樣詳細敘述陳季俠是如何投身革命的，也並沒有體現陳季俠是如何在革命思想的指引下一步一步成長為革命青年的，而是在寫大革命失敗後知識青年的戀愛故事，用作者的話來說是「將這一段戀愛的故事寫將出來」〔註 89〕。小說寫的不僅僅寫的是知識分子沉浸在革命與戀愛的掙扎痛苦中，更著重凸顯的是他們流連於飯店、酒館、公園以及影戲院中的強烈小資產階級的享樂主義思想。如小說中寫到陳季俠有一天感到無聊至極時，剛好俞君帶同密斯黃過來拜訪他，於是三人就一同來到一家時常光顧的天津酒館，飯局當中他們討論的無非是對於革命的失望以及對於愛情的渴望，有點酒意的陳季俠甚至意淫起來，「也許我這一次要遇著一個滿意的女子了！也許我的幸運來了」〔註 90〕。因此，在蔣光慈的小說裏，知識分子們不再是響應時代的號召，激情高昂地參與革命鬥爭，而是變成了一群人格缺陷了的小資產階級，他們的文化身份、他們的社會功能已經被隱去，剩下的只是作為一個革命的批判對象的存在了。魯迅就曾指出這段時間蔣光慈的小說中人物的群體像，認為是「一群翻著筋斗的小資產階級」〔註 91〕。無疑，魯迅對蔣光慈小說的評價是一針見血的。

大眾文藝出版社，2007 年版，第 251 頁。

〔註 88〕 蔣光慈：《菊芬》，《蔣光慈文集》（第一卷），上海文藝出版社，1982 年版，第 415 頁。

〔註 89〕 蔣光慈：《野祭‧書前》，《中國現代小說經典文庫‧蔣光慈》（第七卷），大眾文藝出版社，2007 年版，第 67 頁。

〔註 90〕 蔣光慈：《野祭‧書前》，《中國現代小說經典文庫‧蔣光慈》（第七卷），大眾文藝出版社，2007 年版，第 87 頁。

〔註 91〕 魯迅：《上海文藝之一瞥》，《魯迅論文學與藝術》，人民文學出版社，1980 年版，第 437 頁。

在言說都市知識分子的墮落、知識分子人格缺失的小說作品中，遠不止張天翼、蔣光慈兩位左翼作家代表，在另一文學巨匠茅盾的小說中也有不少。如《幻滅》中的靜女士，《動搖》中的方羅蘭，《追求》中的章秋柳，都反映出了左翼知識分子面對白色恐怖時的頹廢茫然，《虹》中的梅女士、《子夜》中的張素素、范博文，《色盲》中的林白霜等等都是知識分子缺失人格的代表。其實，不管是作家所設計的故事人物也好，還是作家本身作為知識分子的代表也好，都逃不過在左翼思潮的左右和影響而產生的動搖與悲觀思想。茅盾曾在 1928 年寫的一文中這樣說道：「我只能說老實話；我有點幻滅，我悲觀，我消沉。」「書中人物所追求的目的或大或小，都一樣的不能如願。我甚至於寫一個懷疑派的自殺——最低限度的追求，也是失敗的。我承認這極端悲觀的基調是我自己的。……我實在是自始至終就不贊成一年來許多人所呼號吶喊的『出路』。這齣路之差不多成為『絕路』，現在不是已經證明得很明白嗎？」〔註 92〕正因為如此，所以茅盾塑造了一系列的知識分子墮落的形象。儘管左翼文學中還有很多作家也有這樣的描述，在此並不打算一一列舉。重要的是要思考這樣一個問題，為什麼左翼作家筆下的這類知識分子會出現這樣一個群體像？不可置否的是，左翼思想中的政治因素佔了絕對主要的地位。由於在這樣一個政治主導文學的時代裏，知識分子不再如傳統知識分子那樣，以知識為依託去擔當拯救社會的思想使命，而是應該直接投身於政治革命鬥爭的洪流之中。因此，我們可以看得出，知識分子要在左翼文學中呈現出集體被列入審判席的現象是有據可循的。

在左翼都市文學作品中，資本家是以兇殘、反動的嘴臉出現的，官僚政客是以虛偽、自私的形象出現的，知識分子是以悲觀、墮落的面貌，是一群需要被推翻、被改造的對象，以至於我們可以這麼認為：在二十年代末期開始，資本家、官僚政客都是一群無惡不作、中飽私囊的反動階級，是要被放在人民正義的審判席上的千古罪人，知識分子是一群人格不再健全的、搖擺不定的、已經與勞苦人民保持了一定距離的、需要被批判的人物。那麼，我們對於這樣單面性的群體形象塑造不禁要產生疑問了，歷史場域中的他們真是如左翼作家們所描繪的那樣嗎？如果不是，那麼左翼精英知識分子們他們在遮蔽什麼？為什麼他們要這樣去營造這樣的一個文學世界？

〔註 92〕茅盾：《從牯嶺到東京》，《茅盾全集》（第十九卷），人民文學出版社，1991年版，第 181 頁。

　　首先，我們讓歷史數據來說話，回歸一個儘量真實的客觀世界。由於城市的迅速發展，經濟的繁榮加速了都市化的形成，也加速了人口的迅速增長，據資料統計，在 1910～1920 這十年期間，上海華界人口的數量從 568372 人增長到了 1699077 人〔註93〕，足足增長了三倍。據有關資料的分析，城市人口的迅猛增長，「既不是因為內地發生了饑荒，也不是由於社會動盪的特別惡化，而實質上是反映了新的發展中心對農業社會的吸引」〔註94〕。隨著農村紳士的城市化，不僅是社會精英階層向城市流動，同時也是他們擁有的資金向城市流動，出現了城市裏新興的商人。汪熙的一份統計可以看得出來，在 1913 年以前，工廠的創辦者半數是官僚地主，到 1913 年後，真正的商人在創辦者中佔著明顯的比例。以棉紡織工業為例，在 1872～1894 年間，官僚地主創辦者佔 78.6%，商人只佔 14.3%；1895 年到 1913 年間，官僚地主創辦者下降到 55.6%，商人只佔了 11.1%，期間買辦佔到了 33.3%；而到了 1914～1922 年間，官僚地主只佔 28.8%，商人迅速增長到了 59.3%，超過了半數。其他行業也是如此，商人創辦的企業數量在迅速增長。〔註95〕再來看一份關於這些新興的著名商人所受教育之程度，在所統計的 377 位著名商人裏，獲取傳統功名的 24 人，佔 6.4%，而接受了新式教育的比例超過了半數以上。〔註96〕由此，我們可以推出，二十年代開始，這些新興的商人大部分是受過新式教育、接受過先進管理知識的開明商人。

　　這些年輕的知識分子企業家，在追求自身利益的同時，也懂得如何將雇主的利益與勞動者的福利進行調和。在 1920 年創刊的一本《工商之友》雜誌裏，就已經開始宣傳要「減少工時，增加工資，工人分享利益」〔註97〕。無錫著名的商人榮氏兄弟，儘管他們兄弟倆並沒有出洋留學，由於優秀的個人品質，懂得掌握現代技術以及管理方法，成了當時著名的「麵粉大王」。兄弟倆在成功的同時，不忘給工人提供良好的環境，他們創辦公益鐵工廠，開設公益工商中學、職工養成所，後又自辦麵粉、紡織專業的大專院校等。另一

〔註93〕參考 H.O.冀：《中國六大城市的人口增長》，載《中國經濟雜誌》，1937 年 3月，第 301～304 頁。

〔註94〕【美】費正清：《劍橋中華民國史》（1912～1949 年）上卷，中國社會科學出版社，1994 年版，第 741 頁。

〔註95〕汪熙：《關於買辦和買辦制度》，載《近代史研究》，1980 年第 2 期。

〔註96〕蘇雲峰：《民初之商人，1912～1928》，載《近史所集刊》，1982 年第 11 期。

〔註97〕中共中央馬恩列斯著作編譯局編：《五四時期期刊介紹》（卷三），第 292～294頁。

著名商人穆藕初在 1920 年創辦的紗廠開幕式上談到，「工人的力量是工業看不見的資本⋯⋯這個資本絕不可以浪費掉」，並主張實行「民主實業的新制度，實行業主與勞工的互助」〔註 98〕。當然，不可否認的是，有資本家就有雇傭工人，必然就有勞資矛盾，這是一對不可消滅、永恒存在的矛盾。而通過研究工人罷工案件與勞資糾紛案件，發現勞資矛盾並不如小說文本中那樣硝煙四起與流血衝突。在 1919～1925 年間，罷工案件較爲有限，每年 10 餘起到 30 餘止。而從 1925 年起，罷工案件迅速上升，究其原因，乃「因國民政府本探容共政策，急進派組織工運，以上海爲中心，故上海工人乃有左傾之勢，罷工案件因而增多」。〔註 99〕引文說由於急進派組織，所以工人有左傾現象，這剛好印證了左翼激進分子在工人中製造了罷工行動，而非眞正勞資的尖銳對立矛盾。還有另一數據表明，上海市社會局曾對罷工案件與勞資矛盾案件的數量與解決結構進行了一個統計，在 1929～1933 年間，所記錄的 1491 起處理勞資糾紛案件中，勞方完全勝利的案件佔 335 起，部分勝利的案件數量達 911 起，佔總案件數的 83.57%。〔註 100〕同樣，在一本專門研究上海罷工的著作中，作者對工人罷工是這樣做評價的：「中國近代史研究者對這些罷工浪潮很熟悉，它們都被認爲是新興知識分子激發出來的新生事物。研究工人史的學者往往將中國工人之命運與政黨之命運聯繫起來，並認爲前者乃後者之先驅，他們一般都滿足於詮釋共產黨的政策。但是共產黨並非五四精神的惟一倡導者。國民黨人在 20 世紀 20 年代初也曾花費相當精力深入工人之中。在統一戰線的旗幟下，兩黨的動員行動互補互益。」〔註 101〕試想，如果不是這些激進派的倡導與宣傳，工人們眞的會這樣發動罷工浪潮？所以，從罷工的數據分析，在二十年代初，偶有罷工潮，但只不過十幾到二三十不等，但自從革命激進派開始後，工人運動迅速從幾十增長到幾百次，在這裡不得不承認激進派政治的強大效應。

　　不管是從新興商人的知識背景來看，還是從勞工罷工的數量來看，抑或

〔註 98〕中共中央馬恩列斯著作編譯局編：《五四時期期刊介紹》（卷三），第 301 頁。

〔註 99〕李文海主編：《民國時期社會調查叢編》（近代工業卷）（下），福建教育出版社，2010 年版，第 166 頁。

〔註 100〕李文海主編：《民國時期社會調查叢編》（近代工業卷）（下），福建教育出版社，2010 年版，第 169 頁。

〔註 101〕【美】裴宜理著，劉平譯：《上海罷工——中國工人政治研究》江蘇人民出版社，2011 年版，第 82 頁。

是從勞資矛盾的處理結果來看，都呈現出了與左翼作家筆下不同的景象。在左翼作家筆下，資本家被遮蔽了作為開明知識分子的多面性，而只保留並放大了資本家追求利益最大化的一面。那麼，對於官僚政客是否又是存在另外一番景象呢？根據一個湖南 14 個縣的當權官員身份的統計數據，在 1901～1911 年間，有傳統功名的佔 77%，其餘（新學堂培養出來的）佔 23%。到 1911～1913 年間，無功名的人迅速上升到 66%。也就是說，新學堂培養出來的知識分子已經開始進入官僚系統。在國民政府的第一屆國會議員中，由民族資產階級、自由職業知識分子、新政府官員以及紳士這三部分新式學堂出來的人數佔到了國會議員總數的 62.9，其中自由知識分子就佔了 30%。〔註 102〕應該說，城市化了的紳士和知識精英在政府管理系統中已經佔據到了多數。儘管當時的民國是一個戰亂的年代，軍閥戰爭、國共戰爭、反帝戰爭時有爆發，但是在一個相對穩定的社會結構裏，其實動蕩的就是上層的政治建築，一些達官政要的更替交接，而實際上中國社會的基層政治是沒有發生多大的變化的，也就是說在這個社會的權力場中的一個核心的又是基層的權力元素——縣長，他們的選拔、起用到獎懲都有一套嚴格的制度。根據 1932 年國民黨中央公佈的《縣長任用法》，各地相應出臺自己的縣長任用制度，無不是以下幾項：「1、縣長考試或者高等文官考試及格者；2、國內外大學、專科畢業，有一定資歷者；3、曾任委任職以上，有一定資歷者；4、對黨國有勞績者。」〔註 103〕儘管政客官僚中一定會有害群之馬的存在，但是從小到一個縣長的任用都有一套嚴格的管理制度，那麼我們完全有理由指出，不能以偏概全、管中窺豹，肯定還是存在有為老百姓的社會生活做出貢獻的官職人員存在。左翼都市文學作品中的無所作為、還到處爭權奪利的官僚政客並不能代表全部的國民政府官員，同資本家的塑造如出一轍，單面性的文學人物取代不了真實的歷史人物。

至於都市裏知識分子的整體人格不健全、缺失的狀態，其實質就是政治意識形態下對知識分子的一種扭曲與變形，完全抹去了知識分子的精神，成為了政治工具需要下推向審判臺的一個象徵性符號，不再具有了知識分子的人文精神的一面。從五四以來，在第一節就已有充分展開論述，新興城市

〔註 102〕楊鵬程：《試析辛亥革命時的譚延闓政權》，載《近代史研究》，1985 年第 2 期。

〔註 103〕李培德：《江西縣長之分析研究》，《地方建設》第一卷第 4、5 期合刊。

知識分子其實就是於傳統「鄉紳」裏脫胎而來，他們作為知識分子的角色和功用價值其實在五四的時候已經達到了一個瘋狂的狀態，可以說，五四就是由知識分子們掀起的一場轟轟烈烈思想文化運動。但當歷史的車輪前進到左翼文化浪潮中時，左翼作家們發現需要迅速改變的「農民」的身份，賦予「農民」身上一種強烈的革命性、反抗性，而知識分子們基本上是軟弱無力、處於邊沿地帶了，尤其是當大革命失敗後其自身的政治角色無法實現，已經無法實現左翼作家們倡導的做出可歌可泣的革命舉動時，他們就成了一群有熱情而無力去承載革命使命的人，自然而然就成了一群左翼筆下的批判對象。

　　總的來說，這三類「城紳」形象都是被放大了各自本身存在的缺陷的一面，都是被抽去了他們的人文精神的一面，以「去精神化」的手段將他們列入了左翼都市文學的批判對象中。那麼，我們不禁又要繼續深挖其中的原因了，為什麼左翼作家們會去營造這樣的一個「真實」呢？而且為什麼又會選擇城市作為載體呢？其實這很好解釋，在上一節就已經討論到了五四新文化運動的知識精英他們的文化背景，即他們都是經受了嚴格的儒學傳統文化教育的薰陶，有著深厚的儒學功底。那麼，當通過一代一代知識傳承到左翼時期，這些新知識分子也是儒學傳承鏈條中的一環，他們身上同樣承載的是作為傳統知識分子的文化基因，即以天下為己任、先天下之憂而憂的濟世救邦思想。

　　想要弄清楚左翼的共產主義思想來源，先來看看二十世紀初的思想脈絡發展演變。「在19世紀末20世紀初中國思想的重要特徵，表現為當時知識分子改造社會有兩個普遍的目標，就是中國的富強和世界的大同。」〔註104〕「大同」，來自於《禮記‧禮運篇》：孔子曰：「大道之行也，與三代之英，丘未之逮也，而有志焉。大道之行也，天下為公，選賢與能，講信修睦。故人不獨親其親，不獨子其子，使老有所終，壯有所用，幼有所長，矜寡孤獨廢疾者皆有所養，男有分，女有歸。貨惡其棄於地也，不必藏於己；力惡其不出於身也，不必為己。是故謀閉而不興，盜竊亂賊而不作，故外戶而不閉。是謂大同。」從價值判斷上來看，「大同」社會有兩大特徵，第一是天下是一家，第二是消滅了社會等級和貧富差距。這就是儒學知識精英們「治國平天下」的社會理想。從近代知識分子思想發展的脈絡來看，「大同」理想的本質就是

〔註104〕 【臺灣】汪榮祖：《晚清變法思想論叢》，聯經出版事業公司，1983年版，第25頁。

人人道德高尚，沒有等級、和諧共處。因此，無論是在五四時期知識分子對於馬列主義的認同，還是到毛澤東時期對於馬列主義的詮釋，「大同」理想都是一個生生不息的強大的傳統文化基因。因此，左翼知識精英們在意識到五四時期追求個人的解放與幸福已不再具備實際可行性，於是他們創造性地發掘到了個性與共性的自然關係，產生了以廣大勞苦百姓爲基礎的一個具有革命性的階級，並建立了一套與「大同」理想具有本質共性的社會主義建設理論，結合當時的都市發展實際，將資本主義自由競爭、弱肉強食的論述方式轉嫁爲勞工階層貧苦的根源，並給與勞工階層一個可以觸摸到的一種全新的國家、社會制度帶來給他們的生活保障，由此勞工階層作爲無產階級，對左翼藍圖給與了強大的支持與力量。有研究者也曾這樣形象描述：「人們對於公平社會中美好生活的期許不斷膨脹，最後，上海小市民把他們的希望寄託在建立一個現代化的社會主義國家。」〔註105〕

而左翼作家們選擇上海這座城市作爲載體，是有充分理由與根據的。上海作爲帝國主義盤踞的半殖民地，這裡聚集了各種外國勢力，這裡既有燈紅酒綠般的天堂又有人間地獄似的苦難，再有資本家的崇洋媚外，於是都市自然成了增長民族意識與愛國獻身的地方，恰好說明了這些「城紳」——左翼知識精英們實踐自己作爲知識分子憂國憂民的本分。因此，在這樣的思想機制的指引下，都市是帝國主義與資本主義的產物，都市裏充滿的是罪惡，是腐爛，意味著勞苦大眾才是剷除這一切不合理秩序的「革命者」，剝去人文精神的單面性人物自然也就成了左翼筆下強烈的批判對象。中國現代知識分子的社會主體，是由「鄉紳」進城而演變出來的「城紳」階層，他們並沒有完全進化爲資產階級知識分子，所以把他們當作是資產階級反動勢力去加以批判，那只不過是左翼革命文學的一種運作策略，我們絕不能在兩者之間去簡單地劃等號。

第三節　批判與堅守之精神家園式的「城紳」

現代文學中一個經久不衰的母題，就是關於夢回縈繞的鄉土與愛恨交織的都市之間剪不斷、理還亂的無盡言說。在中國 20 世紀 30 年代，是一個熱

〔註105〕【臺灣】葉文心：《上海繁華：都會經濟倫理與近代中國》，時報文化出版公司，2010 年版，第 214～215 頁。

血與炮火共存的年代，儘管作爲主流意識形態的左翼思潮幾乎滲透到了都市的每一個角落，但還是有一股奇跡般蓬蓬勃勃、郁郁蔥蔥於一旁開花結果的自由主義思潮在不斷豐富著現代文學的發展。一方面，它在政治上遠離了無產階級的暴力革命主張；另一方面，它在文藝上更多的著眼於審美上的文學倫理精神，一批作爲身處都市的「城紳」——自由派作家們儘管被轟轟烈烈的社會運動所包圍，但他們毅然另闢蹊徑，將自己的感情投射在了充滿眞性情的人文「精神家園」裏，不遺餘力地對都市裏種種現代文明的虛僞、墮落的道德批判與攻擊，去實現他們心靈裏的那一份來自於傳統鄉土社會的道德堅守，以他們獨特的方式去對民族精神與民族道德進行重建。他們一方面主張堅守知識分子的「精神家園」，另一方面又極力抨擊都市人生的道德淪喪。體現在現代知識分子的形象塑造上，則是呈現出批判與弘揚的兩極分化。閱讀自由主義作家的文學創作，我們能夠清晰地感受到這樣一種信息：「鄉紳」進城變成「城紳」以後，他們把中國「士紳」文化的正負兩極，幾乎都原封不動地帶入到了現代都市，並構成了現代中國都市生活的奇特景觀。

20 年代末、30 年代初倡導自由主義理論的思潮中，最具代表性的人物當屬新月派的梁實秋。他曾經在他的一篇文章中是這樣闡釋的：

> 一個資本家和一個勞動者，……他們的人性並沒有兩樣，他們都感到生老病死的無常，他們都有愛的要求，他們都有憐憫與恐怖的情緒，他們都有倫常的觀念，他們都企求身心的愉快。文學就是表現這最基本的人性的藝術。〔註106〕

在他的另一篇文章頁曾這樣強調：

> ……就文學論，我們劃分文學的種類派別是根據於最根本的性質和傾向，外在的事實如革命運動復辟運動都不能借用做衡量文學的標準。並且偉大的文學乃是基於固定的普遍的人性，……因爲人性是測量文學的唯一的標準。〔註107〕

在這裡，暫且不去論梁實秋爲哪個黨派、哪個階級服務的問題，單就梁實秋這篇對文學的理解與分析上來說，他主張文學要表現人性，去展現人性永久的魅力，這種堅持思想上的獨立、文藝上的自由，爲自由主義思想的傳播做

〔註106〕梁實秋：《文學是有階級性的嗎？》，《中國現代文學史參考資料》（第一卷）（上），高等教育出版社，1959 年版，第 409 頁。

〔註107〕梁實秋：《文學與革命》，《文學運動史料選》（第三冊），上海教育出版社，1979年版，第 49～56 頁。

出了很大的貢獻，對自由主義作家們產生了很大影響。最典型的代表如周作人，他曾經在《兩個鬼》一文中說，在我們的心頭住著兩個鬼，「其一是流氓鬼，其二是紳士鬼。」〔註108〕「流氓鬼」實際上代表的就是反叛，如在五四時期倡導對於封建宗法制度和傳統文化的批判與叛逆；「紳士鬼」代表的就是「隱士」精神，就如二三十年他退回到自己小屋中醉心於閒適格調的自由生活。兩個「鬼」打架，正好代表了當時他一種鬥爭、演變過程中的思想狀態。在五四時期，他是一個積極參與社會活動的民主主義鬥士，到了二三十年，他退回到了作為個體的自由主義者。同樣，另一散文大家林語堂也是在硝煙四起的時候退回到了自己的「象牙之塔」裏，做起了「以自我為中心，以閒適為格調」的小品文。儘管他的小品文內容無外乎品茶、飲酒等吃穿行用之類瑣事以及散文創作的理論主張，他的文筆優美清新使人於清淡閒聊中能感受到美的存在。林語堂追求自然平淡、力戒虛飾浮泛，同時作品的幽默中不失對人生哲理的透視，散發著一種淡遠飄逸的風韻與情趣，凸顯出一種恬淡自在的個性與人格。

　　在梁實秋、周作人、林語堂等人同主流意識保持距離創作的影響下，客觀上也推動了自由主義文學思潮的發展，也促進了更多的自由派作家去堅守自己的文學陣地。三十年代文壇的著名京派作家沈從文，出生於一個傳統官紳家庭，祖父曾做過雲南昭通鎮守使，一度還曾擔任雲貴總督，使得沈家在湘西鳳凰享有比較優越的地位，應該說他從小還是深受傳統文化的影響。據沈從文在其自傳中回憶，由於社會動亂和家道逐步中落，對其疏於管教，童年時期常常流連於湘西的山水萬物之中，培養出了獨特的情感內蘊和精神特質。他深諳沅水流域激蕩的山山水水，善良淳樸的湘西人們，以及獨具特色的鄉俗民風，因此牧歌式的湘西世界成了沈從文的精神故鄉，也成了他書寫商業化都市裏精英知識分子的虛假與醜陋的一個永恒的精神歸宿與反照。

　　在沈從文都市主題的小說裏，通過諷刺的筆調，大致描寫了都市裏兩種類型的知識精英階層——紳士、教授虛偽的日常生活百態。首先，對紳士階層生活的解剖與針砭的作品不少，主要有《紳士的太太》、《或人的家庭》、《有學問的人》、《某夫婦》、《大小阮》、《王謝子弟》等，當然最具代表性的就是

〔註108〕周作人：《兩個鬼》，張明高、范橋編：《周作人散文》，中國廣播電視出版社，
　　　　1992年版，第396頁。

《紳士的太太》。小說主要寫了兩個紳士家庭的日常生活，通過嘲弄的語調展示出了一幅幅糜爛奢侈、相互欺瞞的生活圖景。在小說的開頭，沈從文就開門見山的說，「我不是寫幾個可以用你們石頭打她的婦人，我是爲你們高等人造一面鏡子」﹝註109﹞。這句話看似告訴我們，這些婦人做事做人有很多值得挨打的地方，但是他又說是爲高等人造鏡子，仔細思考，鏡子裏有什麼？爲什麼要看鏡子？其實，他就是想告訴世人，造成這些婦人該打的根源就是她們背後的這群紳士有問題，婦人只是鏡像，而眞正的本相就是這群紳士。所以「高等人」們好好從鏡子裏看看自己的原形。小說中的紳士們生活在豪華的大公館裏，整天忙於串門、打牌、上館子、進賭場以及亂倫等等骯髒勾當，一邊念佛誦經一邊尋花問柳，卻還要通過表面上看似守禮有節的虛假面貌去維持作爲都市裏紳士的體面秩序與文明涵養。如小說中的第一位紳士，當他的太太從他的馬褂袋子裏發現一條女人用的小小手巾或者從朋友、家裏姨娘、騎車夫口中出得知紳士的風流韻事時，太太總要大鬧一陣甚至離家出走，而紳士們反而樂得太太們離家串門打牌，原因是：

> 因爲紳士明白每一個紳士太太，都在一種習慣下，養成了一種趣味，這趣味有些人家是在相互默契情形下維持到和平的，有些人家又因此使紳士得了自由的機會。總而言之，太太們這種好奇的趣味，是可以使紳士階級把一些友誼、僚誼更堅固起來。因這事實紳士們裝聾作啞過著和平恬靜的日子，也大有其人了。﹝註110﹞

紳士們醜陋的虛僞的嘴臉在沈從文簡簡單單的幾筆勾勒下無處遁形，他們通過聯手對付太太們反而更加刺激了紳士們骯髒的行徑，也更加使得紳士們聯合起來相互包庇、縱容他們的卑鄙的勾當。第二個紳士家庭更是糜爛不已，早就完全失去了性機能的癱子紳士是一個徹徹底底的廢物，娶了有三房姨太，其中妓女出身的三姨太不甘寂寞，與大少爺私通，而另第一個紳士的太太爲了報復丈夫的不忠，也摻雜進來，構成了一種畸形三角關係。另一部小說《大小阮》中的叔叔大阮是合肥城裏大地主的獨生子，是一個人格卑劣的都市紳士形象，用小阮的話來形容，他就是一個「成天收拾得標標致致……爲的是供某種自作多情的浮華淫蕩女人取樂……生存的另一目的就是吃喝，

﹝註109﹞ 沈從文：《紳士的太太》，《沈從文小說選》（上），人民文學出版社，2003 年版，第 175 頁。

﹝註110﹞ 沈從文：《紳士的太太》，《沈從文小說選》（上），人民文學出版社，2003 年版，第 180 頁。

活下來就是醉生夢死……」。〔註111〕他最終「憑地主，作家，小要人的乘龍快婿三種資格」，「回到母校去作訓育主任」，成爲了他所認爲的所謂「社會中堅」〔註112〕。

大學教授應該是都市社會裏道德、價值的維護者，是具有社會良知的都市精英知識分子。但在沈從文的筆下，這些都市裏的精英知識分子卻不是社會強大的精神支柱，反而是人性扭曲和虛僞人格的象徵。小說《八駿圖》就刻畫了主人公周達士先生來青島的大學工作生活期間，包括主人公在內的八位「人人皆赫赫有名」的教授在思想上的種種虛僞言論，以及對世俗情慾的種種壓抑與病態表現。比如，教授甲是一個表面看起來莊嚴老成的已有六個孩子的爸爸，他的看似簡單、古樸的臥室裏卻放著「《五百家香豔詩集》，大白麻布蚊帳裏掛一幅半裸體的香煙廣告美女畫。窗臺上放著一個紅色保腎丸小瓶子，一個魚肝油瓶子，一貼頭痛膏」〔註113〕，讓人倍感怪異。教授乙在海邊散步時看到一隊穿著新式浴衣的青年女子，特別是面對那個身材豐滿高長、風度異常的女人，他就開始意亂情迷，用充滿情慾的手去拂拭從女人腳印裏拾起的小蚌螺殼上黏附的沙子；教授丙自認爲是一個已經沒有戀愛觀的老人了，但當他看到達士先生房裏的希臘愛神照片時，卻對大理石胴體的凸凹處極感興趣。另外的教授丁、戊、庚、辛也是一樣滿口道德仁義，實際上都患上了一樣的虛僞文明病。而主人公周達士自認爲自己的一個身心健康的還能醫治身邊的這些「好像有點病」的教授們，當他面對海灘上神秘的字跡以及一直縈繞在腦海裏的黃衣女子的誘惑時，也一樣選擇了用虛僞的電報謊言去欺騙自己的未婚妻，從而推遲了歸家的行程。沈從文通過精彩的人物細節描寫，將這群「駿馬般」的教授們被壓抑著的強烈欲望同時又想極力掩飾的變態心理淋漓盡致地表現了出來，也揭示了在都市裏知識分子們的扭曲人性和虛僞的精神面貌。

在這部小說裏，沒有對都市的表徵有任何的涉及，顯然都市是一個虛化了的場域，人物也是一群沒有名字的教授，作者採用的是甲乙丙丁等符號化

〔註111〕 沈從文：《大小阮》，《沈從文小說選》（下），人民文學出版社，2003 年版，第 128 頁。

〔註112〕 沈從文：《大小阮》，《沈從文小說選》（下），人民文學出版社，2003 年版，第 134～136 頁。

〔註113〕 沈從文：《八駿圖》，《沈從文小說選》（下），人民文學出版社，2003 年版，第 32 頁。

的手段來處理，他的目的在於淡化一切無關的東西，只對準一個方向，就是藉此來對知識分子的虛僞人性的批判。可以說，沈從文是有意這樣設置的，因爲他的最終落腳點是他所建構的「湘西精神家園」，以及突出這個家園裏的美好、健康、自然的人性，這就是他全部創作的精神所歸，用他的原話來總結他自己所有的創作，「我只想造希臘小廟」，「這神廟供奉的是『人性』」〔註114〕。他一再強調自己是一個「鄉下人」，無非就是在爲自己營造的理想世界添磚加瓦：

> 我實在是個鄉下人。說鄉下人我毫無驕傲，也不在自貶，鄉下人照例有根深蒂固永遠是鄉巴佬的性情，愛憎和哀樂自有他獨特的式樣，與城市中人截然不同！他保守，頑固，愛土地，也不缺少機警，卻不甚懂詭詐。他對一切事照例十分認眞，似乎太認眞了，這認眞處某一時就不免成爲『傻頭傻腦』。這鄉下人又因爲從小飄江湖，各處奔跑，挨餓，受寒，身體發育受了障礙，另外卻發育了想像，而且儲備了一點點人生經驗。〔註115〕

「鄉下人」的用意，一方面，他是自嘲，以此嘲諷當時北京那一幫從國外留學歸來的高高在上的著名大學教授；另一方面，他是用「鄉下人」的特質——眞性情來注解他美好的湘西世界。從表面上來看，都市裏虛僞的、被扭曲的人性是作爲湘西鄉土世界的對立面而出現的，是一個鄉土／都市的二元敘事模式，但實際上他在以一個獨立思想的作家胸懷，去維護文學的獨立性，同時他將自己的眼光放在了民族品格、民族精神的重建上，所以他要不斷批判肩負社會道德價值導向任務的知識分子，因爲他們在現代啓蒙與救亡文明中的種種行爲，導致了這個國家、社會的虛浮、功利。他要構建一個淳樸、自由並且充滿了強大生命力的理想世界，以此來構築一個民族的精神家園。沈從文是一個具有深重憂患意識和強烈歷史責任感的知識分子，能夠拋開政治、革命救國主流思想，去對民族危機、社會危機進行反思，期待進行民族的、社會的、文化的道德重建。

令人感到驚喜的是，有如同出一轍用意的錢鍾書先生，也在不遺餘力地對都市知識分子進行道德批判。錢鍾書出生於一個書香世家，其父親錢基博

〔註114〕沈從文：《習作選集代序》，《沈從文選集》（第五卷），四川人民出版社，1983年版，第228頁。

〔註115〕沈從文：《習作選集代序》，《沈從文選集》（第五卷），四川人民出版社，1983年版，第229頁。

是一個有名的國學家，在其年少期間就已經打下了深厚的國學功底，其語言天賦讓他在西方語言文化方面也有卓越的建樹，三十年代他就已經名震京城了。1933 年從清華大學畢業後進入上海一所大學任教。寫於 1947 年的現代文學的經典名篇《圍城》，夏志清是這樣評價的：「《圍城》是中國近代文學中最有趣和最用心經營的小說，可能亦是最偉大的一部。作爲諷刺文學，它令人想起像《儒林外史》那一類的著名中國古典小說。」〔註 116〕夏志清的評價非常的精準，《圍城》之所以有如《儒林外史》中國古典小說之風，恰恰證明了錢鍾書對於中國傳統文化的深刻理解。有學者也曾這樣給予《圍城》同樣的評價：「錢鍾書以現代精英爲題材去進行創作，其目的絕非僅僅是對他們之中那些沽名釣譽之輩的辛辣諷刺，而是對『五四』以來中國文人趨之若鶩『西化』追求的理想反思。」〔註 117〕確實，正因爲錢鍾書對於中國傳統文化的理解有著如此深厚的根基，所以才造就了這一部帶著沉重憂患意識和強烈理想批判的作品。

　　《圍城》塑造了一群令人啼笑皆非留洋歸來的知識分子形象。主人公方鴻漸本是一個「無用之人」，因爲「岳丈」大人覺得留洋可以給家族門楣增光添彩，所以他的留洋是「好比前清時代花錢捐個官」那樣簡單，而並非眞正去學知識、長本領。爲此，他在留洋四年期間換了三所大學，從倫敦到巴黎，再到柏林，由於全無心身學習，最後只好從一個愛爾蘭騙子手裏花了三十美金買回了一張「克萊登」大學的假博士文憑回來，從此混進了知識分子的隊伍之中。當作者寫到方鴻漸買張假文憑去遮羞包醜的心理時，用筆是如此的細膩而且犀利：

　　　　……自己買張假文憑出去哄人，豈非也成了騙子？可是——記著，方鴻漸進過哲學系的——撒謊欺騙有時並非不道德。柏拉圖《理想國》裏就說兵士對敵人，醫生對病人，官吏對民眾都應該哄騙。聖如孔子，還假裝生病，哄走了儒悲，孟子甚至對齊宣王也撒謊裝病。父親和丈人希望自己是個博士，做兒子女婿的人好意思教他們失望麼？買張假文憑去哄他們，好比前清時代花錢捐個官，或英國殖民地商人向帝國府庫報效幾萬鎊換個爵士頭銜，光耀門楣，

〔註 116〕夏志清：《中國現代小說史》，復旦大學出版社，2005 年版，第 282 頁。

〔註 117〕宋劍華：《〈圍城〉：神話的破滅與錢鍾書的反省》，《生命閱讀與神話解構——20 世紀中國文學經典文本的重新釋義》，廣東人民出版社，2010 年版，第 86 頁。

> 也是孝子賢婿應有的承歡養志。反正自己將來找事時，履歷上決不
> 開這個學位。〔註118〕

方鴻漸他明知買個假文憑是欺騙行爲，爲了讓自己心安理得，於是他找出了很多的理由來爲自己進行辯護。錢鍾書把方鴻漸的心理活動如此眞切地展示出來，儘管在一定程度上肯定他的羞恥感，至少良心未泯，但更重要的是一針見血地剖析了他這種的自欺欺人的虛僞本性。

而招他們入職的三閭大學的校長高松年也是一個留過洋的研究昆蟲的「老科學家」，一開頭作者是這樣對他做諷刺評價的：「想來二十年前的昆蟲都進化成爲大學師生了，所以請他來表率多士。他在大學校長裏，還是前途無量的人。」〔註119〕有意思的是作者還通過更爲絕妙的語言讓他自己道出了其內心的眞正意圖，讓我們看到了一張醜陋的知識分子削尖腦袋往上爬的嘴臉：

> 文科出身的人輕易做不到這位子，做到了也不以爲榮，準是幹
> 政治碰壁下野，仕而不優則學，借詩書之澤、弦誦之聲來修養身
> 心。理科出身的人呢，就全然不同了。中國是世界上最提倡科學的
> 國家，沒有旁的國家肯這樣給科學家大官做的。外國科學進步，中
> 國科學家晉爵。……在中國，只要你知道水電、土木、機械、動
> 植物等等，你就可以行政治人——這是「自然齊一律」最大的勝
> 利。……從前大學之道在治國平天下，現在治國平天下在大學之道，
> 並且是條坦道大道。〔註120〕

作爲一校之長的老教授尚且如此，更不用說文本裏的那些年輕的知識分子們了。這些道貌岸然的社會教育「精英」，是不可能像自古以來優秀的教育者那樣，具有將自己的全部身心獻身於國家、民族教育的神聖使命。《圍城》裏的這些欺瞞混世的教授們，只不過是爲了掙錢和聲望而到處裝腔作勢、坑蒙拐騙。其實，對知識分子的道德批判最早還是緣起於魯迅，在他的《藤野先生》一文裏，就已經在對東洋的留學生進行抨擊了。既然從魯迅開始就已經出現解構知識分子們的精英面紗了，就應該對這一現象引起注意了，是什麼原因

〔註118〕錢鍾書：《圍城》，《錢鍾書集》，生活・讀書・新知三聯書店出版社，2002年版，第32頁。

〔註119〕錢鍾書：《圍城》，《錢鍾書集》，生活・讀書・新知三聯書店出版社，2002年版，第202頁。

〔註120〕錢鍾書：《圍城》，《錢鍾書集》，生活・讀書・新知三聯書店出版社，2002年版，第202～203頁。

促使了這些有良知的社會精英知識分子們拿起了批判否定的武器對準了那些沽名釣譽的偽同行們呢？我想有一個睿智的學者已經注意到了這樣的問題，他說：「現代中國某一部分社會、某一類人物的泛指概念，無論是教育界的『南郭先生』還是思想界的『泰山北斗』……被作者……納入到了批判否定的對象……錢鍾書如此去構思作品文本的故事開局，其目的無非就是要還原一個歷史真相——廣大青年出外留洋的真實目的並非是為了『救亡圖存』，而是為了獲取更大榮譽和個人利益而採取的應對策略。」〔註121〕只有真正心存國家、民族強烈憂患意識的精英，才能深刻地洞見五四以來所謂的「現代精英」們的思想啟蒙神話，才會用如此諷刺的筆調於嬉笑怒罵中「一劍封喉」。沈從文其實也在小說《八駿圖》中借周達士之口道出了對「精英知識分子」們思想啟蒙運動的結局：

> 我從這兒得到一點珍貴知識，原來十多年來大家叫喊著「戀愛自由」這個名詞，這些過渡人物所受的刺激，以及在這種刺激之下，藏了多少悲劇，這悲劇又如何普遍存在。〔註122〕

所以，不管是沈從文也好，還是錢鍾書也罷，儘管他們在對於「知識分子嘲諷」中著墨處都有著各自的方法和手段，但有一點他們是殊途同歸的，那就是看到了「精英知識分子們」的道德淪喪，知識分子們人性缺失的一面。不可否認的是，每一種指涉都會或顯或隱地凸顯出作家們的精神所歸。於是，在對現實世界的批判否定中，他們構建了屬於自己的精神家園，沈從文的「湘西精神」就是直觀地對美好人性的謳歌，而錢鍾書卻將自己的創作理想暗藏在了自己的文論思想中。錢鍾書在他的《談藝錄》中談到「以文擬人」時，是這樣提出自己的看法的：「好詠歌聲，則論詩當如樂；好雕繪者，則論詩當如畫；好理趣者，則論詩當見道；好性靈者，則論詩當言志」〔註123〕。錢先生的意思是說，「善歌者論詩應如樂，善繪者論詩應如畫」〔註124〕之意。其實從另一層面來說，也就是告訴人們做什麼事應該就像什麼樣，他對於詩畫的

〔註121〕宋劍華：《〈圍城〉：神話的破滅與錢鍾書的反省》，《生命閱讀與神話解構——20世紀中國文學經典文本的重新釋義》，廣東人民出版社，2010年版，第86～88頁。

〔註122〕沈從文：《八駿圖》，《沈從文小說選》（下），人民文學出版社，2003年版，第31頁。

〔註123〕錢鍾書：《談藝錄》補訂本第40～42頁。

〔註124〕陳平原主編：《中國文學研究現代化進程二編》，北京大學出版社，2002年版，第301頁。

理解尚且如此，那更不用談如何做人的道理了。為此，作為真正的社會精英，就應該以建立良好的價值判斷為己任，展現自己的人性之美，進而影響到民族、社會。因此，在某種意義上來說，建立美好的人性就是當下知識精英們的精神所歸。

在自由派作家筆下有關都市道德批判的文本裏，還有一個值得注意的群體寫作現象，那就是三十年代新感覺派的出現。「……道德化的傾向。關於城市的罪惡感並不限於階級對立的場合。城市文化批判中的道德眼光（這種眼光今天也仍不陌生）相當程度上來自鄉土社會培育的道德情感，比如對『欲』（情慾、財產貪欲）的嫌惡。」〔註125〕趙園這段對於新感覺派的描述是很精準的，對於城市中的情慾、物欲大肆泛濫，無不在體現著知識者們的道德神經正在受著刺激與傷害。「從來都喧囂駁雜，奢靡淫蕩，充滿腥風穢雨，是道德淪喪之地，人世間一切罪孽的逋逃藪」〔註126〕，有學者也如是說。在穆時英的《上海的狐步舞》中描寫了這樣一個場面，且看這幾組對話：

> 兒子湊在母親的耳朵旁說：「有許多話是一定要跳著華爾茲才能說的，你是頂好的華爾茲的舞侶——可是，蓉珠，我愛你呢！」
> ……
> 一個冒充法國紳士的比利時珠寶掮客，湊在電影明星殷芙蓉的耳朵旁說：「你嘴上的笑是會使天下的女子妒忌的——可是，我愛你呢！」
> ……
> 珠寶掮客湊在劉顏蓉珠的耳朵旁，悄悄地說：「你嘴上的笑是會使天下的女子妒忌的——可是，我愛你呢！」
> ……
> 小德湊在殷芙蓉的耳朵旁，悄悄地說：「有許多話是一定要跳著華爾茲才能說的，你是頂好的華爾茲的舞侶——可是，蓉珠，我愛你呢！」〔註127〕

這是發生在跑馬廳屋頂的奢華華爾茲舞場中的一段對話，對話中的四個男女顯然是上流社會的人物，其中小德與蓉珠的關係既是繼母與義子的倫理關

〔註125〕趙園：《北京：城與人》，上海人民出版社，1991年版，第237頁。
〔註126〕黃獻文：《論新感覺派》，武漢大學出版社，2000年版，第84頁。
〔註127〕穆時英：《上海的狐步舞》，孔範今主編：《中國現代文學補遺書系》（小說卷二），明天出版社，1990年版，第528～529頁。

係又是同齡青年男女的曖昧關係。從兩個男人在兩個女人耳旁重複著同樣的話語以及他們之間的男女關係處理上來看，無不傳達出了上海這個大都市裏上流社會男人的虛偽、欺騙的本性，同時，也反映出了上流社會裏女人的輕浮與虛榮。在小說文本中的都會城市裏，由於男人的朝三暮四和女人的水性揚花，給彼此間的感情造成了極大的傷害，往往他們對真情渴望卻總是得不到，只能在欺騙與被欺騙中掙扎，以致於無法自持而迷亂了情感，喪失了道德。

如劉吶鷗的《遊戲》，從小說的篇名就可以看得出來，遊戲就是一種都市生存狀態，寓意了作品的全部意義。故事描寫了一位時髦的女性同時在與兩名男性交往，將戀愛看成為遊戲，因此她一邊主動勾引舊情人並獻上自己的身體，一邊又在享受著未婚夫送給她的「雇有兩個黑臉的一輛『飛撲』」。她可以做到今天愛舊情人，並與之發生關係後告訴他，明天起她就開始愛另外那位送她車的男士了，但今天還是愛他的，並且還明確地告訴他：「忘記了吧！我們愉快地相愛，愉快地分別了不好麼？」〔註128〕

同樣，在他的另外的一篇小說《兩個時間的不感症者》裏，也是寫以為以遊戲為生的女子，她流連於上流社會的社交場合裏，如賽馬場、吃茶店、舞場等等，沒有明確的生活目標，只追求肉欲的享受。她給予男人的約會時間是有限的，因為下一場新的約會在誘惑著她。所以她才會對一個想要佔住她超過限制時間的男人說：「——啊，真是小孩。誰叫你這樣手足魯鈍。什麼吃冰淇淋啦散步啦，一大堆勞蘇。你知道 Love-making 是應該在汽車上風裏幹的嗎？郊外是有綠蔭的呵。我還未曾跟一個 gentleman 一塊兒過過三個鐘頭以上呢。這是破例啊。」〔註129〕《風景》裏，作為女主人公的縣長夫人既可以認同縣長找女人陪過夜，同時自己也在去縣長那度週末的旅途上同火車上邂逅的一名男子去野合。故事中，這位縣長夫人信仰的教條是「人們只學著野蠻人赤裸裸地把真實的感情流露出來的時候，才能夠得到真實的快樂」〔註130〕。在新感覺派筆下的這類都市裏的女子，還有如余慧嫻、黃黛西、黑

〔註128〕劉吶鷗：《遊戲》，《中國現代小說經典文庫》（卷十三），大眾文藝出版社，2007 年版，第 8 頁。

〔註129〕劉吶鷗：《兩個時間的不感症者》，《中國現代小說經典文庫》（卷十三），大眾文藝出版社，2007 年版，第 46 頁。

〔註130〕劉吶鷗：《風景》，《中國現代小說經典文庫》（卷十三），大眾文藝出版社，2007 年版，第 12 頁。

牡丹、曉瑛、霞玲……，以最摩登時尚的妝扮出入於都市最豪華的娛樂場所，
她們的生活準則就是用青春、身體去換取快樂，一切以身體的歡樂為原則。
這些女性形象不再具有傳統女性的社會美德，與其說是作為男人的性欲對象
來塑造的，不如說是她們更符合都市欲望的象徵。放蕩不羈、朝秦暮楚、輕
浮妖豔，是她們的本性，她們已不再是傳統社會裏男權的犧牲品，反而男性
是她們消遣的對象，她們是情場的勝利者。她們對感官欲望的放縱，可以看
得出她們對傳統的倫理道德以及家庭親情的漠視，她們在性愛中沉淪和墮落
正好暴露出人性的軟弱與卑瑣。史書美也曾在她的一篇論文中涉及到此，儘
管分析的角度不一樣，但卻得到了一樣的結論，她說劉吶鷗故事中的女主人
公「凝聚在她身上的性格象徵著半殖民都市的城市文化，以及速度、商品文
化、異域情調和色情的魅惑。由此她在男性主人公身上激起的情感，極端令
人迷糊又極端背叛性，其實複製了這個城市對他的誘惑和疏離」〔註131〕，史
書美一言確切地道出了都市文化中道德墮落的一面。

在新感覺派都市小說裏還有一個跟情慾糾纏不清的道德批判主題——對
於物欲的無底線追求。都市的男女追求的是優越、舒適的物質享受，卻完全
不惜以自己的身體、人格去換取。如穆時英的《黑牡丹》裏的女主人公舞女
黑牡丹就是這樣赤裸裸地發表自己言論的：

> 譬如我。我是在奢侈生活裏生活著的，脫離了爵士樂，狐步舞，
> 混合酒，秋季的流行色，八氣缸的跑車，埃及煙……我便成了沒有
> 靈魂的人。那麼深深地浸在奢侈裏，抓緊著生活，就在這奢侈裏，
> 在生活裏，我是疲倦了，——〔註132〕

從黑牡丹的話裏可以得知，這是完全迷失在了都市物質生活裏的沒有羞恥、
沒有道德的舞女。後來也正如她所宣揚的那樣，她去做了一個住著別墅有著
隱士風的紳士的老婆，她給別人當老婆純屬是因為紳士能夠提供給她好的享
受，以至於「我」再次看到她時已經沒有了「被生活壓扁了的疲憊的樣子」。
她並不追求婚姻裏的和睦幸福，她只求片刻是享受，所以她跟「我」說她只
是來這裡休息的，言下之意有一天當有更好的物質誘惑或者厭倦了這裡的生
活時她一樣會離開，繼續去尋找她新的快樂。另一篇小說《熱情之骨》，寫的

〔註131〕史書美：《性別，種族和半殖民主義：劉吶鷗的上海都會觀》，《亞洲研究雜
　　　　誌》（第55卷第4期），1996年11月，第947頁。
〔註132〕穆時英：《黑牡丹》，孔範今主編：《中國現代文學補遺書系》（小說卷二），明
　　　　天出版社，1990年版，第555頁。

是一個留學法國是男子比也爾，受不了把男女之情當遊戲的歐洲「灰色的城市」，不想回到國內也以一個已婚男人的身份去獵豔「像羅蒂小說中一樣的故事」，在經歷了浪漫的愛情故事之後還是以失望而告終。在小說的結尾處，玲玉寫了一封信告訴比也爾：

> 先生，你想想看吧。你說我太金錢的嗎？但是在這一切抽象的東西，如正義，道德的價值都可以用金錢買的時代，你叫我不要拿貞操向自己所心許的人換點緊急要用的錢嗎？……

> 你每開口就像詩人一樣地做詩，但是你所要求的那種詩，在這個時代是什麼地方都找不到的。詩的內容已經變換了。就使有詩在你的眼前，恐怕你也看不出吧。這好了，好讓你去做著往時的舊夢。〔註133〕

小說中玲玉是一個和女兒一起很愛自己丈夫的已婚女人，她並不介意用自己的身體去別的男人那換取金錢。在與比也爾邂逅的戀愛中，她的表現明顯比他更為理智、現實。作為花店的老闆娘，她清楚地知道像詩一樣浪漫美妙的愛情終究會成為昨日黃花，最後只剩下現實的交易。所以，玲玉一番話無不是道出了都市男女以物欲為主導的婚戀觀念、道德觀念，深深地烙上了作者批判的印記。

其實，在新感覺派書寫的都市、城市文本裏，幾乎大多數作品裏都充斥著對物質欲望的展現。如施蟄存的《薄暮的舞女》中對素雯奢華生活的描寫，《春陽》裏為了獲得一大筆遺產而守寡終身的嬋阿姨，穆時英的《夜總會裏的五個人》於夜總會裏追求一時的歡愉，《上海是狐步舞》中劉有德別墅的豪華場面，《Craven「A」》中混跡於舞場、海濱浴場、電影院、飯店等等的余慧嫻，劉吶鷗的小說中就更多了。不管是都市裏的情慾也好，物欲也罷，總之都是反映著都市裏的罪惡，反映著都市裏人們道德的喪失、人性的崩塌，只剩下一身軀殼的人們失去了人生的目標與信仰，只得在燈紅酒綠、紙醉金迷中狂歡、沉醉、迷失甚至糜爛。但是，作為社會的精英知識分子作家們，卻並沒有沉淪在這罪惡的都市、人性裏，寫罪惡其真實目的就是要建立自己的理想的精神世界，建立一個與之完全相反的具有人文精神的溫暖的世界，去承載他們所有的社會理想，去延續作為知識分子的價值。如施蟄存在一篇面

〔註133〕穆時英：《熱情之骨》，孔範今主編：《中國現代文學補遺書系》（小說卷二），明天出版社，1990年版，第418～419頁。

對左翼作家的批評有感而發的文章裏是這麼談及他的創作的：

> 我的小說，據說是一些不偉大的東西。當今是需要著偉大的東西的時代。我常常看了別的偉大「作家」的偉大作品而自愧，於是思想不免有點復古，仍舊把我的小說認爲是卑卑不足道的「小家珍說」之流了。
>
> 「小」是「小家」，「珍」是「敝帚自珍」之意。作品儘管不偉大，不爲「大衆」所珍，但「自珍」的權利想來還不至於被剝奪掉。所以我把這些小說提名爲「小珍集」，聊以見近來沒落之感云耳。〔註134〕

施蟄存拒斥寫「偉大」作家一樣的「偉大」作品，他所認爲的「小」在我們今天看來其實並不小，他只是不願追隨左翼作家那樣嚴格遵循革命文學創作理論的指導，而是從「復古」思想出發，也就是施蟄存所提倡的寫作要回到「古典主義文學」中。既然施蟄存強調「古典主義文學」，爲什麼文本呈現出來的卻是另外一番充滿了都市罪惡的景象呢？其實不難理解，在施蟄存的作品中，與扭曲、畸形、變態的「都市風景線」所構成了鮮明對照的就是他那寧靜的、具有原生態的鄉土世界，而鄉土世界體現的是中國傳統文化，也就是他一再強調的古典原生態，因此就不難理解施蟄存的「古典主義文學」主張了。

在施蟄存的作品裏，營造了一個非常靜美有著江南水鄉特色的鄉土世界，展現的是遠離城市囂鬧充滿了古典詩情畫意的江南村鎮，和純潔、重情的水鄉女子形象以及童貞般的美好戀情。當然，這靜謐的水鄉情懷與作家的童年記憶是斷然不可分開的。施蟄存出生於浙江杭州，年少的時候隨父母遷去蘇州，8歲後遷往松江（也就是現在的上海所在地）。對於童年水鄉村鎮的記憶是伴隨著施蟄存一輩子的，也成了他營造的理想精神家園。嚴家炎就曾對施蟄存短篇小說集《上元燈》給予了這樣的評價：「這些作品大多以成年人懷舊的感情來回顧少年時代的某段經歷、某次邂逅、某種青梅竹馬之情，抒發人生的感慨，帶著淡淡的哀愁，猶如江上的暮靄，夜半的笛音。寫得單純，有詩的意趣，感情也比較純潔。」〔註135〕「單純」、「詩的意趣」、「純潔」

〔註134〕施蟄存：《編後記》，《小珍集》，上海良友出版公司，1936年版，第193～194頁。

〔註135〕嚴家炎：《新感覺派小說選·前言》，人民文學出版社，1985年版，第9頁。

不僅是對施蟄存作品中充滿古典氣息的一個準確的評價，同時這些字眼正好體現了施蟄存精神故鄉的所有氣質。短篇小說《上元燈》以日記體形式記錄了元宵節前後三天發生的帶著淡淡哀愁的戀愛故事，但是整篇小說讓讀者感受到的卻是詩意般的氛圍，展現的是一對情竇初開、對愛情充滿了無限憧憬和嚮往的少男少女的純潔的情致，無不散發著古典氣息的美，將一個書香平民子弟的戀愛苦悶心理悄無聲息地化解在了這溫情脈脈的男女主人公的對話中：

> 「你看，我留了這架最精緻的燈給你好嗎？」
>
> 　我看那架燈果然比「玉樓春」精緻得多。四面都畫著工筆的孩童迎燈戲，十分的古雅。我說：「好，這個給我也好。」
>
> 　她很快活地道：「你看比『玉樓春』如何？我這畫是仿南宋畫院本畫起來的，足足費了我兩天工夫呢。」
>
> 　「這個比『玉樓春』自然要精緻得多。」我說著便將燈摘了下來。「此刻我再不摘去，明天又要不得到手了。」我又說。
>
> 　她笑著道：「我這個燈因此掛在房裏，他哪裏能夠摘去！」
>
> 〔註136〕

故事中的女主人公「她」是一個有著傳統韻味的女孩，會做各色民俗花燈，而且對感情堅貞不二，從作者對她的一舉一動、一顰一笑中都能讓人感覺到傳統水鄉女子的柔情與純真，相比都市中視情感為遊戲的象徵著情慾的女子，她身上正是代表了作者寄予的傳統價值觀念和鄉土立場。《扇》中的樹珍也是一個同《上元燈》裏的「她」一樣的女子，特別是描寫在一個夏夜裏樹珍拿著團扇去捕捉螢火蟲的場景，一把定情小扇讓「我」情不自禁地詠歎起了唐詩「輕羅小扇撲流螢」〔註137〕。《桃園》裏的主人公盧世貽，是一個種植桃園以賣桃為生的人，但他並不是如都市裏的商人那樣坑蒙顧客，而是「只要每個人給兩個小銀幣，就可以在園裏盡量揀好的摘下來吃。無論你吃多少，只是一枚都不准帶出來」〔註138〕。盧世貽的經營桃園的方式可以說是帶

〔註136〕施蟄存：《上元燈》，施蟄存著：《石秀之戀》，人民文學出版社，1991年版，第20頁。

〔註137〕施蟄存：《扇》，施蟄存著：《石秀之戀》，人民文學出版社，1991年版，第8頁。

〔註138〕施蟄存：《桃園》，施蟄存著：《石秀之戀》，人民文學出版社，1991年版，第43頁。

有古樸民風的味道，作者對於他的這種淳樸的謀生情感顯然與都市裏赤裸裸的物欲形成了鮮明的對比，飽含了作者對江南水鄉的傳統美德以及價值標準的讚美之情。

小說《漁人何長慶》更爲鮮明和直接地展現了一幅世外桃源般的江南漁村畫卷：

> 錢塘江水和緩地從富陽桐廬流下來，經過了這個小鎮，然後又和緩地流入海去。鎮市的後面是許多秀麗的青山，那便是西湖的屏障，從彎彎曲曲的山中小徑走進去，可以到西湖的邊上。……
>
> 每天上午，你從閘口鎮的頭上慢慢地走，向左方看，向右方看，一直走到南星橋市梢，你可以看見各種的新鮮的魚，按照著產生的時汛，鯽魚，鯉魚，黃色黑點的鱖魚，很長的帶魚，石首魚，鱘魚，比目魚，細白的銀魚，鱔，鰻和醜陋的大鱉。腥味直送你的鼻官，但不會使你如在都會的小菜場裏那樣的反胃欲嘔，你只要回過頭去向碼頭外面一望湯湯的江水，便會十分喜悅著這些美味的鮮活得可愛。……在這樣的時候，村市也能給人一個美好的印象。〔註139〕

這是一個多麼富饒的、平靜而美到令人窒息的小村鎮，不需要著一字去寫這裡的人們，作者已經將具有淳樸的民風民情躍然紙上了。在故事中，女孩菊貞經不住大都市花花世界的誘惑而離開了自己美麗的家鄉後，卻淪落成爲了一名風塵女子。自小就暗戀菊貞的漁人何長慶在得知她的情況後，毅然把菊貞帶離了上海，回到了自己家鄉。在鄉土世界強大傳統道德力量的浸染下，菊貞又恢復到了以前純樸的模樣，同何長慶一起把日子過得倖福又充實，最後何長慶成了最大的漁戶，而菊貞也成爲了他賢惠的妻子。這顯然是作者有意設置的大團圓結局，因爲在作家的心理已經建構了一個強大的精神世界，這裡有著傳統的道德價值觀念，有著傳統的鄉土世界立場。楊義就曾這樣評價這篇小說：「透視了古樸的鄉村文化和奢華的都市文化的異同優劣，作家的心理取向顯然傾向於對鄉村文化的歸同」〔註140〕。還有學者進一步進行了分析：「施蟄存這種價值判斷又是建立在他對於江南鄉鎮社會古典詩性氛圍的渲染上，對於『鄉野倫理』的弘揚仍舊是以對於江南鄉土社會中『情』的道德

〔註139〕施蟄存：《漁人何長慶》，施蟄存著：《石秀之戀》，人民文學出版社，1991年版，第51～52頁。
〔註140〕楊義：《中國現代文學流派》，人民文學出版社，1998年版，第681頁。

準則爲基準。」〔註141〕確實如這些學者所言，施蟄存所構建的這個江南水鄉包含了一種強大的力量，一種能淨化都市罪惡的無形力量。施蟄存作爲一個從傳統社會裏走出來進入了城市的社會精英知識分子，他能強烈的意識到都市社會裡正在經歷的種種罪惡與人性扭曲，其根本原因在於都市裏道德倫理的喪失、傳統價值觀念的崩塌，需要重新構建一種新的秩序，那就是回歸傳統的鄉土價值觀念。

儘管對於鄉土世界的精神重構並不如施蟄存那般直接，但是穆時英、劉吶鷗其實也不乏對於鄉土的直接或間接的書寫以及對於鄉土精神的贊美。穆時英也是一位出生於有著濃厚傳統氣息的家庭，在他的《父親》這篇文章裏是這樣描寫父親的：「父親從商，先寧波後到上海，屬帶著鄉村文化血統進入上海的第一代都市人」，他的父親還是一個「不肯失禮，不肯馬虎的一個古雅的紳士」。穆時英生於浙江慈谿，後來隨父親進入上海讀完中學和大學，可以說，穆時英也是一位深諳江南商業傳統的都市知識分子。劉吶鷗是一個生於臺灣長於日本而沒有深厚中國文化根底的知識分子，所以在他的小說創作中，基本上少有直接書寫鄉土的作品。然而他對於都市罪惡的展現、都市異化的主題無不體現出了他對於都市的批判，但在他著墨不多的鄉村描述卻又是完全不一樣的感情，充滿了喜悅與欣賞的眼光。當然，有研究者稱劉吶鷗筆下的鄉村世界是一個充滿了異域想像的世界，「並不觸及中國鄉村的內在現實」〔註142〕。這中說法確實有他的道理，但這並不妨礙我們去理解劉吶鷗將美好的鄉村世界作爲罪惡都市的對立面。同樣，作爲身在都市中的知識分子，都需要建立一個自己的精神家園，一個想像中靜美得可以承載自己理想的文本空間，所以從這個意義上來講，是不是西洋化了鄉村並沒有多大的區別。

如穆時英在他的小說《公墓》中是這樣描述鄉村的：

> 郊外，南方來的風，吹著暮春的氣息。這兒有晴朗的太陽，蔚藍的天空；每一朵小野花都含著笑。這兒沒有爵士音樂，沒有立體的建築，跟經理調情的女書記。田野是廣闊的，路是長的，空氣是靜的，廣告牌上的紳士是不會說話，只會抽煙的。〔註143〕

〔註141〕許紀霖、羅崗：《城市的記憶：上海文化的多元歷史傳統》，上海書店出版社，2011 年版，第 52 頁。

〔註142〕張鴻聲：《文學中的上海想像》，人民文學出版社，2011 年版，第 178 頁。

〔註143〕穆時英：《公墓》，孔範今主編：《中國現代文學補遺書系》（小說卷二），明天

穆時英筆下的這個遠離歌舞昇平都市的鄉野，是這樣的充滿了純淨的氣息。
所以故事中的主人公玲姑娘都發出了「我頂喜歡古舊的鄉村的空氣」〔註 144〕
從這裡足以可見作家對於都市的厭惡與對鄉村的嚮往。在小說《黑牡丹》裏，
聖五這個人物是帶有古代「英雄救美」的俠義精神的紳士，他住的是遠離繁
華上海的郊外，過的是一種隱士般的生活，「每天喝一杯咖啡，抽兩支煙，坐
在露臺上，優暇地讀些小說，花譜之類的書，黃昏時，獨自個兒聽著無線電
播音，忘了時間，也被世間忘了的一個羊皮書那麼雅致的紳士。」〔註 145〕相
比起故事裏的那些浪跡於舞場、玩弄女性的都市裏的「紳士」們，聖五可以
算得上是一個「聖人」，一個有著良好生活習慣、良好興趣愛好的雅致的人，
他正好代表了一種具有古典俠義的歸隱山林的形象，突出顯示了作家的傳統
價值觀念和道德立場。

　　劉吶鷗作為愛寫都市裏充滿情色生活的作家，也還是會將故事放到鄉村
空間裏去發生的。如果非要強調劉吶鷗的鄉村裏有著許多西洋化的痕跡，
如「車站裏奏的是 jazz 的快調」、「裝煤夫正構造著一幅表現派的德國畫」
〔註 146〕，那也只能說明作家的中國傳統文化根基不深，他想要表達一幅已經
親眼所見的鄉土中國畫面，但還是不得不借助於他的西洋經驗去傳達他此刻
的鄉土經驗。他對於鄉村世界的價值——「回到自然的家」，就這一句就已經
完全說明他對於鄉村世界的讚美，不管是東、西洋經驗，還是中國傳統文
化，「家」的價值地位已經擺在了最高價值的天平上，那裏是人們精神返鄉的
最後歸宿。

　　自由主義作家對於中國現代都市知識分子，並非是單一性的否定與批
判，同時更有一種文化重構的自覺意識；反映在文學創作的具體實踐中，就
是他們對中國傳統的「士紳」文化，都表現出了高度認同與思想神往。這應
該說是他們對於五四反傳統的偏執情緒，做了力所能及的補救和修正。閱讀
老舍的《四世同堂》，祁老太爺是個令人難忘的藝術形象。祁老爺子原本就是

　　　　出版社，1990 年版，第 446 頁。

〔註 144〕穆時英：《公墓》，孔範今主編：《中國現代文學補遺書系》（小說卷二），明天
　　　　出版社，1990 年版，第 453 頁。

〔註 145〕穆時英：《黑牡丹》，孔範今主編：《中國現代文學補遺書系》（小說卷二），明
　　　　天出版社，1990 年版，第 557 頁。

〔註 146〕劉吶鷗：《風景》，《中國現代小說經典文庫》（卷十三），大眾文藝出版社，
　　　　2007 年版，第 12 頁。

個地道的「鄉紳」，他家境殷實且受過良好的私塾教育；後來在北平西城買下一座房子定居，這才實現了他從「鄉紳」到「城紳」的身份轉變。老舍對於祁老爺子的形象塑造，明顯帶有批判與肯定的兩種含義——批判是對其由「鄉紳」轉為「城紳」之後，那種仍然存在的迂腐習氣的清醒認識：比如他以尊卑貴賤的等級觀念，把「小羊圈」裏的居民劃為三六九等；國難當頭生活窘迫，他卻要按照禮數去操辦自己的生日慶典；他堅信「中庸之道」與「和氣生財」的人生哲學，即使是忍辱負重也要樂觀地活著。肯定則是對其心胸坦蕩的「士紳」人格，給予了毫不掩飾的高度贊揚和正面釋義：比如他嚴以律己品行端正，所以在胡同裏和家庭中都具有很高的威望；他愛憎分明具有民族正義感，得知孫子當了漢奸了便毅然同他斷絕了親情關係；小孫女被日本人害死了，他不顧別人勸阻執意要去找日本人算賬！毋庸置疑，老舍塑造祁老爺子這一藝術形象，就是要告訴我們這樣一個道理：中國現代知識分子身上的優點和缺點，都是由中國「士紳」文化傳統所造成的；所以真正理解中國現代知識分子的思想症候，就不能不去關注他們文化基因中的「紳」之根性。林語堂《京華煙雲》裏的姚思安，更是一個理想化的「城紳」人物：姚思安雖然是京城裏的一名富商，但他的文化修養、興趣愛好、待人處世以及生活方式，都深得儒道文化傳統的思想真諦——醉心於文人士大夫式的儒雅氣質，這是一種儒家文化的影響表現；仰慕於虛靜超脫的避世精神，這又是一種道家文化的影響表現。作為父親他對兒女們寬厚仁慈、通情達理，在他開明思想的教育之下，兒女們既有道家的豁達灑脫，又有著儒家的忠孝禮義；他篤信道家上善若水的人生教誨，且牢記佛家普渡眾生的濟世箴言，不僅慷慨解囊去支持革命黨人的救國大業，同時也支持兒女出洋留學接受新式教育，儼然就是一個開明紳士的光輝典範。與祁老爺子相比較，姚思安這一人物形象，似乎更符合自由主義作家的人文理想：不棄傳統又不拒西方，「進城」且能保持「紳」之根性，這種融合了東西方文化的知識分子，才是他們心目中現代知識分子的完美投影。然而，理想畢竟只是一種理想，它與現實還是具有一定差距的。在紛繁複雜的中國現代社會，自由主義作家試圖去擺脫政治意識形態，刻意去迴避日益尖銳的階級矛盾，一廂情願地構想著烏托邦式的都市桃園，他們最終都只能是在中國現代革命的政治話語面前，自我消解或自我隕落。

三十年代新感覺派作為一個都市群體，以其自身的生命體驗豐富了特殊

時代的文學生態。由於國家、民族、人們正在遭遇著巨大的傷痛，社會的思想正在進行著一場巨大的變革，他們遠離了社會洪流，集體對於鄉土情結的表達，集體對於精神家園的建構，完全是出於對民族文化的深深憂慮和期盼、對鄉土自然的眷戀和熱愛。因此，他們能夠憑藉身處都市的生活經驗，以及將此種經驗外化於筆下誇張的都市性想像，把都市塑造為一個現代的怪物，它不但侵蝕著人們的身體，還顛覆了人們的精神。於是，新感覺派作家們一邊用筆耕訴說著都市的罪惡，一邊又用理想去重建鄉土社會的道德與傳統，凸顯出了知識分子作為社會價值的傳承者與布施者的存在價值。

自由主義思潮下的「城紳」敘事，既不像啓蒙視野下敘述的那樣充滿了頹廢與孤獨，也不像革命視野下的敘事那樣的流血與衝突，而是通過浪漫主義的創作手法通過對都市罪惡的批判，營造了一個值得堅守的美好精神家園。但我們清楚地知道，三十年代的中國，是處於以及急劇動盪的年代，外有帝國主義的侵略，內有戰爭連年。對於上海這個大都市來說，這裡既有繁華天堂，也有人間地獄。

據一份資料統計，上海 30 年代開始，公共租界每年以 5000 幢的數量建築各類房屋，在這些新的建築中，尤其以娛樂場所和消費場所最突出，如1932 年上海「第一樂府」百樂門舞廳開張營業，1933 年著名的中美合資的多功能化的大光明戲院、跑馬總會大樓完工建成，1934 年著名的百老匯大廈、「遠東第一樓」的四行儲蓄會竣工。〔註 147〕確實，上海的娛樂業在迅速地發展，越來越多的城市中上層消費者出入於公共娛樂空間。當然，上流社會的休閒娛樂生活是越來越豐富了，但是作為一個大都市，撐起這些消費場所的還有著巨大的勞工階層以及各行各業的普通民眾。這些勞工階層大部分來自於鄉下農民，由於戰爭不斷和農村經濟破產，大量的農民紛紛進入城市。據資料記載，1935 年華界的農、工、學徒、無業人員等等佔到了華界總人口的80.9%，公共租界的農民、工人及各類雜務人員佔到了公共租界的 78.8%，按照當時的消費標準，只有總人口的五分之一能夠享受高檔的娛樂設施的，而佔絕大部分的勞工階層是不可能享受的。〔註 148〕但隨著娛樂業的發展，越來越多的投資商看到了佔多數人口的消費潛力，於是提供普通人消費的娛樂場

〔註 147〕許紀霖、羅崗：《城市的記憶：上海文化的多元歷史傳統》，上海書店出版社，2011 年版，第 52 頁。

〔註 148〕王敏、魏兵兵、江文君、邵建：《近代上海城市公共空間（1843～1949）》，上海辭書出版社，2011 年版，第 173 頁。

所也越來越大眾化。「到二十世紀三十年代後，中小商人和一般市民階級壯大，構成城市大眾群體，商場遊樂場、戲院影院乃至各類藝術形式都爲之一變。」〔註149〕1932年《申報》上的一篇文章對經常出入電影院的人群做了調查，分別是摩登青年們、太太們、紳商們、窮小子們以及影評專家。〔註150〕從以上數據可以看得出來，在上海大都市裏，既有佔人口少數的上層社會，也還有佔絕大多數的普通勞工存在；既有高檔消費的人群存在，也有適合大眾的消費存在。在這樣的一個消費結構裏，當然不乏作家所描述的那麼道德淪喪、人性扭曲的現象存在，但能維持整個城市的繼續前行的，很大程度上還是一個能夠適合人們生養生息的環境與空間。

另外，作家們極力堅守的一份寧靜的文本鄉土社會，與當時的眞實的鄉土世界也不是同一個世界。二十世紀初，中國的現代化也在世界現代化的進程中加快了步伐，同時也使得中國的傳統鄉土社會面臨巨大的危機。據資料記載，1931年以前，農業還是整體呈上升趨勢，但之後開始到1936年，由於世界性的大蕭條引起的出口減少，以及黃金對白銀的比價變化造成了物價急劇下降，尤其是農產品價格下降最快，造成了農民的收入銳減。〔註151〕而對農民來說情況更爲糟糕的是，「在1931年至1934年期間，田賦平均增加8%～10%（然後在1935年至1936年間又下降），而地價從1931年起下降，這表明農民在蕭條中的實際納稅負擔在加重。」〔註152〕由於戰爭不斷，很多地方的農民還要遭受來自盜匪、軍隊的搶劫和暴力行爲。「1930年，即軍閥時期結束後的兩年，南滿鐵路的一項研究估計，在山東省，有31萬散兵遊勇和土匪，加上19.2萬正規軍，都是靠掠奪農村來生活。」〔註153〕從上述數據可以看出，農村經濟在逐步衰落，農民生活境地逐步下降。至於農村的社會思想文化動態的變化，有研究者得出：「高素質優秀人才拋離農村，鄉村傳統精英日益稀少和劣質化，一些處在社會邊緣的人物如地痞、土棍走上前臺。」〔註154〕從

〔註149〕張仲禮：《近代上海城市研究》，上海人民出版社，1990年版，第1152頁。

〔註150〕《如是我見》，《申報》電影專刊版，1932年11月29日。

〔註151〕【美】費正清：《劍橋中華民國史 1912～1949》（上卷），中國社會科學出版社，1994年版，第72頁。

〔註152〕《農情報告》，轉載自李文治編：《中國近代農業史資料》，生活・讀書・新知三聯書店，1957年版，第708～710頁。

〔註153〕滿鐵調查部：《山東農村和中國動亂》，轉引自【美】費正清：《劍橋中華民國史 1912～1949》（上卷），中國社會科學出版社，1994年版，第312頁。

〔註154〕王先明：《變動時代的鄉紳——鄉紳與鄉村社會結構變遷 1901～1945》，人民

這個研究結果來看，農村裏有素質的傳統精英也就是傳統紳士離開農村去了城市，而傳統紳士在維持農村文化秩序方面起到了非常重要的作用，正如閻錫山所言：「國家之基礎在社會，社會之良否，視士紳之言行，是否合乎正道，能否感化人民爲斷」〔註 155〕，因此一旦這些精英離開了農村，那麼農村的社會秩序就不再能維持原樣了，而是逐步走向了惡化。

不管論從農村的經濟現狀來看，還是從思想現狀來分析，農村都不是作家筆下的那個充滿了人性美、人情美的世界。錢鍾書就曾在《人・鬼・獸》的序文中這樣寫道：「我特此照例聲明，書裏的人物情事都是憑空臆造的。不但人是安分守法的良民，獸是馴服的家畜，而且鬼也並非沒管束的野鬼；他們都只是在書本範圍裏生活，決不越規溜出書外。」〔註 156〕可以看得出來，錢鍾書是太瞭解當時的知識分子的現狀，所以才會把社會文化的墮落同知識分子的虛僞聯繫起來，從而用諷刺的筆調去書寫都市裏知識分子們的坑蒙拐騙，一方面可以看得出錢鍾書是對於這些所謂的社會精英們的絕望，一方面也是在對傳統文化在現代文化的衝擊下的一個焦慮與擔憂。沈從文也是如此，他在《論馮文炳》的文章中是這樣談到變化中的鄉土世界：「時代的演變，國內混戰的繼續，維持舊有生產關係下而存在的使人憧憬的世界，皆在爲新的日子所消滅。農村所保持的和平靜穆，在天災人禍貧窮變亂中，慢慢地全毀去了。」〔註 157〕即使在現實世界裏再也找不到那個使人憧憬的鄉土世界了，那麼作家們選擇去構建一個充滿了美好想像的世界，足足可以讓我們看見充滿了無限憂愁的、又滿心想要去改變這個難以改變的世界的傳統知識分子形象，這個形象太沉重，太讓人揪心。沈從文還談到了「世代儒生、家道清貧」〔註 158〕的施蟄存的創作，他說施蟄存進入文壇也是以「都市文明侵入後小城小鎮毀滅爲創作基礎的」〔註 159〕。所以在施蟄存的作品裏，都市文明對於鄉村生活以及鄉村文明的毀滅性的打擊。在小說《漁人何長慶》中，何長慶暗戀的漁女菊貞到上海不久後就做了四馬路上的野雞，這一故事情節

文學出版社，1009 年版，第 409 頁。

〔註 155〕《閻伯川先生言論輯要》，轉引自王先明：《變動時代的鄉紳——鄉紳與鄉村社會結構變遷 1901～1945》，人民文學出版社，1009 年版，第 389 頁。

〔註 156〕錢鍾書：《人・鬼・獸》，開明書店，1946 年版，第 1 頁。

〔註 157〕沈從文：《論馮文炳》，《沈從文全集》（第十六卷），北嶽文藝出版社，2002 年版，第 150～151 頁。

〔註 158〕應國靖：《施蟄存年表》，《文教資料簡報》，1983 年第 7 期。

〔註 159〕沈從文：《論施蟄存與羅黑芷》，《沫沫集》，大東書店，1934 年版，第 40 頁。

充分表明了上海這個大都市對於鄉村人的巨大的腐蝕與破壞作用。同樣，小說最後又讓漁女重返鄉村，最終獲得了重生，可以看得出施蟄存在極力的維護鄉土社會對峙都市的傳統力量。由於現實生活裏不可能發生，所以只好去故事裏尋夢。這些自由派的「城紳」——城市精英知識分子們，將虛擬的鄉土世界提升到了一個具有著傳統道德文化的精神世界，其實就是一個傳統文化的符號，暗含了面臨巨大危機的傳統文化的擔憂與焦慮。毋庸置疑的是，當他們在深深地為傳統文化道德價值行將崩塌而悲鳴的時候，他們正體現出了傳統鄉土社會的精英——鄉紳的價值，去不遺餘力地構建鄉土世界，發掘和讚頌正直、善良、淳樸、美好的民族品德，去重造生命、重造民族精神，從而實現民族復興的強烈願望。從這個意義上來說，這些有著自由視野的「城紳」們的偉大作品，不僅是時代的，更是民族的、國家的。

　　全面審視中國現代文學的「城紳」敘事，無論是五四啓蒙文學、左翼革命文學還是自由主義文學，他們都對中國現代知識分子的思想發展和精神走向，表現出了一種前所未有過的憂患意識。他們都曾注意到了「鄉紳」進城以後，中國知識分子的身份發生了轉變；可是由於他們所持的立場不盡相同，又使他們對於這種身份的轉變看法迥異。實際上中國現代文學作家其自身就是「鄉紳」進城的文化變體，就連他們自己本身也缺乏概念清晰的自我定位。所以「城紳」現象既是一個有趣的文學現象，更是一個涉及領域很廣的文化現象，因為中國現代知識分子是建立現代民族國家的啓蒙主體，對於他們的準確定位無疑就是對於中國現代社會文化的準確定位。是故我們必須要以科學理性的批判態度，去重新認識中國現代文學「城紳」敘事的藝術價值。